CLUBE DE ASSASSINATOS DE MARLOW

ROBERT THOROGOOD

O que dizem sobre

ROBERT THOROGOOD

"Amo a escrita de Robert Thorogood."

— Peter James

"Um mistério de assassinato muito divertido, escrito com admirável vivacidade, humor e compaixão. Absolutamente incrível."

— Robert Webb

"Uma ótima leitura."

— *Yours*

"É como ler Agatha Christie, mas com um quê moderno."

— *The Sun*

"Belamente elaborado; um sucesso quase criminoso."

— *My Weekly*

"Um ótimo refúgio da realidade do começo ao fim."

— Simon Kernick

"Assassinato e caos nos silenciosos condados da região metropolitana de Londres, escritos com estilo, elegância e a medida certa de humor."

— Paul Finch

"Uma leitura prazerosa.
Um livro engraçado, divertido e com uma belíssima escrita."

— B. A. Paris

"Humor de fazer gargalhar, enredo magnífico
e um final de tirar o fôlego."

— *Lancashire Evening Post*

"Sagaz e arrebatador, repleto
de personagens encantadores."

— Chris Ewan

"Uma leitura deliciosa. Judith é a heroína
de que todos precisam."

— Louise Jensen

"Emocionante e genuíno, envolvente
e maravilhosamente bem-humorado."

— Chris Whitaker

"Um verdadeiro mistério repleto de pistas, suspeitos
e personagens cativantes."

— Faith Martin

"Terrivelmente inteligente e engraçado,
com personagens encantadores e originais. Adorei!"

— Roz Watkins

"Uma história acolhedora feita por um autor engenhoso...
Engraçada e emocionante pra caramba."

— *Crime Time*

"Belamente elaborado, engraçado e emocionante,
Thorogood nos proporcionou uma leitura prazerosa."

— Deon Meyer

"Robert Thorogood trouxe de volta
o bom humor para a ficção policial."

— Simon Brett

CLUBE DE ASSASSINATOS DE MARLOW

ROBERT THOROGOOD

TORDSILHAS

Clube de Assassinatos de Marlow

Tordesilhas é um selo da Alaúde Editora Ltda, empresa do Grupo Editorial Alta Books (Starlin Alta Editora e Consultoria LTDA).

ISBN: 978-65-5568-272-4.

Translated from original The Marlow Murder Club. Copyright © 2021 by Robert Thorogood. ISBN 9780008522216. Published by agreement with Johnson & Alcock Ltd. Brazilian Portuguese language edition published by Alaúde, Copyright © 2025 by STARLIN ALTA EDITORA E CONSULTORIA LTDA.

Impresso no Brasil – 1ª Edição, 2025 – Edição revisada conforme o Acordo Ortográfico da Língua Portuguesa de 2009.

Dados Internacionais de Catalogação na Publicação (CIP)
(BENITEZ Catalogação Ass. Editorial, MS, Brasil)

T516c
1.ed. Thorogood, Robert
Clube de assassinatos de Marlow / Robert Thorogood ; tradução Ellen Andrade. – 1.ed. – Rio de Janeiro : Alta Books, 2025.
304 p.; 15,7 x 23 cm.–(The marlow murder club)

Título original: The marlow murder club.
ISBN 978-65-5568-272-4

1. Ficção policial e de mistério (Literatura inglesa). I. Andrade, Ellen. II. Título. III. Série.

04-2025/185 CDD 823.0872

Índice para catálogo sistemático:
1. Ficção policial e de mistério : Literatura inglesa 823.0872

Aline Graziele Benitez – Bibliotecária – CRB-1/3129

Produção Editorial: Grupo Editorial Alta Books
Diretor Editorial: Anderson Vieira
Vendas Governamentais: Cristiane Mutüs
Coordenadora Editorial: Mariana Portugal
Produtora Editorial: Viviane Corrêa

Tradução: Ellen Andrade
Copidesque: Evelyn Diniz
Revisão: Andresa Vidal
Diagramação: Diego Santos

ALTA BOOKS
GRUPO EDITORIAL

Rua Viúva Cláudio, 291 – Bairro Industrial do Jacaré
CEP: 20.970-031 – Rio de Janeiro (RJ)
Tels.: (21) 3278-8069 / 3278-8419
www.altabooks.com.br – altabooks@altabooks.com.br
Ouvidoria: ouvidoria@altabooks.com.br

Editora **afiliada à:**

Para Katie B

Capítulo 1

A sra. Judith Potts tinha setenta e sete anos e estava totalmente satisfeita com sua vida. Morava em um casarão estilo *Arts and Crafts* perto do rio Tâmisa, tinha um emprego que amava e que não tomava muito de seu tempo, apenas o suficiente, e o melhor de tudo, não precisava dividir sua vida com homem nenhum. O que significava que não havia ninguém perguntando o que ela preparara para o jantar, nem querendo saber para onde estava indo todas as vezes que saía de casa, tampouco reclamando que ela estava gastando muito com uísque do qual tomava uma pequena dose todas as noites às dezoito horas.

No dia em que a vida de Judith mudou, estavam no auge do verão, e a Inglaterra enfrentava uma onda de calor há semanas. Ela vinha deixando todas as janelas abertas para aproveitar qualquer brisa que soprasse pelo vale, mas parecia não fazer diferença. O calor do sol havia penetrado nos tijolos e na madeira de sua casa; na escadaria de carvalho e em todo o andar de cima.

Depois de jantar assistindo ao noticiário na televisão, ela colocou o prato vazio de lado e pegou o último exemplar da revista *Puzzler*. Abriu-a na seção de passatempos de lógica e começou a tentar resolver um deles. Geralmente, gostava de reduzir a linguagem das pistas à matemática, mas nesta noite simplesmente não tinha ânimo para tal. Estava quente demais para se concentrar.

Sem que percebesse, a mão de Judith foi até a chave que mantinha em uma corrente em volta do pescoço, e seus pensamentos começaram a vagar para o passado, para um tempo bem mais sombrio. Ela se levantou da cadeira. Isso não funcionaria, disse a si mesma. Não mesmo. Mas sempre havia outra coisa que podia fazer para se manter ocupada. Ela precisava de uma mudança de ares, só isso. E tinha a solução perfeita.

Judith começou a tirar as roupas. A cada peça que removia, sentia-se mais livre das restrições sufocantes do dia. Quando ficou nua, já estava zumbindo com um deleite travesso. Atravessou o corredor, passou pelo piano de cauda Blüthner, que só tocava quando estava muito bêbada, e pegou uma capa de lã cinza-escura que deixava perto da porta da frente. A capa de Judith era seu bem mais valioso. Ela dizia a qualquer um que perguntasse — e muita gente o fazia — que a capa a mantinha aquecida no inverno, servia como toalha de piquenique no verão e que podia, ainda, colocá-la sobre a cabeça caso fosse surpreendida por uma chuva de primavera.

E a melhor parte: Judith acreditava que era uma capa da invisibilidade. Todo fim de tarde, fizesse chuva ou sol, ela tirava suas roupas, enrolava-se na capa e saía de casa, sentindo uma deliciosa onda de travessura atravessá-la. Enfiava os pés em um par de galochas antigas e caminhava pela grama alta à altura dos joelhos — *swish, swish, swish!* — até sua casa de barcos. Como o resto de sua propriedade, era de tijolos cor-de-rosa, tinha estrutura de madeira e estava um tanto decadente. Judith adentrou a escuridão cheia de teias de aranha e tirou as galochas. Pendurou sua capa em um gancho velho e, ainda escondida dos olhares do exterior por um par de portas antigas, desceu a rampa de pedra e entrou no Tâmisa.

Aceitar a água fria em contato com a pele era uma experiência quase religiosa, e ela exalou enquanto se inclinava para o abraço do rio. De repente, não pesava nada, apoiada pela água suave que parecia seda em seu corpo.

Ela nadou rio acima, o sol de fim de tarde projetando diamantes na água ao redor. Judith sorriu para si mesma. Ela sempre sorria assim quando estava nadando. Não conseguia evitar. Afinal, poderia muito bem haver pessoas passeando com seus cães ao longo do caminho às margens do Tâmisa, e com certeza tinha muita gente não muito longe dali conforme olhava para a torre da igreja de Marlow e para o vão da ponte suspensa em estilo vitoriano que ligava a cidade à pequena vila vizinha, Bisham. E nenhuma delas sabia da existência de uma mulher de setenta e sete anos nadando por perto, desnuda. Estava pensando *Isto que é vida* quando ouviu um grito.

O barulho veio da margem oposta, de algum lugar perto da casa de seu vizinho Stefan Dunwoody. Mas de onde estava na água, era difícil ver exatamente o que acontecia. Acima dos espessos juncos à beira do rio, conseguia ver apenas o telhado da casa dele.

Judith apurou os ouvidos, mas só havia silêncio. Ela decidiu que devia ter sido um animal. Talvez um cachorro ou uma raposa.

Mas então ouviu a voz de um homem gritar:

— Ei, não!

O que diabos estava acontecendo?

— Stefan, é você? — chamou Judith do rio, mas suas palavras foram interrompidas pelo som perfurante de um tiro. — Stefan? — gritou de novo, o pânico crescendo dentro dela. — Está tudo bem?

Silêncio absoluto. Mas Judith sabia muito bem o que ouvira. Alguém tinha disparado uma arma, não tinha? E, segundos antes, Stefan havia gritado. E se ele estivesse sangrando por causa de um ferimento de bala e precisasse de resgate?

Ela nadou em direção a casa de Stefan o mais rápido que pôde, mas ao chegar à margem, percebeu que tinha um problema: além dos juncos, Stefan havia instalado metal corrugado em toda a extensão do vão entre seu gramado e a água para protegê-lo da erosão do rio. Ela sabia que nadar entre os juncos cortaria seu corpo em pedacinhos, e mesmo que chegasse até a terra firme, não conseguiria se içar para fora da água. Não teria forças o bastante.

À frente, podia ver uma canoa azul enfiada entre os juncos. Será que conseguiria usá-la de algum jeito para sair da água? Ela tentou agarrar uma extremidade, mas a pegada não estava firme, o barquinho ficava balançando e boiando como uma rolha, e Judith percebeu que não teria equilíbrio para escalá-lo. Mesmo assim, tentou uma última vez, e quase conseguiu subir na parte de trás. E então, bem lentamente, ela e a canoa viraram. Ela perdeu o controle e caiu de volta na água com um respingo desajeitado.

Voltou à superfície em busca de ar e chacoalhou a água do cabelo. A canoa estava fora de cogitação, então o que mais poderia fazer?

Judith nadou de volta para o meio do rio, procurando desesperadamente por alguém que pudesse ajudar. Onde estavam as pessoas com seus cães ou os casais trocando carícias quando se precisava deles? Ela não via ninguém. Havia apenas uma coisa a se fazer. Virou-se e nadou para o casarão o mais rápido que pôde.

Chegando à casa de barcos, Judith saiu da água, ofegante, mas não havia tempo a perder. Vestiu a capa e se apressou pelo gramado, virando-se para olhar o que conseguia ver da casa de Stefan. Apenas metade de seu jardim era visível por trás do salgueiro-chorão que crescia sem controle na margem dela.

Ela correu para casa, pegou o telefone e discou para a emergência. Enquanto esperava a ligação ser completada, foi até a janela saliente para ficar de olho na propriedade de Stefan.

— Preciso da polícia aqui! — exclamou Judith assim que a ligação foi atendida. — Houve um tiroteio na casa do meu vizinho! Depressa! Alguém foi baleado!

O atendente pegou o endereço de Stefan, anotou o que Judith tinha presenciado, informou que o serviço de emergência estaria a caminho e encerrou a ligação. Ela se sentiu profundamente frustrada. Com certeza havia algo mais que poderia fazer, ou alguém para quem pudesse telefonar. Talvez a Guarda Costeira? Afinal, tratava-se de uma catástrofe perto da água. Ou, quem sabe, alguns voluntários com barcos salva-vidas?

Judith espiou a propriedade de Stefan. Ainda estava lá, aparentemente intocada, sob o sol de fim de tarde. Se alguém estivesse no rio naquele exato momento, e tivesse tido a oportunidade de olhar para o casarão de Judith, teria visto uma mulher muito baixa e meio rechonchuda, com quase oitenta anos e cabelos grisalhos bagunçados, parada completamente nua em sua janela saliente, com uma capa sobre os ombros como se fosse algum tipo de super-heroína. O quê, de muitas maneiras, Judith era.

Ela só não sabia disso ainda.

Capítulo 2

Meia hora depois, Judith viu uma viatura da polícia chegar à propriedade de Stefan e um oficial uniformizado desembarcar. Ela tentou ao máximo manter os binóculos apontados para o homem enquanto ele olhava pelas janelas do vizinho e inspecionava rapidamente o jardim. Ela queria gritar, lá do outro lado do rio, que o policial deveria investigar com mais atenção, mas se conteve. Precisava acreditar que ele sabia o que estava fazendo e encontraria evidências do que quer que tivesse acontecido.

Porém, depois de vinte minutos do que só podia ser descrito como uma busca superficial, o policial voltou ao veículo e foi embora.

Só isso? O homem não se dera ao trabalho de inspecionar o jardim direito, nem sequer havia entrado na casa de Stefan. Talvez tivesse ido buscar reforços? Então ela continuou olhando.

À meia-noite, Judith percebeu que não havia mais uísque na garrafa que ficava na mesinha ao lado. Isso sempre era um sinal para ir dormir. Enquanto subia, tonta, a robusta escada de carvalho, percebeu que precisava segurar o corrimão com um pouco mais de firmeza do que o habitual. Então virou à esquerda para ir até o quarto, quando, na realidade, ele ficava à sua direita. Mas, uma vez que corrigiu seu curso e tropeçou de leve em uma aspidistra obstinada, chegou em segurança ao destino.

Judith adorava seus aposentos. Os painéis de madeira eram verde-claros, e havia uma majestosa cama com dossel e uma tapeçaria retratando uma cena de caça medieval. O fato de o cômodo estar coberto por roupas velhas, restos de refeições e pilhas de jornais e revistas descartados não a incomodava nem um pouco. Judith nunca notava a bagunça. Na verdade, permitia que o caos a envolvesse da mesma forma que deixava o rio abraçá-la quando ia nadar. Quanto mais bagunçado seu quarto, mais protegida e segura ela se sentia.

Na manhã seguinte, Judith foi acordada pelo som do telefone tocando. Ela esticou a mão para alcançá-lo, vendo com olhos turvos que mal eram dez horas da manhã.

— Alô — resmungou.

— Bom dia — disse uma voz feminina, em tom eficiente. — Sou a investigadora Tanika Malik, da delegacia de Maidenhead. Estou acompanhando o incidente que você relatou na propriedade do sr. Dunwoody ontem à noite.

— Ah, obrigada por me ligar — disse Judith, ainda meio grogue.

A oficial explicou que havia enviado um policial para inspecionar a residência e o jardim do sr. Dunwoody, e ele não encontrara nada digno de nota, então ela estava ligando para informar Judith que não tinha motivos para preocupações.

— Mas eu sei o que ouvi! — disse Judith.

— Sim, o relatório informou que você ouviu um tiro.

— Não foi só um tiro. Ouvi uma pessoa gritar algo do tipo "Ei, não!", e *depois* veio o tiro.

— Pelo que entendi, você estava nadando no rio na hora. Tem certeza de que foi, de fato, um tiro?

Agora, Judith estava completamente acordada e bastante irritada.

— Eu cresci em uma fazenda. Sei reconhecer o som de uma arma.

— Mas e se foi outra coisa?

— Como o quê?

— Bem, talvez tenha sido o escapamento de um carro, por exemplo.

Judith não pensou nisso. Ela refletiu por um momento antes de responder.

— Não. Tenho certeza de que eu saberia se fosse um carro. Foi um tiro. Imagino que esse seu policial tenha relatado que o carro de Stefan ainda está estacionado na casa dele?

— Por que está mencionando isso?

— Porque presumo que Stefan não atendeu ao telefone quando você ligou para ele, não é?

— Desculpe, não estou acompanhando sua linha de raciocínio. Que ligação?

— Você deve ter ligado para ele ontem à noite.

— Receio não ter permissão para compartilhar detalhes específicos do caso com você.

— Uma vizinha relatou sons de tiro vindos da propriedade, é claro que você ligou para saber como Stefan estava. E o fato de você não ter me dito que ele atendeu, sugere que ele *não* o fez. Então, já que o carro dele ainda está na casa, bem, isso me faz desconfiar de que há algo acontecendo com ele. Afinal, se você está em casa, atende ao telefone. Se sai, vai com seu carro. Pelo menos alguém que tem um carro faria isso. Eu não tenho um.

A policial não respondeu de imediato.

— Você realmente pensou no assunto — disse ela, por fim.

— Foi tudo em que consegui pensar ontem à noite. Fiquei muito preocupada com meu vizinho. E se ele levou um tiro e o culpado escapou? Na verdade, e se Stefan estiver agora mesmo sangrando em uma vala?

— Não acho que ele esteja em uma vala. Tenho certeza de que há uma explicação bem boba para tudo isso. Não havia nenhum indício em sua propriedade de que algo ruim tivesse acontecido, e não é tão incomum alguém ignorar o telefone. É época das festas de fim de ano. As pessoas estão viajando. Tenho certeza de que o sr. Dunwoody aparecerá nos próximos dias. E assim que isso acontecer, eu te aviso. Sério, não há nada com que se preocupar.

A investigadora encerrou a ligação agradecendo a Judith por ser uma vizinha tão cívica.

Então Judith ficou na cama sem saber o que fazer. Será que a investigadora Malik estava certa? Haveria, de fato, uma explicação boba para o que ela ouvira na noite anterior? Afinal de contas, tinha uma certeza: assassinatos simplesmente não aconteciam em Marlow.

Ela decidiu deixar o assunto de lado e focar seu trabalho.

Quando Judith herdou o casarão de sua tia-avó Betty, em 1976, também recebeu uma carteira de ações que lhe fornecia uma renda modesta, então ela não precisava trabalhar, mas nada jamais a teria feito desistir de seu emprego. Ela o amava demais.

Judith compilava palavras cruzadas para os jornais nacionais. Ela produzia duas ou três por semana, e as horas que passava todos os dias trabalhando nesses quebra-cabeças eram um refúgio querido para sua mente. Quando estava criando palavras cruzadas, uma calma descia sobre ela e Judith era capaz de se perder por longos períodos de tempo enquanto trabalhava com esmero em todas as permutações de um anagrama particularmente satisfatório, ou considerava que uma frase ou palavra elegante poderia ser interpretada de mais de uma maneira.

Atravessou a sala de estar até a mesa de carteado perto da janela saliente e alisou o tampo de tecido verde. Em seguida, esticou a mão para uma prateleira e puxou uma folha de papel quadriculado. Escolheu um dos lápis 2B de sua caneca cheia de lápis e, embora ele não precisasse ser apontado, enfiou a madeirinha no apontador de mesa. O aparelho agarrou a ponta, o velho motor elétrico fazendo barulho enquanto girava, e o lápis que removeu alguns segundos depois não era um instrumento de escrita, estava mais para uma arma letal.

Judith sorriu para si mesma. Um lápis apontado. Os quadradinhos vazios no papel diante dela. A batalha pela frente.

Sentando-se, ela pegou sua régua de madeira e começou a traçar uma grade de quadrados de quinze por quinze. Em seguida, pintou um padrão de quadradinhos mais escuros ao redor de uma única linha simétrica, de modo que cada parte mais escura tivesse uma gêmea refletida à direita. Não havia um padrão específico que seguisse, eram, principalmente, suas muitas décadas de experiência que guiavam suas mãos.

Após dividir a grade, tudo o que precisava fazer era preencher os espaços em branco com palavras. Isso, ela sabia, levaria cerca de uma hora; e só quando estivesse satisfeita por ter uma coleção interessante de vocábulos que se cruzavam uns com os outros é que finalmente pensaria na criação das pistas.

Quanto às pistas que Judith gostava de colocar, evitava aquele estilo propositalmente confuso que muitos autores preferem, como os enigmas quase impossíveis de se resolver que costumavam aparecer mensalmente na revista *Listener*. Ela sentia que havia algo um pouco "masculino" demais na forma como tentavam mostrar o quão inteligentes eram.

"Olhem para mim", pareciam estar dizendo, "nunca vão adivinhar essa minha ideia brilhante".

Em vez disso, como muitos da área, ela seguia os princípios de Ximenes, o lendário criador de palavras cruzadas do jornal *Observer* durante os anos de 1939 a 1972. Assim, suas pistas precisavam ter duas faces — a literal de um lado, o enigma do outro. E as duas metades deveriam, no fim das contas, "jogar limpo" com quem tentasse solucioná-las, com a pequena ressalva de que se uma pista fosse engenhosa ou espirituosa o suficiente, Judith estava disposta a quebrar as regras vez ou outra. Esta manhã, no entanto, a inspiração não era sua companhia. Tendo feito os quadrados pintados e espaços em branco, ela não conseguia escolher as palavras corretas com as quais preencher a grade. Faltava-lhe determinação. Era Stefan, ela sabia. Ela não conseguia se concentrar. Precisava saber se ele estava bem.

Judith pegou seu tablet. Não era muito fã do aparelho, mas era útil para fotografar e enviar suas palavras cruzadas por e-mail para os jornais, então ela o aceitara há alguns anos.

Levou-o até a altura do rosto, mas o aparelho idiota se recusou a desbloquear, falhando no reconhecimento facial. Judith bufou, mais uma vez amaldiçoando as indignidades de ser uma mulher mais velha. O mundo moderno a tratava como se ela fosse totalmente invisível, e até mesmo seu próprio tablet a criticava por não se parecer adequadamente com ela mesma. Mas não fazia sentido tentar lutar contra a tecnologia. Aprendera isso há muito tempo em um incidente que envolveu um iMac vermelho, um cabo elétrico que não era longo o bastante e uma ida ao pronto-socorro.

Judith respirou fundo e se recompôs. Levantou o tablet e o encarou outra vez. Nada aconteceu.

Coisinha maldita! Resmungando sozinha, digitou a senha e abriu o navegador. Talvez alguma notícia sobre Stefan tenha saído nas últimas vinte e quatro horas.

Digitou "Stefan Dunwoody" na barra de pesquisa, mas todos os resultados lhe informaram que ele era dono de uma galeria de arte em

Marlow chamada Belas-Artes Dunwoody, fato que ela já sabia. Como queria ser minuciosa, passou para as outras páginas de resultados.

Entretanto… o que era aquilo? Um dos últimos resultados era uma matéria do jornal local *Bucks Free Press*. Foi a manchete que chamou sua atenção: CONFLITO DURANTE A HENLEY REGATTA.

Ao clicar no link, pegou-se lendo um artigo resumindo a famosa competição de barcos Henley Royal Regatta, há seis semanas.

Recebemos a informação de que Stefan Dunwoody, dono de uma galeria de arte local, entrou em uma disputa embriagada no Royal Enclosure com Elliot Howard, proprietário da Casa de Leilões de Marlow. De acordo com nosso passarinho, quando o sr. Howard ameaçou dar um soco no sr. Dunwoody, os seguranças foram chamados e os homens foram expulsos à força.

Judith colocou seu tablet de lado. Então Stefan havia se envolvido em uma briga de bêbados durante o evento com alguém chamado Elliot Howard; e agora, apenas algumas semanas depois, houve outro tipo de confronto em sua propriedade.

Um confronto em que alguém disparou uma arma.

E então Stefan desapareceu.

Que se dane, pensou Judith conforme atravessava a sala de estar, pegava a capa do cabide e saía do casarão.

Ela desceu até a casa de barcos, aproximou-se de um velho barquinho achatado que estava meio dentro, meio fora d'água, e lhe deu um empurrão com o pé. Subiu na popa e agarrou a longa vara que servia para guiar esse tipo de embarcação enquanto a proa batia nas portas podres da casa de barcos e escorregava para o rio.

Apesar da idade avançada, Judith era especialista naquele tipo de embarcação. Com um movimento dos pulsos, enfiou a vara no leito do rio, curvou-se e empurrou com toda a força. Conforme o barco disparava para a frente, ela mexeu a vara para cima e para fora da lama macia, dando o impulso necessário para cruzar o rio.

Quando chegou ao outro lado, na parte rasa do rio, não foi difícil avançar os quase cinquenta metros até a propriedade de Stefan. Usou a proa do barco para penetrar na parede de juncos que protegia aquela margem e subir em suas terras. Judith não precisava atracar. Cercado daquele jeito pelas plantas, o barco não iria a lugar nenhum.

Verificando seu relógio, viu que há pouco mais de oito minutos estava sentada em sua sala, e agora ali estava, no antro do misterioso desaparecimento de seu vizinho.

Judith achava a casa de Stefan realmente esplêndida. Era um moinho de água que foi transformado em moradia, sua roda de madeira ainda girava de modo preguiçoso; janelas de vidro retangulares e de tamanhos diferentes foram posteriormente inseridas na construção. A casa era agradavelmente antiquada e moderna ao mesmo tempo.

Ela foi até a garagem para verificar o carro de Stefan. Judith não entendia nada sobre carros, e se importava muito pouco com isso, então, tudo o que conseguiu concluir foi que o veículo era cinza e estava brilhando, sem uma única mancha de sujeira sequer. Ela não viu nenhuma outra marca de pneu no cascalho, ou qualquer outra indicação que sugerisse que Stefan tivesse saído de casa em um veículo diferente.

Decidiu dar uma volta pelo jardim, tentando descobrir de onde o som do tiro poderia ter vindo, mas era difícil se situar com precisão quando seu único ponto de referência era de uma posição no rio, abaixo da altura dos juncos.

Na verdade, levou apenas alguns minutos andando e inspecionando as margens para Judith perceber que ela nem sabia o que estava procurando. Uma gota de sangue na grama? Uma pegada lamacenta?

Ela olhou para a roda de madeira girando na lateral da casa e para o lago à frente. Apesar do calor, a água estava escura, e Judith estremeceu ao pensar nisso. Algo sobre massas de água parada a assustava. Entretanto, enquanto olhava, ela percebeu que a superfície não estava totalmente parada. Havia uma corrente suave fazendo-a se mexer. Para onde a água estava indo?

Judith andou ao redor do lago até ver que ele desaguava em um rio com cerca de três metros de largura. Onde as águas se encontravam, havia uma estreita passagem de tijolos que cruzava de um lado ao outro do jardim. Ela pensou no rio além da represa. Ele tinha que desaguar no Tâmisa de alguma forma. Mas era difícil ver exatamente como, já que Stefan deixara aquela parte do jardim crescer sem manutenção, e a água sumia sob arbustos densos e moitas que se aglomeravam em ambas as margens.

Com um suspiro, Judith percebeu que teria de seguir o curso do rio. Ela precisava ser minuciosa. Então abriu caminho entre os arbustos, com galhos açoitando seu corpo e teias de aranha grudando em seu rosto e cabelo enquanto se esforçava para alcançar o outro lado.

Ao chegar, se decepcionou. Aquela parte do jardim estava ainda mais descuidada, mas ela podia ver que o rio passava por algumas barras de ferro até uma represa de concreto que devolvia a água ao Tâmisa. Não havia nada de interessante para ver.

Entretanto, enquanto recuperava o fôlego após o esforço, ela percebeu algo no ar, um odor fétido, como se tivesse uma pilha de compostagem por ali. Será que era o rio? Ela olhou para a água fluindo através da grade. Um velho galho de árvore estava meio submerso, bloqueando a água e fazendo as folhas se acumularam.

Foi aí que Judith percebeu uma coisa.

Aquilo na água não era um galho.

Era um braço humano.

Estava boiando, a pele da mão branca como mármore. E, mais fundo, Judith conseguia distinguir o corpo.

Era Stefan Dunwoody.

E no meio de sua testa havia um pequeno buraco escuro. Um buraco de bala.

Judith cambaleou para trás, sua mão indo até o pescoço.

Ela estivera certa o tempo todo.

Stefan Dunwoody, seu amigo, seu vizinho, foi morto a tiros.

Capítulo 3

Uma hora depois, Judith se encontrava sentada em um banco no jardim de Stefan prestando depoimento para a investigadora Tanika Malik. A policial estava na casa dos quarenta e poucos anos, usava um terninho elegante e tinha um ar de pessoa eficiente e didática que Judith já estava achando irritante.

— Mas eu não entendo, sra. Potts. Está dizendo que *voltou* para a propriedade do sr. Dunwoody?

— Sim — respondeu Judith, seu queixo erguido em desafio. — É como eu te disse ao telefone: tenho certeza de que ouvi um grito e um tiro ontem à noite. E se seu policial não ia investigar direito, pensei que eu deveria fazê-lo.

— Teve algum outro motivo para você ter retornado aqui?

— Não entendi.

— Você esperava encontrar um corpo?

— Não, claro que não.

— Ainda assim, você encontrou um, não foi?

— O que é mais do que seu policial conseguiu, não posso evitar o pensamento. Agora me diga, você sabia que Stefan teve um conflito com um homem chamado Elliot Howard há algumas semanas?

— Perdão?

Judith contou à policial sobre o artigo do jornal local que relatou a discussão entre Stefan e o proprietário da Casa de Leilões de Marlow, Elliot Howard, durante a Henley Royal Regatta.

— Isso foi há seis semanas?

— Sim.

— Entendi. — A investigadora Malik pensou por um momento.

— O que foi? — perguntou Judith.

— Posso te fazer uma pergunta? Como vizinha do sr. Dunwoody?

— É claro.

— Veja, é um procedimento padrão cruzar referências de nomes ou objetos citados por testemunhas com o banco de dados da polícia. Então procurei pelo sr. Dunwoody. A ficha dele é limpa. Ele é dono da galeria de arte de Marlow, mora sozinho, nada anormal. Mas, cinco semanas atrás, ele denunciou um assalto.

— É mesmo? O que foi roubado?

— Aí que está. Ele informou que saiu para um restaurante com alguns amigos e, ao chegar em casa, descobriu que alguém tinha quebrado uma janela e invadido sua propriedade. Porém, quando um policial chegou para recolher seu depoimento, o sr. Dunwoody admitiu que não sentiu falta de nada.

— Nada foi roubado?

— Foi o que ele nos contou. Ainda assim, com certeza houve uma invasão. Mas o computador dele ainda estava lá, assim como sua coleção de arte. E posso te dizer que o sr. Dunwoody possui várias pinturas a óleo, e nenhuma delas foi roubada.

— Isso foi há cinco semanas? Uma semana *depois* do conflito na regata?

— Presumo que sim. O sr. Dunwoody mencionou a invasão para você?

— Eu não falava com Stefan há semanas, infelizmente.

— Ou você notou algo suspeito à época? Talvez alguém espreitando a propriedade dele? Quem sabe um carro diferente do que costumava ver estacionado por perto?

— Não, infelizmente. Sinto muito. A primeira vez que notei que algo estava errado foi quando ouvi Stefan sendo assassinado ontem à noite.

— Hum, receio que preciso interromper essa ideia, sra. Potts. Não temos certeza se alguém de fato atirou no sr. Dunwoody.

— Como assim?

— Não sabemos se o sr. Dunwoody foi assassinado.

— Está me dizendo que o buraco de bala apareceu na testa dele em um passe de mágica?

— Bem, não, mas não podemos descartar que sua morte foi um acidente trágico. Ou que ele tenha feito isso consigo mesmo.

— Você acha que ele cometeu suicídio?

— É uma possibilidade.

— Babaquice!

A investigadora Malik piscou, surpresa. A mulher na frente dela tinha mesmo acabado de usar a palavra "babaquice"?

— Se ele tivesse tirado a própria vida, a pistola teria caído no chão em algum lugar antes que ele desabasse no rio. E posso garantir que, quando eu estava averiguando, não vi nenhuma arma no chão.

— Sim, consigo acompanhar seu raciocínio, mas talvez a arma tenha caído na água depois que ele atirou em si mesmo. Já pedi para mergulhadores a procurarem no leito do rio. Enquanto aguardamos, você realmente não deveria tirar conclusões precipitadas, sra. Potts. Devemos deixar as evidências nos guiarem, não nossas suposições.

Judith avaliou a investigadora Malik. A mulher poderia ser eficiente, capaz até, mas claramente lhe faltava imaginação. Ela era a típica "monitora", constatou sem muita gentileza. Na adolescência, Judith fora expulsa do internato chiquérrimo para onde tinha sido enviada. Também foi expulsa do internato bem-menos-chique no qual foi matriculada em seguida. E do outro depois desse. Basta dizer que ela e as monitoras das escolas que frequentou nunca se entenderam bem.

Judith soltou um suspiro. Muito bem, se a polícia não acreditava que Stefan havia sido morto, então ela precisaria investigar o assassinato por conta própria, não é mesmo?

Depois que prestou seu depoimento formal, ela voltou para seu barquinho e, com um aceno pomposo para os policiais em seus macacões de segurança, permitiu que o rio a levasse de volta para sua casa. Ela então subiu em sua bicicleta antiga. Afinal, se quisesse descobrir quem matara seu vizinho, havia um lugar óbvio para começar.

Era um percurso de cinco minutos pelo caminho às margens do Tâmisa até a cidade vizinha de Marlow. Dessa vez, Judith não retribuiu os acenos e cumprimentos que recebeu de completos estranhos enquanto passava. Nunca tinha entendido muito bem o porquê de as pessoas acenarem para ela. Jamais lhe ocorreu se enxergar como uma subcelebridade da cidade. Na opinião de Judith, sua vida não tinha nada de tão interessante, e cada vez que dizia estar confusa com o interesse de terceiros por ela, apenas fortalecia ainda mais sua reputação excêntrica.

Desviando do caminho para um parquinho com balanços e escorregadores, viu um bando de pombos bicando preguiçosamente o chão. *Criaturas imundas*, pensou enquanto acelerava a bicicleta. Um grande sorriso se espalhou por seu rosto conforme avançava sobre eles. E então, a toda velocidade, pedalou até o bando, gritando "SUMAM pombos!", e espalhou pássaros grasnando no ar.

Judith amava Marlow com todo seu coração. Para ela, não era muito grande, nem muito pequena; era do tamanho ideal. A cidade perfeita para uma Cachinhos Dourados como ela. A rua principal tinha uma elegante ponte suspensa em estilo georgiano, uma igreja antiga à beira do rio em uma ponta, um obelisco na outra e, de ambos os lados ao longo dela, havia fragmentos de todo tipo de construção histórica de séculos de desenvolvimento. Para terminar de compor a estética, bandeirinhas vermelhas e azuis cruzavam ao longo da rua, criando a imagem "perfeita" de uma cidade dos condados ingleses, o tipo que aparece em quebra-cabeças.

Mas o que Judith mais amava em Marlow era o fato de que a cidade era muito mais do que sua pitoresca rua principal. Havia a estação ferroviária (mesmo que fosse minúscula) de onde era possível pegar trens para Londres. Mais afastado do centro, tinha um próspero parque empresarial que empregava milhares de pessoas. E, acima de tudo, Judith amava as duas escolas locais que produziam um fluxo constante de adolescentes bem-educados que trabalhavam no caixa dos supermercados ou anotavam seus pedidos nas cafeterias. Ver todos esses jovens — sempre educados e agradavelmente atraentes aos seus olhos — vivendo suas vidas, fazendo piqueniques perto do rio, ou até curtindo as pistas de skate próximas do campo de críquete, dava a ela um verdadeiro sentimento de felicidade. Se essa era a próxima geração, então considerava que o mundo não tinha muito com o que se preocupar.

Judith era otimista por natureza, era quase sua principal característica, mas ela também tentava ser o mais honesta possível, e precisava admitir: por mais que Marlow continuasse sendo um lugar alegre, como todas as cidadezinhas da Grã-Bretanha, ela sofrera um pouco na última década. Não tinha nada de errado se você fosse um turista visitando durante um dia. Havia muitos restaurantes e lojas de roupas sofisticados, então talvez não notasse a dúzia de estabelecimentos vazios com suas fachadas bem decoradas para esconder a ausência de negócios acontecendo lá dentro. E, recentemente, o homem simpático que vendia a *Big Issue* de um dos lados da rua principal ganhara a companhia de um homem em situação de rua, que ficava o dia todo sentado do outro lado, de pernas cruzadas e com uma lata de moedas à frente.

As pessoas continuavam boas, foi o que lembrou a si mesma enquanto descia da bicicleta no topo da rua principal e a encostava em um muro.

Quanto ao local para onde estava indo, Judith se decidira no momento em que a investigadora Malik lhe disse que estava enganada por acreditar que alguém havia matado seu vizinho. Ela começaria sua investigação na galeria de arte de Stefan Dunwoody.

Capítulo 4

Judith nunca tinha pisado na Belas-Artes Dunwoody, mas também nunca precisou comprar nenhuma obra de arte. Afinal, por que deveria se preocupar com isso, se herdara a coleção de pinturas de sua tia-avó com a casa?

Quando entrou, uma jovem atendente levantou a cabeça de sua mesa, seus olhos cheios de lágrimas.

— Ah — disse Judith. — Você ficou sabendo.

— A polícia acabou de ligar — contou a mulher. — Ainda estou abalada.

— É claro que está — disse gentilmente enquanto atravessava a galeria e se sentava na cadeira extra à mesa. Em seguida, vasculhou sua bolsa e tirou um pacote de lenços de bolso, entregando um para a mulher.

— Obrigada — agradeceu ela antes de assoar o nariz.

— Eu deveria me apresentar. Sou Judith Potts.

— Eu sei. Você mora naquele casarão às margens do rio.

— Ah. Já nos vimos antes?

— Uma vez, na verdade — respondeu ela, sorrindo com a lembrança. — Eu estava sendo importunada por alguns garotos do lado de fora de um pub há alguns anos. Você apareceu e os botou para correr.

— Botei? — Judith não se lembrava daquilo, embora parecesse muito o tipo de coisa que faria. Não suportava como os homens às vezes pareciam andar em bandos, pegando no pé de mulheres jovens apenas porque tinham vontade.

— Me chamo Antonia — disse a mulher. — Antonia Webster. E obrigada por me ajudar daquela vez. Você foi incrível.

— Tenho certeza de que não precisava de ajuda, você parece capaz de se virar.

Judith vasculhou sua bolsa outra vez e tirou uma latinha antiga de balas duras.

— Quer uma balinha?

Antonia parecia não saber ao certo como responder à pergunta.

— Não? — confirmou Judith. — Se importa se eu pegar uma?

Judith abriu a tampa da latinha, desgrudou uma bala dura do açúcar de confeiteiro, colocou-a na boca e chupou por alguns segundos.

— Limão — disse ela com satisfação. — Meu sabor favorito. Então, espero que você não se importe que eu venha aqui. Se te ajudei no passado, então talvez você possa me ajudar agora. Veja bem, sou vizinha do Stefan e estou tentando descobrir o que aconteceu com ele. É uma situação muito triste. Imagino que você trabalhe aqui, certo?

— Sim — disse Antonia. — E é claro que vou ajudar. Sou assistente do sr. Dunwoody. Mas apenas durante o verão, antes de eu ir para a faculdade.

— Então você não trabalha aqui há muito tempo?

— Não. O sr. Dunwoody era tão gentil, não acredito que ele se foi.

— Nisso nós concordamos. Mas como assim ele era gentil?

— Bem, ele tinha interesse em mim, sabe? Sobre o que eu pensava. Em relação à polícia. Ou ao meio ambiente. Ou sobre o que cursaria na universidade.

— Ele tinha interesse em você?

— Não desse jeito — respondeu Antonia, entendendo o tom de Judith. — Ele não era um esquisito, apenas um senhor. Era assim que ele se descrevia: um senhor. Que vivia sozinho com toda a sua arte. Eu gostava dele.

A descrição certamente combinava com o relacionamento limitado a troca de acenos quinzenal entre Judith e Stefan. Ele sempre parecia feliz em vê-la, e todas as vezes tinha algo para dizer lá do outro lado do rio. Ele gritaria "Linda manhã!" ou "Que dia agradável!". Judith sorriu tristemente com a lembrança.

— Acho que ele era um bom homem.

— Era, sim — concordou Antonia.

As duas mulheres ficaram sentadas em um silêncio amigável por um tempo, Judith chupando contente sua bala dura.

— E alguém o matou — disse ela.

Os olhos de Antonia se arregalaram.

— O quê?

— Você não sabia?

— Não. O moço ao telefone informou que ele sofreu um acidente.

A bolsa no colo de Judith ainda estava aberta, e ela a fechou com um estalo.

— Lamento dizer que não foi o que aconteceu. Ele foi baleado.

— Mentira?

— Ah, é verdade, tenho certeza. Então, sugiro que eu te ajude a fechar a loja. Não podemos esperar que você trabalhe hoje depois de um choque como este.

— Você acha que é isso que eu deveria fazer?

— Sim.

— Você me ajudaria?

— Não tenho nenhum compromisso. Então, como a fechamos?

Antonia pegou um molho de chaves, explicou como o sistema de alarmes funcionava e, juntas, as duas mulheres trancaram a galeria, virando a placa de "fechada" para a frente. Como Judith suspeitava, o simples ato de se mexer pareceu dar a Antonia a condição para processar tudo o que havia acontecido.

Judith escolheu as palavras com cuidado.

— Sabe, talvez ele não fosse tão perfeito assim — disse, como se o pensamento lhe tivesse ocorrido apenas naquele momento.

— O quê?

— O sr. Dunwoody. A lógica sugere que, ou ele não era tão inocente quanto parecia, ou tinha pelo menos um amigo ou conhecido que não era tão bonzinho assim. Considerando que alguém fez isso com ele.

— Ah. Entendo seu pensamento. Mas isso não é possível. Ele realmente era um cara legal. E não havia ninguém ruim em sua vida.

Judith viu Antonia franzir a testa.

— O que foi? — perguntou Judith.

A mulher não respondeu.

— Pode falar — persuadiu Judith. E ela esperou. Sabia que, às vezes, a melhor maneira de fazer alguém falar era ficar em silêncio.

— É só que — disse Antonia por fim —, se está sugerindo que havia alguém por aqui que talvez não fosse tão "bonzinho" assim, bem, isso me fez pensar em alguém.

— E quem seria esse "alguém"?

— Não faço ideia. Não sei o nome dele.

— Então por que você não me conta sobre ele e vamos ver se conseguimos entender isso juntas?

— Ele é um senhor mais velho. Tem cabelos grisalhos, quase brancos, na altura dos ombros. É muito alto e imponente.

— E era um amigo do sr. Dunwoody?

— Acho que não. Ele veio à galeria na semana passada.

— Em que dia?

— Na segunda-feira.

— Tá, então esse homem veio à galeria na segunda-feira passada.

— Isso. E quem quer que fosse, o sr. Dunwoody o levou direto para seu escritório. Era como se ele estivesse com vergonha da visita.

— Entendi. Que interessante. Então o que aconteceu?

— Não tenho certeza. Eles estavam no escritório. Mas não demorou muito para que eu ouvisse as vozes alteradas. Eu não sabia como reagir. Veja bem, é meu trabalho fazer café para o sr. Dunwoody quando ele recebe convidados, e eu estava em pânico. Não sabia se deveria passar um café para eles ou não.

— Você ouviu sobre o que eles estavam discutindo?

— Não enquanto eu estava do lado fora do escritório, mas no fim das contas, criei coragem, bati à porta e perguntei se gostariam de um café. Estavam furiosos lá dentro. O homem alto, o de cabelos prateados, não queria nada, e foi meio rude ao responder. Ele me dispensou com um aceno da mão.

Antonia mergulhou em um silêncio pensativo.

— Interessante — disse Judith. — Mas você disse que não ouviu a discussão enquanto estava do lado de fora, não foi?

Antonia não conseguiu acompanhar a linha de raciocínio.

— Sim?

— Você disse que não ouviu a discussão enquanto estava *do lado de fora*. O que sugere que talvez tenha ouvido algo quando entrou.

— Ah, sim, ouvi. Desculpe. Enfim, depois que o cavalheiro de cabelos prateados me dispensou, eu me virei para sair, mas quando estava fechando a porta, ouvi o sr. Dunwoody dizer a ele: "Eu poderia ir à polícia agora mesmo."

— E o que o homem falou sobre isso?

— Não sei. Saí antes de ouvir a resposta.

— Entendi. Mas o sr. Dunwoody disse, com toda certeza, que ele "poderia ir à polícia agora mesmo"?

— Sim.

— E você não faz mesmo ideia do porquê de ele ter falado isso?

— Nenhuma. Sinto muito.

— Não abordou o assunto com o sr. Dunwoody mais tarde?

— De jeito nenhum. Mas ele comentou algo, agora que você mencionou. Estávamos fechando a galeria à noite quando o sr. Dunwoody se desculpou por eu ter testemunhado a discussão.

— E o que você respondeu?

— Bem, percebi que ele estava bastante desconfortável com toda a situação, então apenas respondi que estava tudo bem, que eu não tinha visto nem ouvido nada. Em seguida, ele disse algo estranho: "O desespero leva as pessoas a fazerem coisas idiotas."

— Do que, raios, ele estava falando?

— Não sei. Mas foi o que ele disse.

Judith sentiu uma onda de agitação. Quem era aquele homem de cabelos prateados que discutira com o sr. Dunwoody? Lembrando-se do desentendimento de Stefan com Elliot Howard na Henley Regatta, ela teve uma ideia.

— Seu computador está conectado à internet? — perguntou.

Antonia assentiu.

— Então pode fazer uma pesquisa rápida para mim?

— Claro. O que quer saber?

— Poderia procurar o nome "Elliot Howard"?

— Você acha que ele pode ser o homem que esteve aqui?

— É uma possibilidade. Vamos ver se conseguimos encontrar uma foto dele.

— Certo — disse Antonia, indo até sua mesa e abrindo o navegador do computador. Ela digitou "Elliot Howard" na barra de pesquisa.

— É esse aqui. — Judith apontou para o primeiro resultado.

Antonia clicou no link, que abriu o site da Casa de Leilões de Marlow. Em seguida, ela encontrou uma aba "Quem somos" na página inicial; logo estavam olhando para os nomes e fotos dos principais membros da equipe.

A primeira foto era de um homem bonito, aparentando quase sessenta anos, com cabelos prateados na altura dos ombros. A legenda informava que seu nome era Elliot Howard, o presidente da Casa de Leilões de Marlow.

— É ele! — exclamou Antonia, surpresa. — É o homem que esteve aqui na segunda-feira passada.

Judith se aproximou do monitor para poder ver a foto melhor.

— Te peguei! — sussurrou para o homem na tela.

Capítulo 5

Poucos minutos depois da conversa com Antonia, Judith se pegou encostando a bicicleta na parede da Casa de Leilões de Marlow, um edifício de madeira com estrutura rangente que sempre a lembrou dos velhos celeiros onde brincava quando era menina, na fazenda de seus pais na Ilha de Wight: cheios de teias de aranha, assoalhos rangendo e fardos de feno úmidos cheirando a mofo.

Enquanto ela ajeitava sua capa sobre os ombros, percebeu que não tinha nenhum plano específico do que fazer a seguir. Tudo o que sabia era que precisava ver Elliot Howard. Queria ver qual era a dele.

Ela decidiu ignorar as preocupações quanto à prudência de abordar alguém que desconfiava ser um assassino. Afinal, Judith não conhecia o homem, então o que raios a impedia de visitar seu local de trabalho? Ela poderia fingir que estava interessada em vender uma pintura. Ou teria alguma outra ideia. Algo lhe ocorreria.

Quando Judith entrou no prédio, viu uma mulher sentada à uma mesa trabalhando em um computador. Ela estava na casa dos cinquenta, tinha cabelo escuro ondulado, batom vermelho brilhante e olhos sorridentes.

— Bom dia. Como posso ajudá-la? — disse a mulher com um sotaque irlandês amigável.

— Bom dia — disse Judith alegremente. — Estão abertos?

— Sinto muito, mas não temos visitação até amanhã.

— Não?

— Posso te oferecer um catálogo? Esta semana são moedas e medalhas, mas não consigo imaginar que seja o motivo da sua visita. O público que costuma vir a essas ocasiões é masculino — acrescentou ela, com um sorriso conspiratório. — Mas não diga a Elliot que falei isso. Mas temos um leilão de belas-artes no final do mês. Pode ser mais o seu estilo.

— Na verdade, é o sr. Howard que estou procurando.

— É?

— É, sim.

— Posso perguntar por que gostaria de vê-lo?

— É uma ótima pergunta.

Judith estava prestes a pensar em sua desculpa quando uma voz masculina falou diretamente detrás dela.

— É, por que você quer me ver?

Judith ficou tão surpresa que todos os seus pensamentos fugiram. Para ganhar tempo, virou-se e encontrou o homem que vira na foto do site inclinado despreocupadamente em uma porta atrás dela. Ele estava na casa dos cinquenta e tantos anos, com longos cabelos grisalhos na altura dos ombros. Usava brogues, calça de veludo cotelê bege e uma camisa xadrez antiga sob um cardigã cinza surrado.

Era Elliot Howard.

Havia um ar de superioridade descontraída, quase divertida, em seus modos, e Judith teve a súbita percepção de que Elliot sentia um orgulho extraordinário por ter uma cabeça cheia de cabelos na sua idade, razão pela qual o mantinha tão comprido. E, por mais que parecesse relaxado, havia algo nele que Judith achou meio inquietante.

— Ora, acho que você gostaria de saber, não é? — falou Judith, sem saber o que mais dizer.

— Sim, por isso perguntei. Por que você quer me ver?

— Há!

Por dentro, Judith se encolheu. *Há*? Isso era mesmo o melhor que conseguiria?

A mulher no computador a socorreu.

— Já sei! Por que vocês dois não vão para o escritório de Elliot? Lá poderão conversar direitinho.

— Tudo bem, querida — disse Elliot à mulher com um sorriso. — Você é quem manda — acrescentou, embora seu tom patrício deixasse claro que ela não mandava de verdade.

Elliot a guiou até seu escritório, e Judith não teve escolha a não ser segui-lo. Sua mente estava buscando algo, *qualquer coisa*, para dizer.

— Aquela é a Daisy — informou Elliot enquanto se sentava atrás de uma grande mesa de escritório. — Uma mulher maravilhosa, minha esposa. Não sei por que ela me tolera. Enfim, como posso te ajudar?

Os pensamentos de Judith ainda não tinham voltado, mas notou várias fotos emolduradas nas paredes, então foi até elas para olhá-las. Estavam desbotadas pelo tempo e mostravam, principalmente, adolescentes remando no rio, ou vestindo blazers e segurando várias taças de prata e medalhas. O brasão acima de cada foto pertencia a um dos colégios locais, a Escola Secundária Sir William Borlase, e Judith conseguia ver que os nomes escritos à mão dos alunos embaixo das imagens sempre incluíam um "E. Howard".

— Ah, você rema? — disse Judith para preencher o silêncio, mas foi enquanto olhava as fotos que seus pensamentos finalmente voltaram. — Você me deve dinheiro! — Deixou escapar.

— Perdão?

— Sim, eu deveria ter dito antes. Meu nome é sra. Judith Potts e você me deve dinheiro. Da Henley Regatta. Onde você não se comportou muito bem.

Isso chamou a atenção de Elliot.

— Do que, raios, você está falando? — perguntou, mas Judith teve a impressão de que ele talvez tenha ficado abalado com a acusação dela.

— Na minha opinião, você agiu de forma vergonhosa. No Royal Enclosure. A maneira como se portou durante a discussão com aquele homem.

— E que homem seria aquele?

— Stefan Sei-Lá-Das-Quantas. Ele administra a galeria de arte em Marlow. Achei que foi muito grosseiro com ele. E então você esbarrou em mim quando saiu e me fez derramar vinho tinto no meu vestido. Custou mais de setenta libras para lavar a seco, e espero que você pague a conta.

Elliot considerou a fala de Judith durante um longo momento.

— Não me lembro de ter derramado a bebida de ninguém — disse.

— Mas não nega a discussão, nega?

— É verdade que o sr. Dunwoody e eu tivemos uma divergência de opiniões naquele dia, mas não me lembro de você.

— Não me surpreende. Você estava em tamanho estado de nervos que posso muito bem imaginar que não se lembra de nada do evento. Aquele pobre homem com quem você estava gritando não fez nada de errado.

— Ah, mas fez, sim.

— Não imagino que tenha sido algo que valesse a pena perder a paciência daquele jeito.

— Você não faz ideia do que está falando.

— Pode até ser, mas mesmo assim…

— Ele era uma fraude — disse Elliot, interrompendo Judith.

— Perdão?

— Na verdade, digo mais: Stefan Dunwoody era uma fraude e um mentiroso. Um trapaceiro e um pilantra. Agora, se não se importa, sou um homem ocupado. Eu gostaria que você fosse embora.

Com um sorriso gélido que indicava que a reunião havia acabado, Elliot pegou alguns papéis de sua mesa e começou a ler.

— Mas e o meu vestido? — balbuciou Judith.

— Se quer saber o que acho — disse Elliot sem levantar o olhar —, você inventou tudo. Só Deus sabe o porquê. Minha memória para rostos é excelente e tenho certeza de que nunca nos vimos. Além do mais, eu definitivamente não derramei vinho no vestido de ninguém durante o evento. E se tivesse, estou certo de que essa pessoa não teria esperado quase dois meses para me abordar. Agora, devo pedir que saia do meu escritório.

Judith abriu e fechou a boca algumas vezes, arrumou a mão ao redor da bolsa e então percebeu que não tinha mais nada a acrescentar.

Virou-se para sair, mas se deteve quando estava prestes a abrir a porta.

— O que quis dizer com ele *"era"* uma fraude?

— Você ainda está aqui? — disse Elliot com um suspiro ao erguer os olhos outra vez.

— Estou, e quero saber por que você está falando sobre o Stefan no passado.

Elliot deu de ombros como se não desse a mínima.

— Não é óbvio? — perguntou ele. — Ele está morto, não está?

— Como você sabe disso?

— Só se fala disso no escritório esta manhã. Como o decano do mundo da arte, Stefan Dunwoody, sofreu um acidente trágico e foi se encontrar com Deus. Porém, me permita fazer uma pergunta. Como você sabe?

— Como *eu* sei?

— Sim. Aqui conhecemos bem Stefan. Mas qual é sua ligação com ele?

— Essa é uma pergunta bastante impertinente.

— Creio que não, considerando… — disse Elliot e se recostou na cadeira, olhando para Judith com calma.

Mais uma vez, ela não conseguiu entender direito o jeito do homem. Ele lembrava a ela alguma coisa, mas o que era?

— Então, qual é a sua ligação? — perguntou novamente.

— Na verdade, sou vizinha dele — disse Judith, incapaz de continuar sendo evasiva. — A polícia colheu meu depoimento hoje cedo, e se quer saber o que acho, não foi um acidente, alguém o matou.

— Ah, caramba! — disse Elliot, uma alegria iluminando seu rosto.

— Perdão?

— Você acredita mesmo que alguém o matou?

— Matou ele a tiros, sim.

— Interessante. Isso tudo nunca foi por causa do vestido, foi?

O sorriso de Elliot não vacilou, mas a luz pareceu desaparecer de seus olhos e Judith sentiu como se o ar tivesse sido sugado do escritório.

— É claro que era sobre o vestido — disse ela, sabendo que Elliot não cairia em sua mentira.

— Acho que não. Porque acho que você é uma vizinha enxerida. Uma vizinha intrometida que botou na cabeça que, só porque discuti com Stefan na Henley há algumas semanas, e agora ele está morto, queria dar uma olhada em mim, como se fosse uma detetive amadora. Estou certo, não estou?

— Não é nada disso.

— Muito bem, então talvez você possa me dizer com exatidão quando o sr. Dunwoody morreu?

Judith ficou surpresa com a pergunta. Como Elliot conseguia falar de maneira tão leviana sobre a morte? Mas era tudo parte daquela atitude que ela não conseguia entender.

— Ontem à noite, por volta das oito — respondeu ela. — Talvez oito e dez.

— Bem, adivinha só? Tenho um álibi para esse horário.

— Tem?

— Às oito horas de ontem eu estava na igreja All Saints. Sabe, eu canto no coral. Há anos. E todas as quintas-feiras à noite, entre as sete e as nove, temos ensaio do coral. Então era lá que eu estava. Na frente do vigário, por acaso. Junto com o sacristão e vários irmãos e irmãs de fé. Além do prefeito de Marlow.

Elliot sorriu, e Judith percebeu de súbito o que a perturbava nele. Ele parecia estar *se divertindo* com a conversa. Como um gato brincando com um rato.

— E não se preocupe — continuou ele. — Não ficarei esperando pela conta do seu vestido; nós dois sabemos que você estava inventando aquilo. Agora, por que não dá o fora daqui antes que eu chame a polícia e peça para te tirarem à força?

Judith não tinha uma resposta para ele. Pela primeira vez em anos estava completamente sem palavras.

Capítulo 6

Judith pedalou de volta para Marlow, repassando mentalmente a conversa com Elliot. *No que ela estava pensando?* Apesar de sua conduta, ela não pôde evitar uma emoção deliciosa com a própria audácia. Tinha acabado de confrontar, em plena luz do dia, um homem que poderia ser um assassino! E o encontro trouxe informações importantes, entre elas o fato de Elliot acreditar que Stefan Dunwoody era um mentiroso, trapaceiro, fraudulento e um pilantra. Era uma lista séria de acusações, não era? Porém, como era possível que seu adorável vizinho, Stefan, que sua assistente, Antonia, concordara ser um perfeito cavalheiro, de alguma forma fosse um criminoso? Não parecia plausível.

Judith estava imersa em pensamentos enquanto atravessava a rua High. Não notou as cotoveladas e os olhares entretidos dos moradores locais enquanto passava, sua capa cinza-escura esvoaçando atrás dela, suas pernas pedalando o mais rápido que conseguiam. Antes de chegar à ponte suspensa, tirou os pés dos pedais e se permitiu descer livremente o caminho que levava pelo cemitério até a entrada da igreja All Saints.

Encostou a bicicleta na parede e tentou organizar seus pensamentos. No momento, sua preocupação era simples. Ela tinha uma teoria de que Elliot estava envolvido na morte de Stefan. E, se estivesse certa, era improvável que ele houvesse participado do ensaio do coral na noite anterior, certo? Ela só precisava provar, e era por isso que estava indo à igreja.

Judith não era frequentadora assídua da igreja. Era uma daquelas pessoas que contava alegremente a qualquer um que perguntasse que só comparecia nas festas e nos feriados importantes, sem perceber que, na realidade, também não ia nesses dias. Mas ela já tinha trocado alguns acenos de cabeça com o vigário, um jovem muito simpático chamado Colin Starling. Talvez ele estivesse por ali e pudesse informá-la se Elliot, de fato, fora ao ensaio.

Ao entrar, Judith desfrutou por um momento da sensação de paz que tomou conta dela. Sempre foi um mistério para ela como um edifício de pedra com centenas de anos podia parecer tão tranquilo e arejado, mas ela não conseguia deixar de sorrir ao ver o teto alto e abobadado, os pilares de pedra elegantes e os estandartes antigos de regimentos locais pendurados nas paredes. Ela achava que a Igreja Anglicana era a metáfora perfeita para o país como um todo: agradável aos olhos, firmemente antiquada e com a popularidade em declínio.

Havia alguns papéis em um quadro de avisos na entrada, e Judith começou a procurar por qualquer tipo de informação sobre os ensaios do coral. Ou, melhor ainda, uma lista de todos que cantavam nele. Não conseguiu encontrar nada que a ajudasse, o que achou um pouco irritante. Deveria haver avisos sobre o coral em algum lugar. Onde estavam?

Resolveu dar uma olhada na sacristia, onde o coral se paramentava.

Empurrando a porta de carvalho, Judith chamou:

— Olá?

Não havia ninguém lá dentro, então ela entrou. Podia ver as sobrepelizes e as gorjeiras dos coristas pendendo de ganchos, havia um armarinho antigo na parede, que Judith imaginou conter as vestes do vigário, além de uma mesa com papéis e um computador sobre ela, mas, fora isso, o cômodo estava vazio.

Ou não? Estava com uma sensação de formigamento, como se alguém a observasse. Mas como isso poderia ser possível? Não havia mais ninguém no cômodo. Muito bem, pensou consigo mesma, era hora de descobrir a verdade sobre os ensaios do coral.

Ela foi vasculhar a mesa, mas ainda se sentia inquieta. Algum sexto sentido lhe dizia que não estava sozinha. Mas o lugar era tão pequeno que não havia onde se esconder. Embora, supôs Judith, houvesse o armarinho. Mas por que alguém se esconderia dentro de um armário?

Judith viu algumas partituras do coral em uma prateleira, então foi até lá para tentar encontrar uma lista de seus participantes, mas precisou se conter mais uma vez. Ela ainda sentia como se alguém a estivesse observando.

Mais para acalmar a própria mente do que por qualquer outro motivo, foi até o armário, abriu a porta e viu que não continha nada além das vestes do vigário em cabides. Exatamente como suspeitara.

Embora também parecesse conter uma mulher de meia-idade que a encarava.

— Ah! — exclamou Judith, surpresa. — Olá.

— É... desculpe por estar em um armário — disse a mulher, o constrangimento corando suas bochechas. — Você deve me achar uma esquisitona.

Judith estava perplexa. A mulher no armário parecia perfeitamente respeitável. Na verdade, mais do que isso, ela brilhava com uma boa e abundante saúde. Tinha quarenta e poucos anos, cabelo loiro elegante e usava um colete acolchoado preto, leggings justas e tênis de corrida rosa-choque. O que, raios, ela estava fazendo escondida no armário de uma igreja vazia?

— Não é algo muito comum — admitiu Judith.

— Eu posso explicar — disse a mulher, apressada. — Veja bem, só entrei para limpar a louça do vigário. — Levantou as mãos, cada uma delas brandindo uma xícara floral. — Colin é muito ruim em arrumá-las, e elas estão acumulando poeira e mofo há dias. De qualquer forma, não achei que encontraria alguém. Então ouvi uma pessoa se aproximando e entrei em pânico. Eu não queria ver ninguém hoje. Especialmente um dos paroquianos de Colin. Ai, Deus, pareceu rude, não é? Você não é uma das paroquianas dele, é?

— Eu não me preocuparia com isso — disse Judith, com um sorriso.

— Ótimo! Quero dizer, não que seja ótimo que você não frequente a igreja... Ai, desculpe, estou estragando tudo, não estou? Mas, enfim, o ponto é que quando ouvi passos se aproximando da sacristia, me escondi no armário.

— E se fechou lá dentro?

— Isso. Parece loucura, não é? Parece mesmo, agora que estou dizendo em voz alta. Acha que é loucura?

— Nem um pouco. Mas deixa eu me apresentar. Sou Judith Potts.

— Sim, eu sei.

— Sabe?

Agora foi a vez de Judith ficar surpresa. Ela tinha certeza de que nunca tinha visto aquela mulher.

— E eu sou Becks Starling — disse ela, oferecendo-lhe a mão. — Becky, na verdade, embora a maioria das pessoas me chame de Becks.

— Você é a esposa do vigário? — perguntou Judith, encantada.

— Receio que sim — respondeu Becks com um sorriso tímido. — Alguém precisa ser. Você se importa se eu sair do armário?

— Não, por favor, fique à vontade.

— Obrigada — agradeceu Becks, saindo.

Isso as deixou em uma espécie de impasse. Não havia nenhum código de conduta para continuar um primeiro encontro entre duas mulheres de classe média quando uma delas acabou de ser encontrada se escondendo em um armário.

— Acho que não é o ideal, é? — disse Becks. — Alguém se esconder assim. Na minha idade.

— Não sei, não. Lembro que na faculdade meu dormitório ficava no térreo, e uma vez me escondi debaixo da mesa quando uma amiga que eu não queria ver foi me visitar.

— É mesmo?

— Era para ser rapidinho. Ou foi o que pensei. Acontece que minha amiga queria muito, muito me ver. Ela esperou do lado de fora da minha janela por quase três horas, o que significou que precisei ficar debaixo da mesa por quase três horas. E eu jamais teria coragem de revelar que estava me escondendo dela; teria sido vergonhoso demais. Então acabei sendo obrigada a fazer xixi em uma lata de lixo, e você não tem ideia de como é difícil urinar em uma lata enquanto se escondo debaixo de uma mesa.

— Normalmente não me escondo em armários — disse Becks em uma tentativa de se distanciar da mulher à frente que abertamente admitiu ter feito xixi em uma lata, e que, ela agora percebeu, poderia muito bem ser louca. — Mas como posso te ajudar? — continuou. — Está procurando o reverendo Colin?

— Ah, não, nada de mais. Eu só estava me perguntando se existe uma lista das pessoas que cantam no coral da igreja.

— Bem, por acaso, há — respondeu Becks, indo até um pedaço de papel pendurado atrás da porta da sacristia. — Aqui.

Judith viu cerca de trinta nomes escritos por mãos e tintas diferentes, alguns riscados.

Antes que Judith pudesse achar o nome de Elliot Howard, Becks endireitou o pedaço de papel, pois ele não estava pendurado de maneira alinhada no alfinete.

— Com licença, se você puder me deixar ler…

Mas agora estava torto na outra direção, então Becks o mexeu de novo.

— Desculpe, não está reto.

— Se não se importa…

Becks arrancou o papel da parede e o levou até a mesa.

— É melhor eu reescrever, está um caos — disse a mulher, pegando uma folha A4 da impressora ao lado da mesa.

— Eu só queria checar se Elliot Howard é membro do coral.

Becks parou o que estava fazendo e olhou para Judith, surpresa.

— Elliot? É, sim. Ele está no coral há anos.

— Está?

— Desde que me lembro.

— Então você pode me confirmar se teve um ensaio do coral ontem à noite?

— Teve.

— E ele estava aqui?

— Estava.

— Você tem certeza?

— Tenho. Também sou do coral. Ele é barítono, eu sou soprano.

— Que horas foi o ensaio?

— Bem, primeiro fazemos um ensaio completo com os sopranistas mais jovens das sete às oito. Então, por volta das oito, eles são liberados e os adultos ficam para ensaiar até umas nove.

— Então Elliot estava aqui às oito horas?

— O tempo todo, das sete às nove.

— Tem certeza?

— Absoluta. Mas por que está perguntando?

Judith hesitou, pensando no que responder. Então, como lhe era tão frequente, decidiu que a honestidade era a melhor saída.

— Acho que ele está envolvido em um assassinato.

Becks se levantou bruscamente da cadeira.

— *O quê?*

— Na verdade, acho que há uma chance de ele ter matado meu vizinho ontem à noite.

Judith podia ver a mente de Becks girando, a capacidade de fala esquecida.

— Eu sei — concordou Judith. — É uma afirmação forte.

— Ele é um *assassino*?

— Isso te surpreenderia?

— Claro, é do Elliot Howard que estamos falando.

— Você o conhece bem?

— Na verdade, não, pensando bem. Ele é do tipo de homem que prefere a companhia dos outros rapazes do coral. Mas espera aí, que assassinato? Houve um assassinato?

Judith explicou os eventos que a levaram à igreja, e Becks prestou atenção em cada palavra.

— Você desconfia que Elliot matou o sr. Dunwoody e mesmo assim foi lá e *falou* com ele? — perguntou quando Judith terminou a história.

— Alguém precisa fazer algo. A polícia está sendo inútil. Acham que a morte de Stefan foi um acidente ou suicídio.

— Bem, posso te garantir que Elliot esteve aqui ontem à noite entre sete e nove.

— E você tem certeza de que ele não escapuliu?

— Aham. Certeza absoluta.

— Nem por uns minutinhos?

— Tem sempre um breve intervalo por volta das oito horas, quando os sopranistas vão embora e as pessoas usam o banheiro. Então é possível que Elliot tenha saído naquela momento.

— Você acha que ele saiu do ensaio às oito e não voltou para a segunda parte?

— Não tenho certeza. Não sei. Entretanto, agora que você mencionou, eu me lembro de ver Elliot chegar às sete, mas tenho minhas dúvidas se o vi depois disso. É possível que ele tenha ido embora de vez durante o intervalo do banheiro às oito. É como eu disse, nós dois realmente não conversamos.

Judith sentiu seu entusiasmo crescer. Se Elliot saíra do ensaio às oito, talvez houvesse tido tempo de entrar em um carro e dirigir até a casa de Stefan para matá-lo às oito e dez. Teria sido apertado, mas quase possível, ela pensou.

— Suponho que a igreja não tenha câmeras de segurança, não é? Ou qualquer tipo de gravação de vídeo do ensaio do coral ontem à noite. Das pessoas indo e vindo.

— Na verdade, temos. Há uma pequena câmera na galeria. No caso de arrombamentos ou qualquer outro tipo de conduta criminosa.

— Acha que poderíamos dar uma olhada nas filmagens da noite passada?

Judith notou que a ideia chocou Becks.

— Não sei, não. Acho que eu não deveria mostrar nenhum conteúdo do computador de Colin para você.

Judith ponderou as palavras de Becks por um momento, então enfiou a mão na bolsa e tirou sua latinha de balas. Abriu a tampa, espalhando açúcar de confeiteiro, e esticou os doces para Becks.

— Balinhas? — perguntou Judith.

— Não, obrigada — disse Becks, surpresa que alguém lhe oferecesse balas. Ela parecia o tipo que comeria aqueles doces?

Judith colocou uma balinha na boca e chupou enquanto considerava suas opções.

— Então suponho que não temos escolha — disse, fechando a tampa e guardando a lata na bolsa. — Seremos obrigadas a envolver a polícia.

— Você acha que a polícia precisará dar uma olhada nas filmagens?

— Receio ser inevitável. Assim que eu contar a eles sobre Elliot, haverá policiais com mandados de busca espalhados por todos os cantos aqui. Imagino que isso será um escândalo e tanto, e a imprensa também virá, sabe como eles são. Haverá paparazzi se escondendo nos arbustos e publicando fotos nada lisonjeiras de você tirando o lixo.

Becks estava ligando o computador antes mesmo que Judith terminasse de falar.

— É, você está certa. Nós deveríamos dar uma olhada para evitar que a polícia se envolva.

Judith sorriu calorosamente.

— Essa, sim, é uma *excelente* ideia.

Becks começou a clicar em vários ícones no monitor e abriu uma janela com uma gravação ao vivo em preto e branco da parte principal da igreja, incluindo as cadeiras do coral.

Ela clicou duas vezes em um arquivo e outra janela se abriu, bastante parecida com a gravação ao vivo, mas Judith pôde ver que estava datada do dia anterior. Ela, então, observou enquanto Becks arrastava o cursor até as sete da noite. Enquanto a mulher fazia isso, as cadeiras do coral começaram a se encher com vários meninos, os sopranistas, nos assentos da frente e cerca de vinte homens e mulheres nos outros.

Era possível ver que Elliot Howard estava em pé na fileira de trás.

— Não acredito — disse Becks, horrorizada.

— O que foi? — questionou Judith, sua empolgação crescendo conforme se perguntava se aquele seria o momento em que ela descobriria que Elliot Howard era, de fato, o assassino.

— Eu sou tão gorda assim?— quis saber Becks, apontando para a gravação de si mesma conversando com alguns amigos.

— Você não é gorda.

— Sou, sim, se esta é minha aparência.

— Acredite em mim, você não tem nada com que se preocupar.

— Está decidido, vou cortar *todos* os laticínios da minha dieta.

Judith se esforçou para ter empatia. Por que as pessoas não podiam ser felizes com elas mesmas? Mas não havia sentido em discutir com uma mulher como Becks, ela não tinha mais salvação. Em vez disso, Judith olhou para o monitor.

— É o Elliot ali, não é?

Becks voltou a se concentrar na tela.

— Sim. E se eu avançar, poderemos ver se ele vai embora.

Becks apertou o botão algumas vezes até que a imagem começou a avançar rapidamente, e Judith pôde ver que o maestro e o coral ficaram em suas posições o tempo todo. Então, quando o relógio marcou oito, todos os sopranistas saíram de repente, e muitos adultos também se mexeram, conversando entre si ou sumindo da tela por alguns minutos. Mas Elliot ficou onde estava.

Às oito e sete, todos os adultos já estavam de volta às suas posições, e o ensaio foi retomado. E Elliot ainda não tinha se movido. Nem uma vez. Nem ao menos pegou o celular para fazer uma ligação ou checá-lo. Ele apenas ficou sentado sozinho em silenciosa contemplação.

— Ele não foi a lugar nenhum — constatou Judith, desapontada.

— Bem, isso é uma boa notícia, não é?— disse Becks.

Becks continuou avançando a filmagem depressa, e as duas mulheres viram que Elliot não deixou sua posição até pouco depois das nove, quando o ensaio acabou para todos.

Becks tirou o dedo do mouse e a filmagem voltou a ser reproduzida na velocidade normal.

— Então é isso — disse Becks. — Elliot ficou aqui das sete às nove. Ele não pode ser o assassino que você está procurando. Graças a Deus.

— É, suponho que não.

Judith se sentia enganada. Essa não era a resposta que ela estava procurando, e enquanto observava Elliot conversando, descontraído, com outros três homens conforme deixavam o ensaio, ela precisou admitir que ele não estava se comportando como alguém envolvido em um assassinato. Ele parecia relaxado e de bom humor.

— Espera aí — disse Judith, indicando a tela —, o que foi aquilo?

No monitor, Elliot acabara de sair do perímetro da câmera com seus amigos.

— O que foi o quê?

— Pode voltar para mostrar Elliot saindo de novo?

Becks o fez. Elliot e os amigos refizeram seus passos de trás para frente.

— Pode reproduzir a partir daí? — pediu Judith.

Becks deu play e Elliot e seus amigos voltaram a andar de maneira normal.

Dessa vez, tanto Judith quanto Becks perceberam.

Pouco antes de desaparecer do alcance da filmagem, Elliot olhou diretamente para a lente da câmera. Mas quase de imediato se virou e deu um tapinha nas costas de um dos amigos, e os homens saíram juntos, conversando alegremente.

— Ele olhou para a câmera — constatou Becks.

— Olhou. Ele sabia que ela estava lá.

— Suponho que ele teve anos para perceber sua existência. Talvez seja uma coincidência?

— Acho que não. Você também viu, não viu? Aquele olhar dele.

Becks mordeu o lábio. Era verdade. Ela também tinha visto.

— É como se ele soubesse que alguém assistiria à filmagem. Para confirmar seu álibi. E, por uma fração de segundo, seu ego assumiu o controle e ele não conseguiu se conter. Precisou olhar para a câmera.

— Mas como você descreveria aquele olhar dele?

— Sei exatamente como descrever — respondeu Judith. — Era um olhar de triunfo.

As mulheres se entreolharam. Ambas sabiam que Judith acertara em cheio. Elliot olhara para a câmera de modo *triunfante*.

Becks estremeceu.

— Desculpe, esses edifícios antigos de pedra são gelados mesmo no auge do verão.

— Certo — disse Judith —, então qual é nosso próximo passo?

— Como?

— Essas imagens provam que Elliot não pode ser o assassino, mas ele definitivamente está envolvido na morte de Stefan. De alguma forma, ele conseguiu estar em dois lugares ao mesmo tempo. Ou contratou outra pessoa para cometer o crime. Mas, na minha opinião, aquele olhar que lançou para a câmera evidencia sua culpa, não acha?

— Espera um pouco, o que você quer dizer com "qual é o nosso próximo passo"?

— Ora, atualmente somos as duas únicas pessoas no mundo que acreditam que Elliot está envolvido de alguma forma no assassinato de Stefan. Então cabe a nós descobrir como ele fez isso.

— Ah, não! Não posso me envolver nisso — disse Becks. — Esse é um assunto para a polícia. Precisamos deixá-los fazer o trabalho deles. É isso que fazem: pegam criminosos e assassinos. Enquanto eu faço sanduíches, esse, sim, é o meu trabalho. Sirvo chá e biscoitos, crio meus filhos e ajudo meu marido. Então, sinto muito, foi um prazer conhecê-la, Judith, mas não posso me envolver.

Dito isso, Becks saiu da sala, parecendo bastante inquieta.

Judith sorriu para si mesma. Ela se lembrava de ser jovem assim. Não como Becks, neurótica ou desesperadamente preocupada com o que as pessoas pensavam dela. Mas, em sua opinião, qualquer pessoa com a capacidade de lidar com algumas xícaras de café e, apenas minutos depois, se esconder dentro de um armário, era alguém a ser considerado. Estava ansiosa para reencontrar Becks.

Enquanto isso, porém, como conseguiria provar o envolvimento de Elliot?

Capítulo 7

Após sua conversa com Judith, Becks se apressou de volta para a casa paroquial, uma linda construção georgiana de fachada arqueada que ficava ao lado da igreja, mas se viu incapaz de relaxar. Seu contato indireto com um possível assassinato a perturbara mais do que ela gostaria de admitir. Então, para acalmar os nervos, fez o que sempre fazia quando se sentia ansiosa: arrumação. Ela afofou almofadas que já estavam redondinhas, endireitou quadros nas paredes que não estavam tortos e passou aspirador de pó no chão da cozinha que não tinha poeira nenhuma.

Sam, seu filho de quatorze anos, estava curvado sobre o celular à mesa da cozinha.

— Cadê sua irmã? — perguntou Becks.

— Não sei — disse Sam sem levantar os olhos. — Provavelmente cheirando óxido nitroso por aí.

— Não diga isso! — gritou Becks.

Embora Sam estivesse brincando, tanto ele quanto a mãe sabiam que, ao passo que Sam era um aluno exemplar que gostava de seguir as regras, sua irmã, Chloe, de dezesseis anos, era o completo oposto. Tudo o que ela queria era sair com os amigos e ir a festas. Mas, se fosse honesta consigo mesma, Becks sabia que Chloe não estava fazendo nada que ela não tenha feito naquela idade; é só que o comportamento da filha a preocupava muito.

Também não é como se ela realmente entendesse Sam. Durante o último ano, ele se tornou cada vez mais retraído e, até onde Becks via, as únicas interações sociais significativas que ele tinha fora do horário escolar eram com seu hamster, que ele amava de paixão.

— Você está linda, querida — disse o reverendo Colin Starling ao entrar na sala usando suas vestes pretas e peitilho branco.

— Como pode dizer isso? — retrucou Becks. — Estou com minha roupa de ioga.

Exasperada com a falta de sensibilidade do marido, Becks subiu as escadas para se trocar. Lá no fundo, ela sabia que tinha agido de forma irracional, mas não conseguia se livrar do sentimento de desconforto.

No quarto, pegou o celular para ver se Chloe tinha entrado em contato. Não tinha.

— Becks? — chamou Colin do pé da escada. — Está lembrada que o major Tom Lewis e sua esposa vêm jantar?

Becks nem se deu ao trabalho de responder. É claro que sabia que teriam convidados no jantar. Ela tinha acordado às seis da manhã para esfregar funcho em uma barriga de porco para que pudesse cozinhar pelas dez horas necessárias na panela elétrica. Mesmo que o major Tom já fosse chegar bêbado, e a sra. Lewis a criticaria por critérios que só revelaria quando Becks não os cumprisse.

Ela não conseguia evitar o pensamento: onde tinha errado na vida? Não era como se fosse infeliz. Longe disso. Mas também não era feliz. Colin era banqueiro quando se conheceram e, embora ambos frequentassem regularmente a igreja, ele não manifestara nenhum interesse no ministério antes de se casarem. Foi só depois do nascimento de Chloe que ele começou a ter "dúvidas" sobre as belas quantias de dinheiro que ganhava. E então, logo após a chegada de Sam, quando a necessidade da família por dinheiro disparou, ele percebeu sua "vocação". Sendo uma boa esposa, Becks o apoiara em sua mudança radical de banqueiro rico para vigário do interior.

E ali estava, todos esses anos depois, uma dona de casa, uma esposa, uma mãe. Eram papéis maravilhosos, e ela continuava dizendo a si mesma que tinha sorte de ser tão abençoada, mas não conseguia deixar de notar que toda a sua existência parecia ser definida por terceiros. Ela era a mãe das *crianças*, a esposa do *vigário* e a dona de *casa*.

Becks abriu o aplicativo de uma rede social no celular. Procurou um grupo no qual entrara pouco depois de o marido ter sido nomeado vigário da cidade. O grupo se chamava "Vamos Falar de Marlow". Quando ingressara, não usara seu nome verdadeiro. Escolhera o apelido "Jezabel". Esse anonimato permitiu que ela desse mais sua opinião na internet do que jamais o fizera na vida real. Mas se obrigara a desistir do grupo alguns anos atrás. Era inebriante ter um alter ego, e ela sabia que não era saudável, especialmente quando suspeitava que gostava mais do alter ego do que da verdadeira Becks.

Pela primeira vez em muito tempo, ela abriu o fórum. Uma rápida olhada nos tópicos ativos lhe informou que as principais preocupações das pessoas ainda eram o medo de viajantes se mudando para a estrada Seymour Park e a recusa dos donos em recolher o cocô de seus cachorros. Nada havia mudado.

Becks iniciou uma nova postagem:

> Tenho interesse em vender alguns móveis antigos.
> Gostaria de usar a Casa de Leilões de Marlow para tal,
> mas ouvi algumas coisas ruins sobre o proprietário,
> Elliot Howard. Sabem dizer se ele é confiável?

Seu dedo pairou sobre o botão "Postar". Ela poderia mesmo ser tão ousada? De dia, a esposa educadinha de um vigário, mas na hora do chá da tarde, uma guerreira cibernética anônima?

Antes que pudesse se conter, Becks apertou o botão e o tópico foi postado.

Uma sensação de alegria percorreu seu corpo. Ela não conseguia se lembrar da última vez que fora tão ousada.

Na manhã seguinte, Judith estava sentada à mesa tentando elaborar uma pista satisfatória para a palavra "deveria" nas palavras cruzadas em que trabalhava. Ela notou recentemente que o vocábulo poderia ser construído a partir de "dever" e "ria". O jogo na junção das duas palavras a agradou em demasia, e seus instintos lhe disseram que havia uma ligação oportuna a ser feita entre se sentir alegre ("ria") depois de cumprir com uma obrigação ("dever"). Mas toda vez que ela tentava se concentrar na melhor maneira de formular a pista, a imagem de Elliot Howard surgia em sua mente: como ele estava seguro de si quando a conheceu; quão presunçoso parecia ao olhar para a câmera do circuito interno de segurança da igreja.

E como se não bastasse Elliot arruinando sua concentração, Judith também não conseguia parar de pensar no coitadinho do Stefan. Ela se pegou lembrando da única conversa que já tiveram pessoalmente. Foi alguns invernos atrás, quando o país estava coberto de neve e Stefan apareceu à sua porta para verificar se ela estava bem. Ele não sabia que todo o drama de conseguir suprimentos e garantir que tivesse madeira suficiente para a lareira vinha mobilizando Judith há dias. Além do mais, ele não tinha sido intrometido nem crítico quanto a vida solitária de Judith, como a maioria das pessoas. E também não tentou entrar para ver como era o casarão dela. Os visitantes que apareciam vez ou outra estavam quase sempre desesperados para descobrir se o interior da propriedade combinava com o exterior grandioso. Mas não Stefan. Ele foi respeitoso, educado, e assim que percebeu que Judith estava preparada para a neve que se aproximava, desejou-lhe um bom dia e foi embora.

Um bom homem, era isso o que ele era, Judith pensou. E, pela centésima vez naquela manhã, pegou-se olhando distraidamente pela janela em direção à casa vazia de seu vizinho.

Havia uma mulher parada no jardim de Stefan.

Judith levou alguns segundos para processar o que estava vendo.

Havia uma mulher parada no jardim de Stefan!

Judith se sobressaltou, os lápis caindo no chão, e se apressou até a porta da frente, jogou a capa sobre os ombros e saiu correndo. *Quem era aquela? O que ela estava fazendo na casa de Stefan?*

Marchando pela grama densa de seu jardim, Judith parou à beira do rio. A mulher estava parada no gramado do vizinho, virando-se lentamente de um lado para o outro. Era como se estivesse tentando se localizar. Ela usava jeans e camiseta escura, e tinha uma espessa cabeleira ruiva de aparência selvagem e de um tom de cobre brilhante. Como uma pintura pré-rafaelita, Judith refletiu.

— Olá — chamou Judith do próprio jardim.

A mulher se virou ao ouvir a voz de Judith.

— Olá — chamou novamente. — Sou Judith Potts, vizinha do Stefan. Posso ajudar?

A visão de Judith não era mais a mesma, então era difícil para ela distinguir as feições da mulher com clareza, mas tinha quase certeza de que a moça parecia em pânico com sua aparição repentina. E então todas as dúvidas foram sanadas quando a mulher de cabelos ruivos se virou e praticamente saiu correndo.

— Eu só queria dizer olá! — gritou Judith, mas era tarde demais. A mulher já havia desaparecido pela lateral da casa.

Capítulo 8

A investigadora Tanika Malik estava lendo o relatório de balística do caso de Stefan Dunwoody quando um policial ligou em seu ramal para informar que uma mulher chamada sra. Judith Potts estava esperando por ela na recepção. Ela ficou perplexa por um momento, mas pediu que o policial levasse a sra. Potts até uma sala de reuniões e falasse que se juntaria a ela em alguns minutos. Havia um assunto muito urgente com o qual precisava lidar antes.

Ela pegou o telefone e discou o número no topo da folha do relatório.

— Quer dizer que a bala que matou o sr. Dunwoody era uma antiguidade? — perguntou à policial forense assim que foi transferida.

— Isso mesmo — respondeu a mulher do outro lado da linha.

— Tem certeza?

— O projétil alojado no crânio do sr. Dunwoody era um 7,65×21mm Parabellum, um calibre muito específico que só foi usado até a Segunda Guerra Mundial pelas forças armadas alemãs.

— É sério?

— Receio que sim. Foi disparado de uma pistola Luger da Segunda Guerra Mundial.

— E ela ainda funcionaria? Uma bala de setenta anos?

— Os alemães sabiam como fazer pistolas. Ainda sabem. Claro que funcionaria.

A investigadora Malik agradeceu à mulher pela ajuda e desligou. Uma das verdades de ser policial no Reino Unido era a dificuldade de encontrar uma arma de fogo funcional. Era igualmente complicado conseguir armas antigas que não tivessem sido desativadas.

A menos, talvez, que você fosse um antiquário.

Após sua segunda conversa com Judith, a investigadora Malik ligou para Elliot Howard por causa da denúncia da mulher. Elliot admitiu com alegria que realmente discutiu com Stefan durante a Henley Royal Regatta, mas foi apenas porque Stefan estava bloqueando sua visão do evento. E embora tenham se exaltado um pouco, já fazia seis semanas, então eram águas passadas.

Quanto ao que Elliot fez na noite em que o sr. Dunwoody morreu, a investigadora sabia que o relatório do patologista havia concluído que Stefan fora baleado em algum momento entre sete e dez da noite, então ela perguntou a Elliot onde ele estava nesses horários. Ele explicou que foi ao ensaio do coral na igreja All Saints, depois ao pub tomar uma cerveja, e ficou lá até por volta das dez.

Ela não gostou muito da atitude de Elliot. Ele parecia tranquilo demais, quase como se estivesse esperando seu telefonema e houvesse se preparado para isso. Graças aos anos no cargo, sabia que civis ficavam nervosos quando se tornavam parte de uma investigação, especialmente quando se tratava de um possível assassinato. Mas uma ligação rápida para o vigário de Marlow confirmou a história de Elliot. Na verdade, ele disse que também tinha ido ao pub depois do ensaio, então pôde afirmar que esteve com Elliot entre sete e dez horas da noite. E visto que o álibi do sr. Howard era o vigário local, a investigadora Malik não tinha levado as coisas adiante.

Mas agora que descobriu que a arma do crime era uma pistola alemã antiga, talvez valesse a pena rever as coisas. Ou será que tinha sido apenas uma coincidência? Ela tentou afastar o pensamento. Stefan Dunwoody tirara a própria vida, era a única resposta que fazia sentido. Mesmo que ele tivesse usado uma arma velha para tal.

Entretanto, ainda havia o mistério do medalhão de bronze, a investigadora Malik pensou.

Até então, esse tinha sido o único aspecto do caso que a deixara intrigada. Quando os mergulhadores tiraram o corpo de Stefan do rio, encontraram um pequeno medalhão do tamanho de uma moeda de duas libras preso por uma corrente de prata a uma casa de botão em sua jaqueta. O medalhão era claramente bem antigo, marrom opaco, com um padrão espiralado de folhas esculpido na borda e a palavra "Fé" gravada no centro. Era uma espécie de anomalia, até porque ninguém de sua equipe já encontrara um medalhão preso a uma jaqueta daquela forma antes.

Mas um símbolo religioso antigo dificilmente seria o tipo de evidência que poderiam usar para alegar que o caso se tratava de homicídio. Não mais do que poderiam usar uma Luger velha.

No caminho para se encontrar com Judith, a investigadora parou brevemente na mesa de um de seus policiais.

— Já encontramos a arma?

— Ainda não — respondeu o oficial. — Os mergulhadores finalizaram as buscas no leito do rio esta manhã. Não encontraram nada.

— E no lago em si?

Uma das teorias dela era que Stefan talvez tivesse ficado de pé na represa de tijolos que separava seu lago do rio, atirado na própria cabeça e caído de costas no rio enquanto a arma caía no lago.

— Também olharam o lado do lago que dá na represa. Nada de arma.

— Eles têm certeza?

— Não podem ter cem por cento de certeza. A menos que draguemos de fato o lago e o rio.

— Talvez seja necessário no futuro.

Foi uma Malik muito pensativa que finalmente se encontrou com Judith.

— Lamento ter feito você esperar — disse a investigadora enquanto se sentava na sala de reuniões.

— Não se preocupe — tranquilizou Judith. — Sei que deve estar muito ocupada. Não vou tomar mais do seu tempo do que o necessário. Mas descobri algumas coisas e acho que você deveria saber com certa urgência.

— Tá bem — respondeu a investigadora Malik, pegando um caderninho e uma caneta. — O que você quer me dizer?

Judith explicou como ela foi à galeria de Stefan e soube, por meio de sua assistente Antonia Webster, que Elliot Howard visitara Stefan no começo da semana anterior à sua morte, que eles tiveram uma discussão e que Antonia ouviu Stefan dizer a Elliot que ele tinha o suficiente para ir à polícia.

A investigadora Malik ficou surpresa. Havia descartado Elliot das investigações, mas ali estava ele de novo.

— O sr. Dunwoody disse mesmo isso? — perguntou a investigadora.

— "Tenho o suficiente para ir à polícia." Estas foram suas palavras exatas para Elliot, de acordo com Antonia. E mais tarde, quando ela falou com Stefan sobre o ocorrido, ele disse que "o desespero leva as pessoas a fazerem coisas idiotas".

— Ele sugeriu que Elliot estava desesperado?

— Isso mesmo!

— Mas e se ele estivesse falando sobre si mesmo? Visto que ele possivelmente tirou a própria vida. A frase sobre como "o desespero leva as pessoas a fazerem coisas idiotas" poderia ter sido uma referência velada de que estava prestes a cometer suicídio.

Judith jogou as mãos para o alto, exasperada.

— Não é possível que você ainda acredite que foi suicídio.

— É uma explicação possível.

— Aposto que não havia uma carta de despedida, havia?

A investigadora Malik franziu o cenho. A verdade era que Judith estava certa. Não encontraram nenhuma carta de despedida no corpo de Stefan ou em sua casa.

Pensar no corpo de Stefan a lembrou do medalhão de bronze que encontraram, então ela decidiu investigar um pouco.

— Você diria que o sr. Dunwoody era um homem religioso?

— Perdão?

A investigadora explicou como a polícia encontrou um medalhão com a palavra "Fé" preso à jaqueta de Stefan.

— Está dizendo que ele usava aquilo como se fosse um distintivo?

— É, algo assim.

— Como o objeto estava preso à jaqueta dele?

— Em uma correntinha presa à casa do botão do meio da jaqueta.

— Ah, como aqueles medalhões que usam em regatas de remo.

— Isso mesmo. Exatamente assim.

— Entendi. Bem, não faço ideia se Stefan era religioso. Não vou à igreja com tanta frequência, então não saberia te dizer. Mas você não respondeu à minha pergunta: encontraram uma carta de despedida?

— Lamento, mas não posso discutir detalhes da investigação com uma civil.

— Que é tudo o que preciso para saber que você *não* encontrou uma carta. Porque ele não tirou a própria vida. Elliot Howard o matou.

— Você deveria mesmo parar de dizer isso. O sr. Howard não pode ter cometido o crime.

— Ah, porque ele estava no ensaio do coral?

— Como é que você sabe disso?

— Depois que a Antonia me contou sobre a discussão no escritório, fui falar com Elliot Howard.

— Você fez *o quê*?!

— Eu tinha que vê-lo pessoalmente.

— E isso foi prudente?

— Se fizéssemos apenas o que é prudente, nada seria feito, não é? Enfim, foi quando ele me contou que estava no ensaio do coral quando eu ouvi o tiro.

— Sim, ele me contou a mesma coisa.

— Ah, então você falou com ele?

— Tive de investigar o que você tinha me relatado sobre ele.

— Aposto que você não gostou dele.

— Como?

— É o tom dele, não é? Como se estivesse brincando com a gente.

A investigadora Malik quase concordou com Judith antes de conseguir se controlar.

— Sem essa de "a gente", se não se importa, sra. Potts. Fico feliz em falar com você como a testemunha que encontrou o corpo e como conhecida do falecido. Mas você não deve sair por aí achando que pode fazer o trabalho da polícia.

— É claro — disse Judith. — Esse é o seu trabalho, eu entendo perfeitamente. Mas me diga, já encontrou a arma?

— Perdão?

— Imagino que não, estou certa?

Por um instante, a investigadora Malik não soube o que responder.

— Tá vendo? Não tem carta de despedida, nem arma! Porque o assassino a levou embora depois. E mesmo que Elliot Howard estivesse no ensaio do coral no momento em que Stefan foi morto, ele ainda está envolvido de alguma forma. Tenho certeza. É possível que tenha contratado um assassino de aluguel?

— Não acho que isso seja plausível.

— Mas é uma possibilidade, não é?

— Sra. Potts, Marlow ganhou o prêmio "Best in Bloom" nos últimos sete anos. E a última vez que fui chamada para um incidente lá, foi porque dois cisnes estavam andando devagar pela rua High e pararam o trânsito. Posso lhe garantir, não há assassinos de aluguel em Marlow.

A porta se abriu com força e um policial ofegante enfiou a cabeça para dentro da sala.

— Senhora, um homem acabou de ser morto a tiros em Marlow.

Capítulo 9

O assassinato aconteceu em um bangalô na estrada Wycombe, uma rua perfeitamente comum que ligava Marlow a High Wycombe, com casas suburbanas ladeando ambos os lados, cercas vivas elegantes e carros nas entradas das garagens.

Ao chegar à cena, a investigadora Malik viu uma viatura já no local, com o giroflex ligado. Estava estacionada na entrada da garagem, ao lado de uma van branca e um Prius antigo com uma placa própria para táxi.

Havia um policial de guarda na porta da frente.

Ela respirou fundo para se recompor. A verdade é que ela normalmente não lideraria um caso tão sério. Afinal, era apenas uma investigadora. Mas seu superior, o inspetor-chefe Gareth Hoskins, havia se afastado do trabalho por causa de uma doença relacionada ao estresse três semanas atrás, portanto, agora ela era a responsável. Assim como no caso de Stefan Dunwoody.

A investigadora Malik passara as últimas três semanas lendo e relendo sua cópia do *Manual de Inspetores Sêniores* do Blackstone, caso a remota possibilidade de um grande caso cair em seu colo acontecesse. Mas sabia que uma coisa era ter a "inteligência dos livros", outra bem diferente era colocar seu conhecimento em prática no mundo real.

Basta seguir as regras e os regulamentos, disse a si mesma enquanto se aproximava da porta da frente da casa de campo. *Basta seguir as regras e os regulamentos.*

— Bom dia, oficial — cumprimentou ela com uma confiança que não sentia. — Então, o que temos aqui?

O policial explicou que o homem morto dentro da residência se chamava Iqbal Kassam. Morava sozinho e era taxista.

— Quem encontrou o corpo?

O policial contou que um jovem entregador havia ido até lá com uma encomenda para o sr. Kassam, mas quando chegou à porta, viu que ela já estava aberta. Então entrou no corredor para colocar o pacote na mesinha ao lado da porta, foi quando conseguiu vislumbrar o quarto onde o sr. Kassam estava, com sangue cobrindo os travesseiros, mortinho da silva.

— Entendi. Conte-me um pouco sobre o entregador que achou o corpo.

— Ele está muito abalado.

— Ele poderia ser nosso atirador?

— Levamos as roupas dele para o exame residuográfico, mas acho que o corpo está lá há algumas horas. — Ele indicou a van na entrada da garagem. — Tem um rastreador no veículo. O entregador conseguiu me mostrar sua rota da manhã. Ele não esteve nem perto de Marlow até meio-dia e trinta e sete, que foi quando encontrou o corpo e nos chamou.

— Veja se consegue falar com as outras pessoas para quem ele fez entregas esta manhã. Vamos garantir que a história dele é verdade.

— Sim, senhora.

A investigadora Malik pegou um par de luvas azuis e as colocou.

— E a cena? — perguntou ela.

— Não há sinais de arrombamento. E nem de luta. Ou qualquer tipo de roubo, pelo que investigamos. O corpo está no quarto com uma bala no crânio.

— Certo — disse ela —, vamos dar uma olhada no sr. Kassam.

Ao entrar, Malik parou por um momento e deu uma olhada ao redor. O bangalô era modesto, seus móveis descombinados pareciam ter vindo de uma loja de usados, mas era arrumado e limpo. Muito mais arrumado, ela sabia, do que seria se seu marido morasse sozinho.

Perto da porta da frente, ela viu uma pequena estante abarrotada de livros sobre barcos e vela. Havia também uma escultura de bronze em uma mesinha no corredor que retratava um navio antigo com velas a todo vapor.

O policial tossiu e indicou com a cabeça uma porta aberta ao lado da entrada. Ela adentrou o cômodo e viu um homem que ela presumiu ser o sr. Kassam deitado em uma cama de casal, com sangue cobrindo seu rosto e encharcando seus lençóis e travesseiros.

Aproximou-se do corpo e viu uma cartela de comprimidos, um copo de água meio vazio e uma cópia encadernada em couro do Alcorão sobre a mesa de cabeceira. Ela pegou as pílulas. Eram de uma marca chamada Diphenazine.

— Eu pesquisei — disse o policial à porta. — É remédio controlado para dormir.

— Obrigada — respondeu ela, colocando as pílulas de lado e fazendo uma nota mental para verificar o histórico médico do sr. Kassam com seu médico.

Olhando para o corpo, ela percebeu que o sr. Kassam parecia estar na faixa dos trinta anos, tinha uma espessa barba escura e cabelo preto encaracolado. Ele também tinha um buraco de bala no meio da testa, e a parte de trás da cabeça fora arrancada; sangue, ossos e cérebro espalhados em uma chocante confusão sangrenta no travesseiro.

Um arrepio percorreu o corpo da investigadora Malik.

Esta era sua segunda morte por arma de fogo em três dias.

E a segunda bala que atingia o meio de uma testa.

Mas ela sabia que agora não era hora para especulações. Inicialmente, seu trabalho como investigadora responsável pelo caso era "identificar, proteger e preservar" a cena. Teorizar poderia ficar para depois. Então se obrigou a focar as evidências físicas à sua frente.

O policial tinha razão. Não havia sinais de luta. O edredom estava cuidadosamente dobrado sob o queixo da vítima, seus braços ainda ao lado do corpo por baixo da coberta. Ele não lutara de forma alguma.

Aquilo não era apenas um assassinato, era uma execução.

De algum lugar da casa veio um ganido agudo e um barulho de algo sendo arranhado. Como um animal com dor.

— O que é isso? — perguntou ela.

— Não faço ideia — respondeu o policial, perplexo.

A investigadora Malik voltou para a sala de estar. O estranho som agudo estava mais alto ali. Parecia vir de trás de um par de cortinas. Ela as abriu, revelando portas francesas que davam para um quintalzinho murado.

Havia um dobermann de aparência elegante lá no gramado, ganindo. A pobre criatura parecia angustiada, mas a investigadora sabia que aquela raça podia ser cruel. Como ela poderia proteger e analisar a cena com um cão daquele no quintal?

— Senhora — disse o policial, entrando na sala pela porta principal. — Acho que tem uma mulher lá fora nos espionando.

— Perdão?

— Tem uma mulher no jardim se escondendo atrás de um arbusto.

— Certo, mantenha as coisas aqui sob controle — pediu a investigadora, e saiu da casa rapidamente.

Seus olhos levaram alguns segundos para se ajustar à luz do sol, mas conseguiu distinguir uma sebe de louros separando o jardim de Iqbal da rua, e havia arbustos perto de um portãozinho que dava para a calçada. Um deles se mexeu e ela viu um lampejo de roupas quando alguém saiu pelo portão e desapareceu atrás da cerca viva.

Enquanto se apressava atrás da figura, enfiou a mão na bolsa e agarrou um pequeno cassetete retrátil.

— Com licença? — gritou ao sair para a calçada.

A pessoa diminuiu o passo até parar e se virou para olhar a investigadora Malik.

Ela largou o cassetete e tirou a mão da bolsa quando viu que estava falando com uma mulher de aparência tranquila, com cerca de cinquenta anos. Tinha bochechas coradas e queimadas de sol, usava botas de caminhada sujas, um chapéu de aba larga surrado, e várias bolsinhas e guias de cachorro desfiadas estavam penduradas em um cinto amarrado com firmeza em volta da cintura. Fazia o tipo fazendeira alegre, Malik pensou consigo mesma.

— Está falando comigo? — perguntou a mulher, apontando para si mesma como se fosse a última pessoa no mundo com quem a investigadora pudesse querer conversar.

— Isso mesmo. Você estava nos espionando.

A mulher colocou a mão no peito em outra demonstração de falsa surpresa, dessa vez murmurando "Eu?"

— Poderia me informar seu nome, por gentileza?

— Claro. Sem problemas. Mas por que você quer saber?

— Apenas me informe seu nome.

A mulher refletiu por um instante. Olhou para o céu. Enrugou o nariz. Basicamente, estava vasculhando a própria mente em busca de uma resposta.

— Certo. Meu nome é Denise.

Ela conseguia perceber a mentira da mulher.

— É mesmo?

— É, sim — confirmou a mulher com um aceno confiante da cabeça.

— E seu sobrenome?

— Meu sobrenome?

— Sim.

— Me chamo Denise… Denison.

— Seu nome é Denise Denison?

— Sim — disse ela e sorriu, encantada com a própria astúcia.

— Você acha que vou acreditar nisso?

— Claro. É como eu informei, me chamo Denise Denison.

— Então vou explicar a situação para você. Sou a investigadora Tanika Malik, estou nesta propriedade investigando uma morte suspeita, e você precisa me informar seu nome verdadeiro imediatamente ou vou prendê-la.

A mulher entendeu o recado.

— Você está dizendo que Iqbal… está morto?

— Então você conhece o sr. Kassam?

— Sim, sim, eu o conheço. E me chamo Suzie Harris — disse, todas as tentativas de subterfúgio esquecidas. — Moro na estrada Oakwood, número 14.

— Obrigada, mas por que não me informou seu nome verdadeiro logo de cara?

— Nunca se deve contar seu nome real a um tira — disse Suzie, como se isso fosse uma verdade universalmente reconhecida.

A investigadora Malik suspirou.

— Você pode me dizer quando viu o sr. Kassam pela última vez? — perguntou.

Suzie levou um momento para organizar seus pensamentos.

— Ontem, acho. Quando vim passear com a Emma, a dobermann dele. Às vezes, Iqbal trabalha à noite como taxista. Então dou uma volta no quarteirão com Emma toda manhã.

— E pode me explicar por que estava se escondendo atrás de um arbusto no jardim dele?

— Foi só porque vi o carro da polícia aqui. Eu queria saber o que estava acontecendo. Mas você está falando sério? Está mesmo me dizendo que ele está morto? Não pode ser verdade. O que aconteceu?

Malik não queria compartilhar detalhes do caso, mas sabia que em todo assassinato havia uma "hora de ouro" imediatamente após o início da investigação, quando as chances de pegar o assassino eram maiores. Não havia ninguém que morasse com o sr. Kassam com quem pudesse conversar, e ela percebeu que existia apenas uma propriedade vizinha, e seu jardim estava coberto de mato, suas cortinas fechadas e uma placa de "Vende-se" na calçada. Ninguém morava por ali.

No momento, Suzie era a única testemunha que conhecia o falecido, mesmo que remotamente. Então explicou que parecia que um intruso entrara na residência do sr. Kassam e atirara nele enquanto ele dormia.

— Mas isso não é possível — falou Suzie, após absorver a notícia.

— Por que não?

— Iqbal era a pessoa mais legal do mundo. Pergunte a qualquer um que o conhecesse. Ele era gentil e nunca perdia a paciência. Tudo o que queria era ganhar dinheiro suficiente para comprar um barco bonito que pudesse deixar no Tâmisa.

A investigadora se lembrou dos livros sobre barcos e da pequena estátua de um veleiro na casa.

— E a família? Você sabe quem pode ser o parente mais próximo dele?

— Não faço ideia. Mas ele nasceu em Bradford, segundo o que me contou. E passou parte da infância em Marlow. Foi por isso que acabou voltando para cá.

— Você tem o contato de algum familiar dele?

— Acho que os pais dele morreram há algum tempo. E ele era filho único.

— Então ele não tem família imediata?

— Não sei. Suponho que tenha primos. Talvez. Em algum lugar.

— Uma última coisa: você disse que passeava com a cadela do sr. Kassam todas as manhãs, certo?

— Certo.

— Então você tem uma cópia da chave do sr. Kassam?

— Sem chance, você não vai jogar isso nas minhas costas. Iqbal se preocupava com questões de segurança. Bastante. Eu só conseguia acessar o jardim dele, e pegava Emma por lá.

Suzie apontou para um portão entre o bangalô do sr. Kassam e a propriedade vazia à venda ao lado.

— Tem certeza de que ele nunca lhe deu uma cópia da chave?

— Certeza absoluta.

— Então posso perguntar onde você esteve essa manhã?

— Bem, uma das minhas clientes buscou seus labradores pretos comigo por volta das oito horas. Cuidei deles durante a noite. Mas desde então, fiquei em casa.

— Tinha alguém com você?

— Não. Moro sozinha. Mas se eu estivesse envolvida de alguma forma no que aconteceu aqui, acha mesmo que eu apareceria na casa de Iqbal logo depois da polícia? Você pode me achar idiota, mas não sou tão idiota assim.

Uma van cinza com uma antena parabólica no teto parou em frente à casa e os ombros da investigadora Malik caíram. Como a imprensa descobria sobre os crimes tão depressa? Ela teria de chamar o policial para se livrar deles, mas também sabia que precisava tirar o cachorro do sr. Kassam do local.

— Certo, então, tenho dois favores para pedir. Primeiro, você poderia ficar com a cadela do sr. Kassam para nós? Só até encontrarmos alguém que fique feliz em dar um lar para ela.

— Claro. Eu cuido da Emma. Qual é o outro favor?

— Aquela é a imprensa local — informou a investigadora Malik, indicando um repórter e um cinegrafista pegando seus equipamentos na parte de trás da van. — Eu agradeceria muito se você não falasse com eles.

— Não precisa se preocupar com isso. Minha boca é um túmulo.

— Obrigada.

Ela acompanhou Suzie ao longo da lateral da casa e viu como a cadela do sr. Kassam a recebeu com alegria. Suzie também fez um ótimo trabalho animando Emma. Era nítido que sua conexão com o animal era natural e autêntica.

Depois que Suzie saiu com Emma na coleira, a investigadora voltou para dentro da casa e retornou ao corpo. Se não fosse pelo sangue espalhado, o sr. Kassam poderia muito bem estar dormindo. E havia também, é claro, o buraco de bala no meio da testa. Era claramente um assassinato, mas será que Judith estava certa? Era o *segundo* assassinato? Não parecia possível, mas não havia como negar as semelhanças entre as duas mortes.

Ela estava prestes a se virar quando a luz do sol através da janela fez algo dentro da boca de Iqbal refletir. Ela não tinha visto da primeira vez, pois seus lábios estavam quase completamente fechados.

— Oficial, você tem uma lanterna aí?

O policial se aproximou com uma lanterna em mãos.

— Poderia iluminar a boca da vítima?

Ele obedeceu. Houve um brilho fraco quando o facho refletiu em um pequeno objeto lá dentro. O que era aquilo?

A investigadora Malik cuidadosamente puxou uma curta corrente de prata da boca do sr. Kassam.

Em sua ponta havia um pequeno medalhão de bronze com flores espiraladas nas bordas. Parecia idêntico ao que encontraram no corpo de Stefan. Tinha até uma palavra gravada no centro. Mas, dessa vez, a palavra não era "Fé", era "Esperança".

A compreensão atingiu a mulher como uma onda gelada.

Judith Potts tinha razão.

Stefan tinha sido morto. Com um tiro no meio da testa. Então, o assassino atacou outra vez, matando Iqbal exatamente da mesma forma. E deixou um medalhão de bronze na segunda cena de crime, assim como fizera na primeira.

Mas as coisas não parariam por aí, ela sabia. Afinal, o versículo falava de "Fé, Esperança e Caridade", certo? Os dois primeiros assassinatos foram a "Fé" e a "Esperança", mas a "Caridade" ainda não tinha aparecido.

A mensagem do assassino não poderia ter sido mais clara.

Aquele não era o fim.

Haveria um terceiro assassinato.

Capítulo 10

Judith estava fervilhando de empolgação quando chegou em casa. Quem era a segunda pessoa que tinha sido baleada em Marlow? Sabia que precisaria esperar por pouco tempo até que o boletim da televisão local passasse após o noticiário das seis. Algo assim era destaque. Mas o que ela deveria fazer até lá?

Olhou para todos os jornais, periódicos e revistas velhos espalhados pela sala de estar. A bagunça estava ficando insustentável, ela tinha consciência disso. E ao olhar para as pilhas de papéis, seus dedos foram até a corrente que usava no pescoço o tempo todo. Enquanto pegava a chave que estava na ponta, seus olhos desviaram para a porta ao lado da mesinha de bebidas. Não conseguia parar de olhar. Ou pensar.

Depois de um longo momento, enfiou a chave de volta no decote da blusa. Ela precisava se manter ocupada, essa era a resposta. Sempre era a resposta. Então foi até a mesa de jantar, onde tinha um quebra-cabeça inacabado. Sim, isso seria ótimo. Era seguro. Prático. Divertido o suficiente, e nada mais.

O quebra-cabeça que estava montando retratava um westie com um coletinho xadrez parado em frente ao Castelo de Edimburgo. Não que Judith gostasse dessa raça de cães, e ela tinha certeza de que não gostava de westies vestindo coletes xadrez. Mas ela comprava todos os quebra-cabeças existentes em lojas de usados em Marlow e os devolvia quando os completava, então ela ficou grata por encontrar um que ainda não tinha montado.

A tarefa manteve Judith absorta a tarde toda, mas às seis, ela percebeu que estava com fome. Estava tentando perder um pouco de peso nos últimos tempos, então, para o chá da tarde, decidiu que comeria um ovo pochê em uma fatia de pão. Mas não havia como um único ovo ser o suficiente, então comeu dois em duas fatias com bastante manteiga. E batatas assadas "para complementar", já que o resto da refeição era bem saudável. Além de uma boa xícara de chá adoçado e uma daquelas barrinhas superminúsculas de chocolate para a sobremesa, embora ela não tenha achado uma barra minúscula quando fez suas compras semanais, então pegou uma sabor mix de frutas e castanhas tamanho família. Não que ela fosse comer tudo de uma vez, é claro. O chocolate duraria facilmente o resto da semana.

Judith estava terminando o último quadradinho de chocolate quando o noticiário local começou na televisão, e ela ficou entusiasmada ao ver que o assassinato em Marlow era destaque. Colocando a bandeja de colo de lado, pegou um lápis apontado de sua mesa de palavras cruzadas e um bloco de papel quadriculado. Nele, ela conseguiu registrar os detalhes básicos: a vítima era um taxista chamado Iqbal Kassam que aparentemente havia sido baleado naquela manhã, e a polícia estava pedindo que testemunhas se apresentassem. Não era grande coisa, pensou Judith, mas então ela viu uma breve entrevista com uma mulher que foi filmada saindo da propriedade com um dobermann na coleira.

— Não tenho permissão para falar com vocês — anunciou a mulher para a câmera, mas Judith percebeu que ela estava encantada com toda a atenção que recebia e queria desesperadamente abrir o bico.

— Mas você é amiga do sr. Kassam? — perguntou o entrevistador.

— Minha boca é um túmulo. Você não vai ouvir um pio vindo de mim. Embora eu vá te dizer uma coisa: quem fez isso com o Iqbal merece ser enforcado no poste mais próximo. Vamos, Emma.

A mulher se afastou e Judith percebeu que a reconheceu. Não que já tivessem conversado antes, mas a mulher costumava passear com vários cães nos campos ao longo das margens do Tâmisa que corria atrás de sua casa. Ela era uma cuidadora de cães da região. E se estava visitando a casa do sr. Kassam, então talvez o conhecesse bem.

Judith foi até o aparador e se serviu de uma dose de uísque. Um copo da bebida à noite era um ritual que aprendera com sua tia-avó Betty quando se mudou para a casa a fim de cuidar dela quando adoeceu. Era assim que sua tia-avó começava todas as noites, com um pouco de uísque em um copo pesado de vidro lapidado. Era medicinal, ela dizia, explicando, ainda, que desde que começara a tomar uma dose todas as noites, nunca mais ficara resfriada. Depois que Betty morreu, Judith sentiu que a coisa educada a se fazer era se servir de uma dose de uísque todas as noites também, para homenagear sua tia. E, de qualquer forma, o que poderia haver de tão ruim em beber alguns golinhos de algo tão orgânico e natural quanto uísque escocês?

Enquanto ela dava seu primeiro gole reconfortante, traçou um plano de ação. Precisava falar com aquela mulher que conhecia o sr. Kassam.

Engoliu o resto do uísque de uma vez.

E serviu outra dose. Ajudava Judith a pensar.

Na manhã seguinte, Judith preparou uma garrafa térmica de chá forte e alguns sanduíches de beterraba embrulhados em papel pardo, depois foi dar uma volta ao longo do Tâmisa. O sol já estava alto no céu, e ela não conseguia deixar de se sentir animada. Do seu lado do rio, vacas pastavam preguiçosamente na grama; do outro, a terra se estendia para cima até Winter Hill, uma serra densamente arborizada que se estendia por todo o caminho entre Marlow e a bela vila de Cookham. O que Judith mais amava nesse percurso em particular era como sempre havia atividade no rio. Fosse uma equipe de remo de uma escola local passando a toda velocidade pela água; ou um senhor mais velho e egocêntrico pilotando sua lancha como se fosse um Volvo clássico; ou talvez uma família de cisnes emplumados seguindo sua mamãe em linha reta pela água.

Suas margens eram igualmente movimentadas, com adolescentes chapinhando por pequenas crateras criadas pelas idas noturnas das vacas ao rio para beber água; famílias andando de bicicleta, todos usando capacetes de segurança como seria adequado; e cada campo sempre tinha sua parcela de pessoas soltando seus cães da coleira para que pudessem correr livremente.

O lugar favorito de Judith era sob a sombra de um salgueiro-chorão, então ela tirou sua capa, colocou-a no chão e se sentou sobre ela para esperar, acompanhada de seu chá e sanduíches. Não trouxera um livro, nem nenhuma das palavras cruzadas em que estava trabalhando, pois sabia que ficaria bastante ocupada observando os arredores. Em poucos minutos, perdeu o foco até que tudo o que reconhecia era o estrilar de um gafanhoto próximo e o sol aquecendo seu corpo, aparentemente até seus ossos. Que bênção.

O devaneio de Judith foi interrompido pela chegada de uma matilha de cães latindo, tropeçando uns nos outros e correndo desordenados. Ela ficou animada ao ver a mulher que dera entrevista ao noticiário após a morte do sr. Kassam passeando com os cães. Exatamente como esperava.

Agora tudo o que precisava fazer era se levantar, o que, na sua idade, era mais fácil falar do que fazer. Com um grunhido, usou uma raiz de árvore como apoio e se ergueu do chão, os joelhos por fim destravando e permitindo que ficasse de pé. Caramba, pensou , se ela tivesse um conselho para sua eu mais jovem seria: não envelheça.

Judith pegou a capa, sacudiu-a para se livrar dos vestígios de grama, vestiu-a e foi até a cuidadora. À medida que se aproximava, percebeu que a mulher parecia ter uma robustez em sua postura. Era o jeito como ela estava com os pés tão firmemente plantados no chão, Judith pensou consigo mesma. Como um general inspecionando suas tropas. Ou um capitão parado na ponte de comando de uma escuna antiga. Sim, decidiu Judith, era isso. Com seu chapéu de aba larga, botas pesadas de caminhada e coleiras de cachorro cruzadas ao redor do corpo como bandoleiras, a mulher tinha uma aparência levemente náutica. "Piratesca", até.

— Bom dia — disse Judith enquanto se aproximava.

— Bom dia — respondeu Suzie com um sorriso amigável. — Eu te conheço. Você é a mulher que mora naquele casarão às margens do rio perto daqui, não é?

— Você me conhece?

— Eu passo em frente à sua casa há anos. Para ser sincera, sempre quis ver como é por dentro.

A mulher riu com isso, mas Judith ficou perplexa. Que coisa estranha de se dizer para uma completa desconhecida.

— Sou Judith Potts.

— Suzie Harris.

As mulheres mergulharam em um silêncio amigável, ambas observando os cães correndo para dentro e para fora do rio.

— Eles são adoráveis — disse Judith.

— São, não são? E podemos sempre confiar nos cães.

— Devo confessar que prefiro gatos.

— Gatos? — falou Suzie, da mesma forma que o Capitão Ahab poderia ter dito "Baleias?" — Não posso dizer que concordo com você. Eles estão sempre nos julgando.

— Estão?

— Cachorros não são assim. Eles são leais. Não te decepcionam.

— É, acho que sim. Olha, espero que não se importe que eu fale com você, mas nosso encontro não é totalmente acidental.

— Não?

— Vi você na TV ontem à noite. Você conhecia aquele pobrezinho que foi baleado, não é?

— Está falando do Iqbal?

— Isso mesmo.

— Eu o conhecia muito bem — contou Suzie. — Eu o via quase todo dia. E você?

— Infelizmente não. Mas a questão é que acho que meu vizinho Stefan Dunwoody foi morto na semana passada, e estou tentando descobrir se o assassinato de Iqbal está relacionado ao dele.

Suzie olhou ao redor para confirmar se estavam sozinhas, fato que ela já sabia ser verdade, pois eram as únicas pessoas naquele campo.

— Está falando sério? — sussurrou ela, encantada.

— Como assim?

— Você está investigando o *assassinato* do seu vizinho?

— Isso mesmo.

— Então acho que você deveria ir em frente. Que incrível. Adorei.

Com um largo sorriso, Suzie voltou a olhar para os cães. Eles continuavam correndo animados para dentro e para fora do rio, e ela sorria com a visão.

Judith esperou que Suzie dissesse mais alguma coisa.

Ela não o fez.

— Então, você acha que poderiam estar? — perguntou Judith.

— Perdão?

— Eles poderiam estar relacionados? Os dois assassinatos?

— Ah, claro! — disse Suzie, lembrando-se. — Desculpe, eu me distraí.

Suzie pegou uma lata velha de uma bolsinha presa ao seu cinto, tirou um pacote de tabaco e alguns papéis de seda e começou a enrolar um cigarro.

— Então, por que você não me conta a história *toda*? Vamos lá.

Judith contou como ela ouviu Stefan sendo baleado, depois encontrou seu corpo e, então, descobriu que Elliot Howard era um possível suspeito, embora ele tivesse um álibi para a hora do assassinato.

— Uau, incrível.

— Pois é.

— Mas você acha que Elliot Howard é o assassino?

— Você o conhece?

— Morei aqui a minha vida inteira. Conheço todo mundo.

— Então o que você pode me dizer sobre ele?

— Ele é muito alto, né?

Judith concordou com a declaração e esperou pelo próximo comentário de Suzie.

— E ele tem aquele cabelo lindo — acrescentou a mulher depois de pensar um pouquinho.

Não era bem esse histórico detalhado que Judith estava esperando.

— Você se lembra da última vez que falou com ele?

— Acho que nunca conversei com ele, agora que você comentou. Mas sei que ele mora naquela casa nova no fim da alameda Gypsy. Já é alguma coisa, não é?

Judith tentou não transparecer a frustração que sentia.

— Ah, que interessante. Mas, então, você tem alguma ideia do motivo pelo qual Iqbal pode ter sido assassinado?

— Nenhuma.

— É possível que ele estivesse aprontando algo?

Suzie tirou um punhadinho de tabaco dos dentes e jogou fora.

— Sem chance. Iqbal era muito honesto. Está vendo aquela cadela no rio? — Com um movimento de cabeça, Suzie indicou Emma, que nadava nas águas refrescantes. — Ela é a dobermann de Iqbal.

— Ele tinha uma dobermann? — perguntou Judith, ciente da reputação da raça.

— Não me venha com essa. Dobermanns são os melhores. Quero dizer, são cães de guarda. Podem ser perigosos se não forem apresentados de maneira adequada às pessoas. Ou se acharem que seu dono está sob ameaça. Ou qualquer um que eles conheçam, na verdade. Então, sim, não se desentenda com um dobermann ou eles vão arrancar seu braço, e as fêmeas são mais violentas do que os machos, se quer saber minha opinião, mas a Emma é a cadela mais doce que você vai conhecer.

Judith esperou que Suzie continuasse. Ela não o fez.

— E Emma é a cadela de Iqbal? — incitou Judith.

— Pode apostar que é — disse Suzie, recomeçando a falação. — Mas não originalmente. Antes, ela pertencia ao vizinho dele, um senhor chamado Ezra. Ezra Harrington, acho. Mas ele teve câncer ano passado, coitado. E morava sozinho. Então, se Ezra precisasse ir ao hospital ou pegar algum medicamento, Iqbal o levava em seu táxi sem nunca cobrar. Tudo graças à bondade em seu coração. Eu mesma não teria feito isso por nenhum dos meus vizinhos, e eu os conheço há anos!

Judith sorriu com educação, sem achar a fala de Suzie tão engraçada quanto a própria mulher achava.

— Enfim, as coisas pioraram para Ezra. Ele tinha meses de vida. Semanas. E estava em pânico porque não sabia quem cuidaria de sua cadela quando ele morresse. Foi quando Iqbal, que posso afirmar, não sabia nada sobre cachorros, disse que ficaria com Emma. E assim fez: acolheu Emma quando Ezra morreu. Isso foi no ano passado. E qualquer outra pessoa teria se livrado de Emma assim que pudesse. Era o que eu teria feito. Mas Iqbal me contou isso como se tivesse feito uma promessa a um homem moribundo, e não pudesse quebrá-la. Então, Emma se tornou a cadela de Iqbal. E como dobermanns precisam de muito exercício, ele me chamava para passear com ela todo dia, enquanto ele dormia após uma noite de trabalho. E isso é tudo que você precisa saber sobre Iqbal. Não há como ele estar envolvido em algo suspeito. Ele era praticamente um santo.

— Ainda assim, alguém tinha motivos para matá-lo a tiros.

— Não significa que tenha sido algo a ver com Iqbal.

— Tem que ter sido *algo* a ver com ele.

— Não é assim que encaro a situação. Veja, ele é um taxista. Ele pode ter levado um criminoso no banco de trás e ouviu alguma coisa. Ou viu algo. E esse fora da lei, quem quer que fosse, percebeu que Iqbal poderia colocá-lo na cadeia. Ou sei lá, não sei os detalhes. Então ele vai até a casa de Iqbal e o mata.

Judith percebeu que, apesar de toda a falação, Suzie tinha um ponto.

— Sim, talvez você esteja certa. Talvez Iqbal tenha visto algo suspeito durante o trabalho. Embora isso levante a questão: o que, raios, está acontecendo em Marlow que vale a pena matar?

Suzie riu, rouca, deu uma última tragada no cigarro e o jogou fora.

— Ah, tem muita coisa errada acontecendo por aqui. Não se deixe enganar pelos belos jardins nas frentes das casas e pelos carros inteligentes.

— Você acha?

— Passeio com cães há quase três décadas e posso afirmar: as pessoas por aqui são perversas.

Havia uma firmeza no pronunciamento de Suzie que surpreendeu Judith.

— Emma, não! — gritou Suzie, de repente, olhando enquanto a dobermann começou a perseguir um salsichinha que fazia parte do grupo. Ao alcançar o cachorrinho, ela o abocanhou pelo pescoço. — Solta o Arnold! — exigiu, correndo em direção aos dois animais. — Desculpe, preciso ir — disse para Judith conforme ia atrás da cadela. — Emma, não! Solta o Arnold!

Assim que Suzie se afastou, Judith foi até o cigarro que a mulher havia jogado no chão e pisou nele para impedir que continuasse queimando. Com a onda de calor que estavam enfrentando, poderia ter começado um incêndio na grama.

Então refletiu por um momento sobre o que havia descoberto e percebeu que não foi muito, embora Suzie estivesse certa sobre uma coisa. Era bem possível que Iqbal tivesse ouvido ou visto algo em seu táxi, que acabou sendo a razão pela qual foi assassinado mais tarde.

Judith decidiu que pensar melhor sobre tudo isso e caminhar seriam boas ideias, então seguiu na direção de Marlow. Passando por alguns campos, ela logo estava no parque Higginson, onde parou um pouco para observar as crianças correndo pelo parquinho como pequenos *hooligans*. Ela amava a energia e a alegria delas.

Ela então passou pela igreja e adentrou um campo do outro lado da cidade. À distância, viu uma mulher caminhando em sua direção. Ela estava bem distante, mas Judith podia ver que tinha cabelos vermelhos, meio parecida com a ruiva que viu no jardim de Stefan no dia anterior. Mas então, quando a mulher se aproximou, Judith percebeu algo com um sobressalto.

Não era apenas alguém parecida com a pessoa no jardim de Stefan, era a mesma mulher!

Judith balançou os braços e disse um “Olá!”

A mulher ruiva parou de supetão.

— Espere um segundinho! — gritou Judith e começou a se apressar em sua direção.

A ruiva girou nos calcanhares e correu para longe.

Judith também começou a correr, mas a outra mulher era bem mais jovem, e embora a rotina de natação e ciclismo de Judith a deixasse em forma para a idade, suas pernas não eram muito longas, e a grama estava alta, então teve dificuldades para diminuir a distância entre elas antes que a ruiva saísse pelo portão de metal.

Judith chegou ao portão meio minuto depois, abriu-o com tudo e entrou em um pequeno estacionamento de cascalho. Havia uma dúzia de carros ali, mas onde estava a mulher ruiva?

Um carro bordô saiu de uma das vagas com um guincho de pneus, e Judith viu um lampejo de cabelo cor de bronze conforme a motorista se afastava em alta velocidade, o veículo antigo fazendo barulho enquanto expelia fumaça do escapamento.

Por que a mulher havia fugido dela pela segunda vez?

Porém, não era só isso. Havia outra coisa. Agora que a vira de perto, Judith sabia que reconhecia a mulher. Já tinham se falado antes. Ou, de alguma forma, a conhecia de Marlow. Mas não conseguia se lembrar de onde já a tinha visto.

Judith vasculhou o cérebro, mas, para sua frustração, a identidade da mulher ruiva permanecia tentadoramente fora de alcance.

Capítulo 11

Na manhã seguinte, no trabalho, a investigadora Malik se sentia profundamente frustrada. A imprensa local estava dando ampla cobertura ao assassinato de Iqbal, e ela temia que fosse apenas uma questão de tempo até descobrirem que Stefan Dunwoody também havia sido morto. Como seu superintendente continuava lhe dizendo: o tempo estava passando.

Mas a investigadora e sua equipe não conseguiram encontrar uma única pessoa que pudesse ter tido motivos para matar Iqbal Kassam. Era como Suzie Harris, a cuidadora de cães, havia dito: Iqbal era totalmente inocente, ou pelo menos era o que parecia. Suas investigações pela vizinhança também não deram em nada. Ninguém em sua rua se lembrava de ter ouvido um tiro na manhã em que Iqbal foi morto, ou de ter visto alguém suspeito espreitando nas redondezas, nem entrando ou saindo de sua propriedade. E, ainda assim, alguém foi ao seu bangalô e o matou.

Ela até ficou animada quando descobriu que Iqbal registrava cada viagem de táxi que fazia em um diário eletrônico — uma lista completa de clientes, seus contatos, horários e datas —, mas quando sua equipe começou a contatar as pessoas que usaram seus serviços, tudo o que ouviram foi que Iqbal era um cara ótimo. Ele tinha sido otimista, confiável e honesto. Além disso, havia algumas histórias sobre como o sr. Kassam ficava feliz em ir um pouco além nos atendimentos. E nem sempre cobrava por uma viagem se o passageiro estivesse em uma situação extrema ou não tivesse dinheiro suficiente.

Seu histórico financeiro pintava um quadro semelhante de probidade e trabalho duro. Iqbal declarou todos os seus ganhos, não gastava à toa, não tinha dívidas no cartão de crédito ou em lojas e até doava dez por cento de sua renda para instituições de caridade. Apesar de sua generosidade, viveu tão modestamente que, quando morreu, tinha quase vinte e três mil libras em sua conta bancária. Ao que parece, Iqbal estava economizando para comprar um barco para usar no Tâmisa em Marlow. Ele estava bem perto desse sonho quando faleceu.

Quanto à autópsia, os resultados preliminares mostraram que ele não tinha álcool no organismo quando morreu, embora apresentasse quantidades significativas de Diphenazine, as pílulas para dormir que encontraram em seu quarto. No entanto, a dosagem estava dentro dos limites seguros. Para o toxicologista forense, isso teria sido suficiente para deixar Iqbal tonto, nada além disso. Mas como era um medicamento prescrito, a investigadora Malik ligou para o médico de Iqbal, que confirmou que o sr. Kassam pedira algo para ajudar a dormir no ano anterior. Ele vinha trabalhando muito à noite e tinha dificuldades para pegar no sono durante o dia.

Essa informação deixou uma pulga atrás da orelha da investigadora. Afinal, não houve arrombamento antes do assassinato, tampouco sinais de luta. Então o fato de Iqbal ter sido baleado na cama enquanto estava sob efeito de pílulas para dormir tornava muito improvável que ele tivesse se levantado para abrir a porta para o assassino.

Tal teoria ganhou ainda mais credibilidade quando o patologista informou que Iqbal morrera entre as cinco e seis da manhã. Isso estava de acordo com o diário do sr. Kassam, que mostrava que ele tinha trabalhado até as três da manhã na noite da sua morte. O mais provável é que ele tivesse terminado seu turno às três, chegado em casa, ido para a cama, descoberto que não conseguia dormir e tomado as pílulas. Então, o assassino entrou em sua casa com uma cópia da chave e o matou em algum momento entre cinco e seis da manhã.

Mas se o assassino tinha uma cópia da chave, então isso sugeria que Iqbal o considerava um amigo bem próximo e confiável. Afinal, ele não estava preparado para fornecer uma cópia nem para a mulher que passeava com Emma.

Mas não importava o quanto a investigadora Malik e sua equipe procurassem, não havia nada em seu diário, e-mails, registros telefônicos e financeiros ou em sua correspondência no geral que sugerisse que Iqbal tivesse amigos próximos. Na verdade, foi difícil encontrar alguém que o conhecesse minimamente. Como Suzie lhes contara, ele era filho único e os seus pais morreram há muitos anos.

Havia apenas duas pistas significativas.

A primeira era o medalhão de bronze com a palavra "Esperança" gravada no centro, que encontraram na boca de Iqbal. Não havia impressões digitais nele, assim como o que encontraram preso ao casaco de Stefan.

Mas os medalhões claramente faziam parte do mesmo conjunto. Com o passar dos anos, o bronze tinha formado a mesma pátina, as folhas esculpidas nas bordas eram semelhantes, e a caligrafia usada nas palavras "Fé" e "Esperança" era idêntica.

A segunda era que, se os medalhões apenas sugeriam que as duas mortes estavam conectadas, o relatório balístico removia todas as dúvidas. A bala que matou Iqbal foi disparada pela mesma arma usada para assassinar Stefan.

Uma pistola Luger da Segunda Guerra Mundial.

Não fazia sentido para Malik. Por que alguém iria querer matar um negociante de arte e um taxista? E onde o assassino poderia ter conseguido uma antiga Luger alemã? Foi quando ela se fez essa última pergunta que, mais uma vez, percebeu que havia uma pessoa envolvida no caso que poderia saber a resposta.

— Você quer saber como conseguir uma pistola antiga? — questionou Elliot Howard assim que a investigadora explicou o porquê de estar ligando para ele. — Que pergunta peculiar.

— Elas são fáceis de se conseguir?

— Depende. Existe, sim, um comércio de armamento antigo, desde alabardas, maças e assim por diante, até memorabilia mais recente. Mas posso perguntar, você está falando de uma pistola desativada? Uma que teve seu mecanismo de disparo removido? Afinal, só é legal vender armas antigas que foram desativadas.

A investigadora Malik conseguiu perceber um quê de tranquilidade na voz de Elliot, e ela se perguntou se Judith teria razão. Ele estava se *divertindo*?

— Você vende esse tipo de arma? — indagou ela.

— Temos um leilão de memorabilia militar duas vezes por ano.

— E todas as suas armas são desativadas.

— É claro. Ou elas não seriam legalizadas.

— É possível que você já tenha vendido uma pistola antiga que não tenha sido desativada? Por engano?

— Impossível. Temos um especialista em memorabilia militar que verifica minuciosamente cada um dos lotes antes de os colocarmos para leilão. Se, por acaso, nos oferecem uma pistola funcional, nos recusamos a ter qualquer envolvimento naquilo e denunciamos à polícia. Mas por que você está me perguntando sobre armas desativadas?

— Porque encontramos evidências de uma que não foi desativada.

— Então posso te garantir que ela não passou pela minha casa de leilões.

— Então de onde poderia ter vindo?

— Online, imagino. Existe todo um mercado ilegal para armas históricas. Impulsionado principalmente por quem gosta de reencenar ou fantasiar com isso, na minha opinião. Mas você consegue comprar essas armas se procurar direitinho, e há muitas pessoas que oferecem conselhos sobre como reativá-las. Então imagino que há muitas maneiras de se conseguir uma pistola antiga funcional se você se esforçar bastante.

— Entendi. Então, posso te perguntar mais uma coisa?

— É claro — disse Elliot. — É sempre um prazer ajudar a polícia.

— Se eu dissesse "fé" e "esperança" para você, o que me responderia?

— Ora, "caridade", como qualquer outra pessoa o faria.

— E essa frase significa alguma coisa para você?

— "Fé, esperança e caridade"? É uma passagem, não é? Da Bíblia. Mas não posso dizer que tenha algum significado especial para mim.

— É de Primeiro Coríntios, capítulo treze, versículo treze. Mas "fé, esperança e caridade" é a tradução antiga presente na Bíblia King James. Em versões modernas, a frase é "fé, esperança e amor".

— É mesmo? Aprendemos algo novo todo dia. Enfim, posso ajudar em algo mais?

— Uma última pergunta. Poderia me dizer onde estava ontem entre as cinco e as seis da manhã?

— Onde eu estava entre as cinco e as seis da manhã de ontem?

— Isso mesmo.

— Está falando sério?

— Responda à pergunta, por gentileza.

— Eu estava no mesmo lugar que sempre estou nesse horário. Na cama. Dormindo profundamente.

— Você tem como provar isso?

— Que eu estava dormindo? Você poderia perguntar à minha esposa, Daisy, mas imagino que ela também estava adormecida.

— Então você *não pode* provar que estava na cama?

— Claro que não, assim como tenho certeza de que você também não. Eu, assim como você, e praticamente todo mundo neste país, estava dormindo entre as cinco e as seis da manhã de ontem. Agora, acho que já terminamos aqui, não?

A investigadora Malik ficou satisfeita ao finalmente ouvir uma pontada de irritação na voz de Elliot, então concordou que já tinham terminado, agradeceu a ele por seu tempo e desligou. Em seguida, repassou a conversa em sua cabeça. Mais uma vez, Elliot parecia não se incomodar com seus questionamentos, mas houve um detalhe que ela considerou significativo. Quando ela perguntou sobre seu paradeiro entre as cinco e as seis da manhã em que Iqbal foi assassinado, ele respondeu de prontidão, sem perguntar por que ela queria saber. De acordo com os anos de experiência dela, quase todas as pessoas, quando questionadas sobre seus movimentos em horários específicos, costumavam perguntar por que a polícia queria saber daquilo. Era simplesmente a natureza humana. Sentiam-se curiosas. Mas Elliot, não.

Embora ela soubesse que fazia sentido achar o jeito de Elliot suspeito, a verdade era que ela e sua equipe não conseguiram encontrar nenhuma referência a Elliot Howard em lugar nenhum na vida de Iqbal. Não houve telefonemas. Nenhum e-mail. Nada de mensagens de texto. Nem corridas de táxi. E sem qualquer tipo de evidência, ela não poderia destinar recursos para investigá-lo mais a fundo.

Malik verificou o relógio. Em casa, sabia que o marido estaria sentado no sofá, aconchegado com a filha linda deles assistindo a filmes. A louça do chá da tarde ainda estaria na pia, as pilhas de roupas sujas que ela havia separado em brancas, escuras e coloridas ainda estariam no andar de cima, e nenhuma lição de casa teria sido feita, nem lanches preparados e embalados para amanhã. Ela precisaria cuidar de tudo isso quando chegasse. Também havia concordado em dar uma passada na casa do pai no caminho de volta. Ele ligou mais cedo para lembrá-la de que sua caldeira estava quebrada, e que tipo de filha deixaria um senhor sem água quente para tomar banho?

Com um sobressalto, a investigadora percebeu que um policial havia entrado em seu escritório.

— Desculpe — pediu ela. — Me distraí. O que foi?

— Recebi uma ligação do *Daily Mirror*. Eles disseram que sabem que Iqbal é a segunda vítima do assassino, e que a primeira foi Stefan Dunwoody.

Ela suspirou. Esperava ter mais alguns dias antes que a imprensa nacional se metesse nas investigações.

— Eles mencionaram alguma coisa sobre Lugers ou medalhões de bronze?

— Não na ligação comigo.

— Bem, podemos ficar gratos por isso. O que você disse a eles?

— O de sempre. Que eu não falaria com ninguém sobre uma investigação em andamento, e se tivessem alguma dúvida, deveriam encaminhá-la para a nossa assessoria.

O telefone de Tanika começou a tocar. Era a assessora de imprensa da polícia de Thames Valley. Ela se preparou ao atender a ligação.

Seria uma longa noite.

Capítulo 12

Judith estava sentada em sua poltrona favorita, bebericando uma pequena dose de uísque quando a campainha tocou. Ela resmungou consigo mesma. O ponto todo de morar sozinha era que você não precisava ter ninguém na sua casa.

Ela foi até a porta da frente, abriu-a e ficou surpresa ao se deparar com Becks Starling, a esposa do vigário, parada ali.

— Espero que não se importe que eu tenha vindo até aqui — disse Becks.

— Não, claro que não, mas como você sabia onde eu moro?

— Todo mundo sabe onde você mora.

Judith bufou. Primeiro, aquela tal de Suzie tinha alegado saber onde ela morava, e agora descobriu que outra completa estranha também sabia. As pessoas em Marlow eram muito intrometidas!

— Sei que eu não deveria ter aparecido — prosseguiu Becks. — Especialmente a esta hora, mas eu queria falar com você. Nós bebemos um pouco depois dos serviços de hoje, e então precisei preparar o jantar para a família. E lavar a louça. Agora é a primeira chance que tive de sair o dia todo.

— Isso tem a ver com Elliot Howard?

— Tem.

— Então é melhor você entrar — disse Judith, dando um passo para o lado.

Quando Becks entrou, Judith ficou parada na soleira por um instante. Ela não conseguia se lembrar da última vez que havia, voluntariamente, convidado alguém para sua casa. O que a surpreendeu foi o quão natural, o quão fácil tinha sido. A vida era cheia de surpresas, pensou.

Quanto a Becks, uma vez lá dentro, não pôde deixar de se impressionar com a grandeza desbotada da residência, desde o piano de cauda no corredor com painéis de carvalho até as antigas pinturas a óleo nas paredes. Mas também notou que o ar estava pesado de poeira; pilhas de jornais e revistas velhos cobriam quase todas as superfícies; louças e copos vazios enchiam mesas laterais e peitoris de janelas; e, o mais surpreendente de tudo, parecia que um sutiã cinza estava pendurado na cúpula de um abajur antigo.

Becks espirrou.

— Desculpe — pediu, puxando um lenço novo da manga. — Tenho um pouco de alergia à poeira. Na verdade, sou bem alérgica.

— Pois você não duraria um minuto nesta casa — disse Judith sem nem um pingo de vergonha. — Gostaria de uma dose de uísque?

— Uísque?

— Sim, uísque.

— Você não teria uma xícara de chá? Herbal, de preferência? — acrescentou Becks, esperançosa. — Está bem tarde.

Judith fez uma careta ao pensar nisso.

— Bem, não importa — disse Becks. — Eu só queria te contar o que descobri sobre Elliot Howard.

— Claro — falou Judith, feliz por finalmente chegarem ao tópico principal. — O que descobriu?

— Veja, fiz uma postagem em um fórum online sobre a cidade. Perguntei às pessoas se Elliot era confiável.

— Isso foi bem corajoso da sua parte — comentou Judith. — Ir a público assim. Ainda mais como a esposa do vigário.

— Na verdade, não usei meu nome real. Usei um apelido. E não chequei a postagem durante alguns dias. Até tinha me esquecido dela, para ser honesta. Então, hoje, eu me lembrei e fui ver o que as pessoas tinham comentado.

Becks entregou seu celular e Judith tentou ver o que estava na tela.

— Desculpe, não consigo ler sem meus óculos — admitiu, devolvendo-o.

— Ah, não há muitos comentários, mas a maioria é elogios.

— Sério?

— Acontece que Elliot é muito querido e as pessoas confiam nele. Embora alguém na postagem não tenha tecido muitos elogios sobre sua esposa, Daisy. Aparentemente, ela é a verdadeira chefe. E implacável quando se trata de fazer negócios. Ela é avarenta, enquanto Elliot é generoso.

— Eu a conheci — começou Judith —, e não foi a impressão que tive. Mas eu não estava tentando comprar ou vender nada.

— Porém, a verdadeira razão pela qual eu queria te ver não é por causa de Elliot. Olha, alguém menciona o Stefan, seu vizinho. Aquele que você me disse que foi assassinado.

— É mesmo? — perguntou Judith, ávida.

— E não é nada lisonjeiro. Deixe-me achar. É um comentário de alguém chamado "Cavalo do John Wayne". Não faço ideia do porquê usar esse apelido, mas enfim…

Becks passou pelos comentários até encontrar o que procurava.

— Aqui, deixe-me ler para você: "Elliot é um cara legal. O que é mais do que podemos dizer sobre o pai dele, que era um pilantra de primeira. Ele e aquele Stefan Dunwoody"

— Aí diz que o Stefan era um pilantra?

— Tem mais: "Sei que não devemos falar mal dos mortos, já que ele faleceu há pouco, mas eu trabalhei na casa de leilões no passado, e graças ao pai de Elliot e a Stefan, aquele lugar era cheio de falcatruas. Era golpe atrás de golpe. Estou surpreso que eles não acabaram atrás das grades. E posso afirmar que as coisas só mudaram quando Elliot assumiu e começou a limpar o lugar".

Judith estava chocada. Stefan era um pilantra? Assim como Elliot tinha dito a ela?

Ela começou a considerar o impensável: apesar de seu jeito desagradável, será que tinha julgado mal Elliot Howard?

Ao mesmo tempo, as mulheres ouviram o som de vidro estilhaçando à distância.

Becks e Judith se viraram para a janela saliente, a direção de onde o barulho tinha vindo.

— O que foi isso? — perguntou Becks.

— Shhh! — disse Judith enquanto ia olhar pela janela.

Tudo o que conseguia ver eram as silhuetas escuras de arbustos e árvores, e o rio brilhando como estanho no anoitecer. Foi então que seus olhos captaram um lampejo de luz água acima, na outra margem.

— Está vendo aquilo?

— O quê?

— Na direção da propriedade do Stefan.

Judith apontou, e dessa vez ambas viram: um feixe de luz atrás de uma janela. Havia uma lanterna movendo-se dentro da casa de Stefan.

— Tem alguém lá! — constatou Becks, surpresa. — Você acha que é um ladrão?

— Só tem um jeito de descobrir — disse Judith, indo em direção à porta. — Você liga para a polícia. Peça para falar com a investigadora Malik e diga a ela que houve uma invasão na casa de Stefan Dunwoody.

— O quê? Quem? Para onde você está indo?

— Para a casa dele, é claro — respondeu Judith, vestindo sua capa e saindo porta afora. — Precisamos descobrir quem está lá!

Capítulo 13

Antes mesmo de Becks terminar de ligar para a polícia, Judith já havia pegado seu barquinho e, mais uma vez, abriu caminho rio acima até a propriedade de Stefan. Deixando o barco preso nos juncos, ela pisou na grama. Se tivesse parado para refletir melhor sobre o que estava fazendo, teria percebido que estava potencialmente se colocando em grande perigo, mas tudo em que conseguia pensar era que ela havia permitido que o assassino escapasse uma vez, e não deixaria isso acontecer de novo.

Enquanto caminhava pela escuridão rumo ao antigo moinho de água, ela se manteve nos limites da grama para que seus pés não esmagassem o cascalho, e novamente viu a luz da lanterna tremular em um cômodo no térreo da casa.

Ao se aproximar da entrada dos fundos, Judith mal hesitou ao ver que a fechadura havia sido arrancada, o batente virando uma bagunça de madeira quebrada, a porta entreaberta. E ela não diminuiu o ritmo ao passar por um corredor com paredes de pedra e se virar na direção do cômodo onde tinha visto a lanterna.

— Ei! — gritou assim que entrou.

Tudo o que conseguiu distinguir foi uma figura do outro lado do cômodo escuro.

— Eu disse "Ei"! Quem está aí?

A pessoa vestia preto e seu rosto estava ameaçadoramente coberto por uma balaclava preta. Quem quer que fosse, religou a lanterna e virou o feixe de luz para ofuscar os olhos de Judith.

— Desliga isso! — disse Judith.

O intruso jogou a lanterna nela, o feixe de luz girando para todos os lados enquanto o objeto pesado voava bem na direção de sua cabeça. Judith conseguiu se jogar no chão antes de ser atingida, uma pontada de dor subiu por seu pulso quando amorteceu a queda com as mãos. Assim que a lanterna caiu no piso, ela se levantou com dificuldade, mas já era tarde demais. A figura correu para a mesma porta pela qual Judith havia entrado.

— Parado aí! — exclamou enquanto segurava o pulso direito em agonia.

Mas a pessoa já tinha ido embora, e Judith estava inundada por dor e adrenalina, o que a deixou indisposta. Ela se encostou na parede para se recuperar. Quem ela tinha acabado de interromper? Elliot Howard? Era possível, mas Judith sabia que não notara nenhum detalhe significativo do intruso.

Depois de controlar a respiração, Judith encontrou o interruptor e ligou as luzes do cômodo. Lâmpadas em arandelas nas paredes acenderam e ela assobiou baixinho, admirada. As paredes cor de vinho estavam cobertas por dezenas de pinturas em molduras douradas, todas penduradas como se fosse uma galeria. A maioria das pinturas era moderna, mas também havia uma boa quantidade a óleo mais antigas.

Judith estremeceu involuntariamente, seu corpo ainda expelindo a tensão enquanto ela tateava os ossos do pulso direito. Nada parecia quebrado, e um pouco da sensibilidade da mão já estava voltando. Ficaria tudo bem. Mas o que ela deveria fazer agora?

Ela ouviu o som de um carro parando do lado de fora. Alguns segundos depois, a investigadora Malik correu cômodo adentro.

— Sra. Potts, você está bem? — perguntou ela.

— Acho que sim — disse Judith, envergonhada.

A investigadora percebeu que Judith segurava o pulso direito com a mão esquerda.

— Você se machucou? — questionou, aproximando-se da mulher mais velha.

— Só levei um tombinho. Nada de mais.

— Tem certeza? Deixe-me dar uma olhada.

A investigadora Malik examinou o pulso de Judith, pediu para a mulher mais velha mexer os dedos e, embora tenha dito que provavelmente não havia nenhum ferimento grave, ainda deveria passar em uma consulta em High Wycombe pela manhã.

— Agora, você quer me contar o que aconteceu? Ou quer que eu te leve para casa e fazemos isso amanhã cedo?

Dessa vez, Judith não se ofendeu com a preocupação de Malik.

— Não se preocupe comigo — disse Judith. — Vou ficar bem.

Houve o barulho de outro carro chegando lá fora, e ambas as mulheres olharam para a porta quando ouviram uma pessoa se aproximando.

Becks entrou na casa apressada.

— Judith, você está bem? O que aconteceu?

— Estou bem. Não se preocupe.

— Tem certeza?

— Absoluta.

— Tem certeza de que tem certeza?

— Estou bem, de verdade.

— Eu estava morrendo de preocupação. Chamei a polícia, mas você já estava atravessando o rio de barco, e então não te vi mais. Você tem certeza de que está bem?

— Sim.

— Ah, graças a Deus. Mas você tem certeza de que está bem?

Percebendo que Becks entrara em um ciclo do pânico, a investigadora decidiu intervir.

— Sra. Starling, certo?

Becks olhou para ela, vendo a policial ali pela primeira vez.

— Ah, olá! — cumprimentou, com alegria na voz. — Você é a mãe da Shanti, não é?

A investigadora Malik sorriu calorosamente.

— Sou, sim. E você tem um trompetista?

— Sim — disse Becks, com orgulho. — Embora Sam esteja ameaçando desistir. Ele chegou nessa fase.

Judith olhava de uma mulher para outra como se estivessem falando uma língua estrangeira, o que, em muitos aspectos, era verdade.

— Do que, raios, vocês duas estão falando?

— Ah, perdão! — pediu Becks, percebendo que precisava contextualizar Judith. — Nossos filhos tocam na escola de música Chiltern nas sextas à noite.

— O filho da sra. Starling faz parte da orquestra sinfônica — disse a investigadora, querendo ser justa. — Minha Shanti faz parte do programa para crianças.

— Mas os pequenos fazem um som tão maravilhoso, não fazem? — falou Becks.

— É verdade — concordou a investigadora. — Mas nada como a orquestra sinfônica.

— Obrigada — agradeceu Becks com uma modéstia que parecia sugerir que, na verdade, era ela quem tocava na orquestra, e não o filho. — De qualquer forma — voltou-se para Judith para explicar —, nós já conversamos algumas vezes enquanto esperávamos nossos filhos. Não é mesmo?

— Sim — disse a investigadora. — Mas o que está fazendo aqui?

— Becks estava comigo quando vimos o intruso — falou Judith, querendo trazer a conversa de volta ao tópico que ela considerava um pouquinho mais urgente.

— Isso mesmo — disse Becks. — Fui eu quem liguei para a polícia.

— Então é melhor ficar aqui, se for uma testemunha, sra. Starling. Porém, sra. Potts, eu gostaria muito de saber como você acabou dentro da casa do sr. Dunwoody. E por que a porta dos fundos foi arrombada?

— Claro — disse Judith. — Vou contar exatamente o que aconteceu.

Judith explicou como ela e Becks estavam em sua casa, então viram alguém se mexendo na residência de Stefan, como ela atravessou o rio no barquinho e como o intruso jogou a lanterna na cabeça dela antes de fugir. A investigadora Malik fez anotações enquanto Judith falava.

— Entendi — disse ela quando Judith terminou. — Talvez você possa me mostrar onde está a lanterna.

— Aqui — apontou Judith, conduzindo as duas mulheres até onde o objeto caíra no tapete.

— Você acha que o intruso poderia ser a mulher ruiva? — perguntou Becks.

— Não sei — disse Judith.

— Que ruiva? — quis saber a investigadora Malik.

Judith explicou que tinha visto uma mulher de cabelos ruivos no jardim de Stefan, que a vira novamente nos campos às margens do Tâmisa no dia seguinte ao primeiro encontro, e que ela fugiu de Judith nas duas vezes.

— Você sabe quem ela é? — questionou a investigadora.

— Não, e isso é irritante. Mas acho que já a vi. Na verdade, tenho certeza disso. Não consigo me lembrar dela. Preciso continuar pensando no assunto. Com sorte, a resposta surgirá.

— Mas você não acha que era ela? — perguntou Becks.

— Não sei — disse Judith. — É possível, suponho. Quem quer que fosse, escondeu o cabelo sob uma balaclava.

— Onde o intruso estava quando você entrou no cômodo? — perguntou a investigadora.

— Perto daquela parede ali — respondeu Judith, apontando.

As três mulheres foram até lá averiguar.

— Alguém deixou uma bela bagunça — comentou Becks, indicando algumas lascas de madeira espalhadas sobre uma escrivaninha de nogueira. Havia também um tecido velho, um martelo e um cinzel.

— É, era mais ou menos aqui que o intruso estava — disse Judith. — Perto desta escrivaninha.

— Não tem a menor chance de o dono desta casa ter deixado esta bagunça — disse Becks, animada de repente. — Porque, vejam bem, não tem uma poeirinha em lugar nenhum, e as pinturas estão todas perfeitamente alinhadas. Olhem só.

Becks indicou as paredes, e as outras mulheres perceberam que ela tinha razão. As cerca de cinquenta pinturas estavam todas penduradas em perfeitos ângulos alinhados umas das outras.

Becks estava quase saudosa enquanto falava.

— Seu vizinho era *muito* organizado, posso te garantir.

— Você está certa sobre essas ferramentas — disse a investigadora Malik. — Após a morte do sr. Dunwoody, verifiquei a casa e não havia lascas de madeira nesta escrivaninha, tampouco um cinzel ou um martelo.

— E tem aquela pintura também — disse Becks, intrigada.

— Como é?

Becks indicou uma pintura a alguns metros de distância.

— Aquela pintura não está exatamente reta.

— Não?

— Não totalmente.

A investigadora Malik e Judith trocaram um olhar.

— Está, sim — disse Judith.

— *Quase* reta, mas está um pouquinho torta. Acredite.

— Você está em uma cena de crime — falou Judith. — Uma cena onde alguém estava usando um cinzel, jogando uma lanterna em mim, e você percebeu que uma pintura está um pouquinho torta?

— Prefiro quando as coisas estão arrumadas e alinhadas — disse Becks, apertando os lábios em um sorrisinho. — Se importam se eu...?

Becks foi até a pintura para endireitá-la.

— Você não pode endireitar a pintura — disse a investigadora, com gentileza. — Estamos em uma cena de crime.

Becks parou, sua mão pairando sobre o canto da moldura.

— Mas... não está reta.

— Sinto muito, você não pode interferir na cena.

— Mas quem ficaria sabendo?

— Eu. E eu sou a investigadora responsável pelo caso.

— Mas nem vou mexer direito. É só um empurrãozinho.

— Becks! — bradou Judith. — Afaste-se da pintura agora mesmo.

— Eu só ia endireitá-la.

— Mas acho que você descobriu o que o intruso estava fazendo aqui.

Becks pareceu atordoada.

— Descobri?

Malik teve a mesma reação.

— Descobriu?

— Acho que sim — disse Judith, aproximando-se para analisar a pintura.

— Não entendi — falou Becks.

— Em breve, entenderá — respondeu Judith.

A investigadora Malik se juntou às mulheres que olhavam para a pintura. Era de meados do século XX, ela deduziu. Tinha apenas três faixas grossas de cor. Um vermelho profundo na parte inferior, cinza-claro no meio e um tom quente de amarelo cobrindo a parte superior. O efeito era calmante, pensou.

— Sinto muito — disse a investigadora. — Não estou entendendo.

— É claro! — exclamou Becks, recuando e olhando para as outras artes penduradas. —Todas as pinturas neste cômodo têm molduras, menos esta.

— Bingo! — disse Judith.

Becks se inclinou para observar as bordas da pintura sem moldura mais de perto.

— E se olharmos com atenção — disse, como um médico descrevendo uma radiografia particularmente fascinante —, podemos ver como a parede está mais escura ao redor da pintura. Bem onde uma moldura estivera impedindo que a luz do sol desbotasse a tinta.

— Tá bom, isso foi minucioso — admitiu a investigadora.

— Então esta pintura perdeu a moldura há pouco tempo — falou Judith, pensando na cadeia de eventos recente. — O que explica o cinzel, o martelo e as lascas de madeira na escrivaninha. Não acham? O intruso tinha invadido a casa e estava removendo a moldura quando o interrompi.

— O intruso estava segurando algo parecido com uma moldura quando te atacou? — perguntou Malik.

— Não consegui ver — respondeu Judith, frustrada. — Estava muito escuro.

— Talvez você tenha notado algo nas mãos dele enquanto ele fugia?

— Desculpe, eu já tinha me deitado no chão. Não vi nada nas mãos dele.

— Mas não faz sentido! — Becks deixou escapar. — A arte neste cômodo deve valer centenas de milhares de libras. Talvez até milhões. Quem invadiria, ignoraria tudo isso e, em vez disso, fugiria com uma moldura?

Judith olhou para a pintura e para o espaço onde a moldura antes estivera. Então, deu um passo para trás e olhou para todas as artes no cômodo.

— É como uma pista de palavras cruzadas — falou.

— Perdão? — disse Becks, franzindo a testa.

— Uma pista de palavras cruzadas nunca faz sentido quando lemos o significado superficial, mas isso é porque ainda não a decodificamos.

— Não estou entendendo — disse a investigadora Malik.

— Toda pista enigmática de palavras cruzadas é composta de duas partes. Geralmente. Metade da dica é o jogo de palavras, e a outra é a definição básica. A menos que seja o tipo de pista em que é tudo junto. Mas deixa isso pra lá. O ponto é que, quando você sabe como decodificar a pista, ela faz total sentido. Mas até aquele momento, a dica parece sem propósito. Peguem como exemplo "Duas garotas, uma em cada joelho", palavra de seis letras.

— Pegar o quê? — perguntou Becks, esforçando-se para acompanhar o raciocínio de Judith.

— "Duas garotas, uma em cada joelho."

— Por quê?

— Não literalmente, é apenas pegar a pista como exemplo.

— Que pista?

— "Duas garotas, uma em cada joelho."

— Vou ser sincera, não estou entendendo nada.

— Não poderia ser mais simples! "Duas garotas, uma em cada joelho" é a pista de palavras cruzadas mais famosa da história. Foi feita por um esplêndido criador chamado Roger Squires. Foi sua pista de número dois milhões. Imaginem isso tudo!

— No momento, estou ocupada tentando imaginar uma única pista famosa — disse a investigadora Malik com um sorriso irônico.

— Bem, essa pista é uma maravilha. Porque se você pensar no significado superficial dela, talvez evoque a imagem de uma boate indecente com strippers no colo de um empresário. Ou de um pai amoroso com filhas pequenas em uma casa acolhedora. Mas a resposta não tem nada a ver com o que parece ser.

— Certo, então qual é a resposta? — perguntou a investigadora.

— Nesse caso, a primeira parte da pista é um jogo de palavras. Você está pensando nos nomes de duas garotas, curtos o suficiente para que, quando os juntar, obtenha uma palavra de seis letras para alguma coisa que você tem uma em cada joelho.

— Só para você saber — disse Becks —, eu ainda não estou entendendo nada.

— Não se preocupe, estou apenas dizendo que deve haver uma explicação lógica para o intruso ter invadido a casa de Stefan. Temos o significado superficial. Ele arrancou a moldura de um quadro com um cinzel e fugiu com ela. Mas não vamos nos preocupar muito em como isso parece não fazer sentido, precisamos simplesmente decifrar. Descobrir quais eram as regras que ele estava seguindo, e tenho certeza de que podemos chegar à resposta. Por exemplo, talvez isso tenha relação com Stefan ser um vigarista.

— Como? — perguntou a investigadora Malik.

Judith explicou como Becks havia criado um tópico em um fórum online e obtido uma resposta falando que, embora as pessoas gostassem de Elliot, seu pai fazia tramoias com Stefan, que aparentemente era um belo pilantra.

— O que Stefan fazia? — perguntou a investigadora.

— Não sabemos — respondeu Becks. — A pessoa do fórum não explicou. Apenas disse que ele aplicava golpes com o pai de Elliot.

— Certo, posso pedir para minha equipe checar essa informação.

Um silêncio caiu sobre as mulheres enquanto encaravam a pintura sem moldura. Por que diabos o intruso a roubou, mas não a arte?

O rosto da investigadora Malik se iluminou de repente.

— Patela!

— Perdão? — disse Becks.

— Entendi. Os nomes das duas garotas. Pat e Ella. E quando você os junta, obtém "patela". Temos uma em cada joelho. "Duas garotas, uma em cada joelho." Patela.

— Bravo! — exclamou Judith, encantada.

— Eu ainda não entendi — disse Becks.

— Não se preocupe, explico mais tarde.

— Esperto — disse a investigadora enquanto tirava um par de luvas do bolso e as colocava. — Enfim, acho que é hora de analisarmos melhor esta pintura. Não acham?

A investigadora tirou a arte sem moldura da parede e a inclinou para que pudessem vê-la melhor sob a luz.

— Não está assinada pelo artista — observou Becks.

— O que pode explicar por que o intruso não a levou — sugeriu Judith. — Talvez não seja valiosa.

Malik virou a pintura e, juntas, olharam para o suporte simples de madeira e a cordinha de metal da qual a arte se pendurava. Estava empoeirada, mas não havia nada particularmente interessante para ver.

— Não estou dizendo que você deve tirar o pó da parte de trás das pinturas — disse Becks em um tom que sugeria que, na verdade, estava sim —, mas elas juntam muito pó. Uma vez por ano, no mínimo, você precisa tirá-las das paredes para uma limpeza. O que é isso? — acrescentou, indicando uma manchinha no interior da arte.

Era um pequeno adesivo desbotado com uma caligrafia cheia de ângulos. A investigadora Malik se abaixou para olhar.

— Aqui diz "Vendido pela Casa de Leilões de Marlow, 15 de dezembro de 1988".

— Eu tinha razão! — exclamou Judith. — Isso prova que Elliot Howard está envolvido; a arte veio da casa de leilões dele. Ele matou Stefan, e agora invadiu a casa dele e roubou a moldura dessa pintura que vendeu para Stefan em 1988. Você não acha, investigadora?

A policial olhou para a mulher baixa e entusiasmada à sua frente, então para a mulher alta e um tanto confusa que estava parada ao seu lado, alguém que ela tinha visto pela última vez durante uma das aulas de música tentando fazer uma xícara de chá herbal para si mesma enquanto segurava um case de trompete debaixo de um braço e uma pilha de partituras do outro.

— Sabe o que eu acho? Que vocês deveriam me chamar de Tanika.

— Muito bem — concordou Judith. — E nada dessa bobagem de sra. Potts. Sou Judith.

— E eu nunca me apresentei direito para vocês, não é? Eu sou Becks Starling, quero dizer, Becky Starling… Rebecca, na verdade. A maioria das pessoas me chama de Becks.

Judith olhou para Tanika com entusiasmo sincero. Tanika olhou de volta para as duas mulheres com algo semelhante, embora tanto ela quanto Judith pudessem perceber que Becks ainda não tinha certeza se deveria ter se apresentado como "Becky" ou "Becks".

— Então, estou pensando o seguinte: Elliot discutiu com Stefan durante a Henley. Sabemos disso. Mas não o motivo — disse Judith.

— Ele me disse que foi porque Stefan estava bloqueando sua visão da regata — contou Tanika.

— Acho isso muito improvável.

— Concordo com você.

— Eles discutiram, e aposto que foi sobre essa arte. Então, uma semana depois, ocorreu uma invasão à casa de Stefan. Mas ele relatou que nada havia sido roubado. O que é interessante, não acham? Porque acho que aquela foi a primeira tentativa de Elliot de se apossar da moldura. E não deu certo na ocasião. Mas Stefan acabou descobrindo que Elliot estava por trás da invasão. Então ele marcou uma reunião com o sr. Howard em sua galeria. É por isso o encontro foi tão raivoso.

E também o porquê, mais tarde, Stefan disse à sua assistente Antonia que ele poderia "ir à polícia agora mesmo", e "o desespero leva as pessoas a fazerem coisas idiotas".

— Você se lembra de tudo isso? — perguntou Becks.

— Mas isso sugere que Stefan sabia que Elliot estava desesperado. Desesperado o bastante para discutir com ele na Henley. Desesperado para invadir sua casa uma semana depois. Mas o que Stefan não sabia era o quão desesperado Elliot estava. Afinal, ele decide tentar de novo.

— Ele devia querer muito essa moldura — disse Becks.

— Aparentemente, queria tanto que estava disposto a matar por ela. Mas outra vez, Deus sabe como, Stefan descobre o que Elliot está tramando. Ou talvez Elliot sempre planejou matá-lo. Não vejo como poderemos ter certeza. De qualquer forma, Stefan estava perto da pequena represa onde seu moinho deságua. Embora isso não faça sentido.

— Por que não? — perguntou Tanika.

— Bem, o que Elliot estava fazendo naquela parte do jardim? E por que Stefan concordou em se juntar a ele? Parece estranho quando pensamos nisso. Enfim, por alguma razão, os dois estavam lá naquela ponta do jardim quando Elliot atirou em Stefan e o matou. Ele finalmente está livre para roubar a moldura, mas a última coisa que esperava acontece. Ele ouve a voz de uma mulher chamando Stefan.

— Sério? — perguntou Becks, com os olhos arregalados, presa na história.

— Sim. Lá do rio.

Becks estava atenta a cada palavra de Judith.

— E quem era?

— Eu!

Demorou um tempinho para a ficha de Becks cair.

— É claro! Você estava nadando! Desculpe. Às vezes sou tão burra.

— Você não é burra — Judith disse a Becks antes de voltar à narrativa. — E aposto que Elliot entrou em pânico quando gritei. Com uma testemunha possivelmente prestes a sair da água para ver o que estava acontecendo, ele sem dúvidas deixou para lá seus planos de invadir a casa de Stefan. Pela segunda vez. Em vez disso, fugiu. Afinal, você não quer ser visto entrando na casa de alguém enquanto o corpo do homem que você acabou de matar está estirado no jardim, não é?

"Porém, isso fez Elliot continuar com o problema. A moldura que tinha começado toda a situação, aquela pela qual ele tinha invadido a casa para se apossar, pela qual estava preparado para cometer um assassinato, ainda estava pendurada na parede de Stefan. Então ele precisou esperar alguns dias para a poeira baixar, e então aquele idiota fez sua terceira tentativa de invadir a propriedade de Stefan. Hoje. Mas dessa vez, embora eu quase tenha conseguido impedi-lo, ele finalmente conseguiu o que sempre quis: a moldura."

— Mas como uma moldura pode ser tão importante? — perguntou Becks. — Por que valeria a pena matar por ela?

— Não faço ideia. Mas se conseguirmos encontrar a moldura, tenho certeza de que descobriremos.

— Bem, vou te dizer uma coisa — falou Tanika. — É uma teoria impressionante.

— Obrigada.

— Exceto por um pequeno detalhe — acrescentou ela. — Quando você disse que ouviu Elliot Howard atirar em Stefan e matá-lo, ele na verdade estava no ensaio do coral na igreja All Saints na frente de pelo menos vinte testemunhas.

— Inclusive eu — falou Becks, em tom de desculpas. — E também há imagens dele no circuito interno de segurança — disse para Tanika. — Ele definitivamente estava na igreja All Saints o tempo todo.

— Mas você viu o olhar que ele lançou para a câmera no final! — disse Judith, frustrada. — Ele é presunçoso, se acha superior.

— Eu diria que é o jeito dele sempre — falou Tanika. — E posso garantir que não encontramos nenhuma ligação entre Elliot e Iqbal Kassam, nenhuma mesmo.

— Mas Elliot tem que ser nosso assassino. Porque se não for ele, então quem é?

Nem Tanika nem Becks tinham uma resposta para isso.

Capítulo 14

Duas viaturas chegaram e Tanika logo estava liderando sua equipe na análise da cena do arrombamento. Judith e Becks prestaram seus depoimentos e saíram da casa de Stefan ao mesmo tempo.

— Você não pode voltar para casa de barco — disse Becks a Judith. — Não com um pulso machucado.

— Não se preocupe com meu pulso, já está melhor.

— Mesmo assim, deixe-me lhe dar uma carona até sua casa. Você pode voltar e pegar seu barco amanhã.

— Isso seria muita gentileza da sua parte. Obrigada.

— Sobe aí — disse Becks, abrindo a porta do passageiro do seu 4x4 branco brilhante.

Era uma máquina tão grande que Judith precisou se içar para entrar. *Caramba, por que as donas de casa dos condados da região metropolitana dirigiam esses monstros?*, Judith se perguntou enquanto Becks se acomodava ao seu lado.

Poucos minutos depois, Becks estava cruzando a ponte suspensa e virando na alameda Ferry, a rua de mão única, do lado de Bisham do rio, que levava à casa de Judith.

— Você precisa entrar rapidinho para tomar uma bebida quando chegarmos lá — disse Judith.

— É uma boa ideia — respondeu Becks com uma sinceridade totalmente falsa —, mas eu te deixo na sua casa e vou para a minha, se não tiver problema. Já está tarde.

— Bobagem! Você teve uma noite difícil. Nós duas tivemos. Você precisa de uma bebida forte.

— Colin precisa de mim em casa.

— Por quê? — questionou Judith sem rodeios.

— Bem, ele trabalha tanto durante o dia…

— Como tenho certeza de que você também faz — interrompeu Judith disse. — Ele te ligou?

— Não sei. Acho que não.

— Então podemos presumir que ele está bem.

— Mesmo assim — disse Becks, tentando articular por que era tão importante que ela estivesse em casa para o marido.

Tinha algo a ver com o fato de que, como ela não trabalhava fora, sentia a obrigação de estar lá caso Colin precisasse. E algo a ver com a culpa por não ter uma carreira "adequada", então ela deveria ser a melhor e mais perfeita dona de casa para sentir que tinha valor. Em um nível muito mais monótono, ela também sabia que era simplesmente um hábito que havia adquirido. Mas como ela poderia sequer começar a colocar esses pensamentos incompletos em palavras?

— …ele precisa de mim — soltou, por fim.

— Você também tem necessidades — disse a outra mulher enquanto Becks dirigia até a casa de Judith e estacionava em frente à porta.

Havia uma van cinza do lado de fora que não estava lá antes.

Quando saíram do veículo, Judith viu a cuidadora de cães, Suzie Harris, espiando a casa pela janela do andar de baixo.

— Com licença? — perguntou Judith com sua voz mais matronal.

— Ah, aí está você! — disse Suzie, completamente imperturbável por ter sido pega bisbilhotando. — Só estava tentando ver através das suas janelas.

— O que raios você está fazendo aqui?

— Essa é uma boa pergunta — concordou ela.

Judith esperou e percebeu que Suzie parou por um momento, como fazia às vezes.

— E então…?

— Ah, é mesmo! Bem, tenho um favor para pedir. Sobre Iqbal. E como eu estava levando Emma para passear tarde da noite, pensei em bater à sua porta para ver se você estava.

— E quando notou que eu não estava?

— Pensei em espiar pela sua janela. É como eu já tinha dito, sempre quis ver o interior da sua casa.

Suzie estava sendo tão prática sobre seus motivos que Judith não conseguiu se conter e riu, deixando toda a ofensa para lá.

— Quem é Iqbal? — perguntou Becks.

— Perdão — pediu Judith, virando-se para incluir Becks. — Preciso apresentar vocês duas. Becks, esta é Suzie Harris.

— Na verdade, me chamo Rebecca — disse Becks, oferecendo sua mão. — Embora ninguém, exceto minha mãe, me chame assim.

— Ora, por que vocês duas não entram? — sugeriu Judith. — Foi um longo dia, e eu poderia descansar meus pés um pouco.

— Vou poder dar uma olhada lá dentro? — perguntou Suzie.

Judith sorriu.

— Sim, você pode entrar.

Judith destrancou a porta, abriu-a e conduziu Suzie para dentro.

Becks ainda estava parada no batente.

— Acho que não posso ficar — disse ela.

— Só uma bebida, e depois você vai para casa. Vamos, pense no que passamos esta noite, nós merecemos.

Becks percebeu que era quase certo levar mais tempo para convencer Judith de que ela precisava ir embora do que tomar uma bebida rapidamente e depois ir para casa.

— Ok — disse, estampando seu melhor sorriso de esposa do vigário. — Já que insiste. Uma bebidinha, então vou embora.

— Eba!

Seguindo Becks porta adentro, Judith viu Suzie parada perto do piano de cauda, curiosa.

— Caramba, você deve ser cheia da grana — comentou a mulher.

— Acho que, pelo estado do tecido do banco, você consegue adivinhar que não sou, como você diz, "cheia da grana" — disse Judith com uma risada enquanto ia até sua mesinha de bebidas e soprava a poeira de dois copos de vidro lapidado, alinhava-os com seu copo de uso diário e servia três doses fortes de uísque.

— Ainda assim, esta casa deve valer milhões.

Judith não pôde deixar de achar o jeito de Suzie parecido com uma lufada de ar fresco.

— Não faço ideia de quanto vale — respondeu, aproximando-se das mulheres com as duas doses. — Eu a herdei da minha tia-avó.

— Ela não teve filhos?

— Felizmente para mim, não. Ela nunca se casou. Então eu era como a filha que ela nunca teve. Agora, sugiro fortemente que vocês bebam — disse Judith, segurando os dois copos.

— Isso é uísque? — perguntou Becks, franzindo a testa.

—Acho que, quando é barato como este, é melhor chamá-lo de "uísque escocês".

— Ah, certo, obrigada, mas a esta hora da noite, prefiro um copo d'água. Ou um chá herbal, se você tiver.

— Acho que podemos concordar que precisamos de algo um pouco mais forte do que chá.

— Concordo — disse Suzie, pegando o copo e virando-o de uma vez, estremecendo quando a bebida esquentou seu peito, e então sorriu em apreciação. — Muito bom.

Enquanto Suzie ia até o aparador para devolver o copo, Becks finalmente tomou um golinho de seu copo antes de esfregar os lábios com os dedos.

— É melhor não deixar a bebida encostar nos seus lábios — disse Judith. — Arde menos.

— Com licença, seu banheiro é por aqui? — perguntou Suzie, indicando a porta de carvalho ao lado da mesa de bebidas.

Antes que Judith pudesse impedi-la, Suzie tentou abrir a porta, mas ela estava trancada.

— Está trancada — disse Judith com um sorriso educado.

— Por quê? — perguntou Suzie, rindo. — É onde você guarda os corpos?

O sorriso de Judith congelou e os olhos de Suzie se arregalaram de surpresa. Como é que a piada dela assustou Judith? Quanto a Becks, como esposa do vigário, era uma mestra em ajudar em situações embaraçosas.

— Você estava nos contando sobre Iqbal — ela disse a Suzie. — Ele era aquele pobre senhor que foi assassinado?

— Sim, ele mesmo — respondeu Suzie.

Conforme Suzie contava a Becks como conhecia Iqbal, Judith foi até o aparador, bebeu seu uísque e se serviu de outra dose. Quando as mulheres não estavam olhando, ela tocou a corrente de prata com a chave na ponta em seu pescoço. Ainda estava lá. Ainda em segurança. Conforme Suzie terminava sua história, Judith sorriu e foi se juntar a elas.

— E ele foi morto a tiros? — perguntou Becks, ainda tentando processar o que tinha ouvido.

— Eu sei — disse Suzie. — Parece loucura. Mas a questão é que Judith veio me encontrar porque ela acha que o assassinato de Iqbal tem relação com a morte de seu vizinho.

— Tem que ter — disse Judith. — Assassinatos não acontecem em Marlow. Se dois acontecem no espaço de três dias, eles precisam estar relacionados.

— Acho que está certa — falou Suzie. — É por isso que eu queria falar com você. Veja, o imã de Iqbal me ligou hoje à tarde. Ele informou que estava organizando os preparativos para o funeral e a polícia deu meu número a ele. Perguntou se eu sabia como entrar em contato com a família de Iqbal.

— E você sabe? — questionou Becks.

— Não. Sempre que eu perguntava sobre a família dele, Iqbal dizia que não tinha nenhuma e mudava de assunto. Ele ficava muito mais feliz falando sobre barcos.

— Barcos? — perguntou Becks.

— Ai, meu Deus, sim, era sua paixão. Quando ele começava a falar sobre isso, não havia como pará-lo. Ele estava economizando para comprar o próprio barco e mantê-lo no rio em Marlow. Seu sonho era percorrer todas as hidrovias do Reino Unido. Mas o ponto é que o imã disse que Iqbal não frequentava muito a mesquita, então não tinha amigos lá. Na verdade, eu era praticamente a única pessoa que ele conseguiu encontrar e convidar para o funeral. Então quis saber se eu iria.

— E o que você respondeu? — questionou Becks.

— Eu disse que sim; é o mínimo que posso fazer. Iqbal era meu amigo. Mas não é legal que mais ninguém esteja lá, então eu estava pensando — Suzie se virou para Judith— se você iria também?

— Para o funeral de Iqbal?

— É, já que você acha que a morte dele pode estar relacionada à do seu vizinho. Talvez alguém apareça do nada, como uma irmã há muito perdida ou algo assim. Será uma chance de dar uma olhada nas coisas. E, de qualquer forma, quanto mais, melhor, quero dizer, quando se trata de funerais.

— Você acha? — perguntou Judith, satisfeita com a fala de Suzie.

— Claro! Nunca estive em um funeral ruim, e você?

— Acho que não — respondeu Judith, após pensar por um instante. — E muito obrigada pelo convite. Você tem razão, ninguém deveria ser enterrado sozinho. Eu ficaria *feliz* em ir.

— Bem, então estamos resolvidas — disse Suzie. — Pelo menos haverá duas pessoas no funeral dele.

— Eu não me preocuparia muito com não ter ninguém lá — disse Becks. — Espera-se que os homens da mesquita compareçam ao serviço, mesmo que não o conheçam. Foi o imã Latif que ligou para você?

— Foi — falou Suzie. — Você o conhece?

— Um pouco. Fazemos trabalho voluntário em um banco de alimentos nas quintas-feiras de manhãs. Tenho que admitir, ele é adorável.

Judith ficou impressionada com a naturalidade com que Becks falava sobre se voluntariar em um banco de alimentos com o imã de uma mesquita local. Talvez ela estivesse errada quando a julgou apenas como mais uma mulherzinha de Marlow de colete e calça leggings.

Na verdade, ao olhar para as outras duas mulheres, Judith percebeu que havia muito tempo que não se divertida assim, e decidiu que não queria que a noite acabasse ainda.

— Vou ao funeral com uma condição — disse ela a Suzie com um sorriso. — Gostaria que você me ajudasse durante a próxima meia hora mais ou menos.

— Com o quê? — perguntou Suzie.

— Não se preocupe, não é nada cansativo. Quero tentar descobrir a importância de uma pintura que Stefan Dunwoody comprou na casa de leilões de Elliot Howard em 1988.

— E como podemos fazer isso?

— Bem, sugiro que nos sirvamos de outra dose de uísque e vejamos o que podemos encontrar na internet. O que dizem?

Suzie não queria parecer muito influenciável.

— Não posso deixar Emma sozinha na van.

— Então, traga-a para dentro.

— Tudo bem. Temos um acordo.

Judith e Suzie olharam para Becks, mas ela apenas sorria de forma anuviada, sem dúvida por causa do uísque, Judith imaginou. Que bom, pensou, ela merecia relaxar.

— Então é um sim de todas nós — disse Judith, abrindo um grande sorriso. — Sendo assim, vamos colocar a mão na massa.

Capítulo 15

As mulheres focavam seus aparelhos, Judith em sua poltrona favorita, Becks sentada ereta à mesa de carteado e Suzie recostada como a Rainha de Sabá em algumas almofadas na janela saliente, com Emma deitada a seus pés, a cabeça apoiada nas patas, os olhos fechados. De vez em quando, uma das mulheres tomava um gole de uísque, ou fazia um comentário breve sobre suas buscas, ou perguntava sobre a das outras. Era sociável, como se estivessem pesquisando algo na faculdade e, para ser sincera, elas estavam se divertindo muito.

— Então, você tem filhos? — Becks perguntou a Suzie.

— Tenho as duas melhores meninas do mundo — respondeu Suzie, sorrindo.

— Me fala um pouco delas.

— Ah, elas estão na casa dos vinte. Rachel tem vinte e dois anos, e mora em Newcastle com a namorada. E Amy está com vinte e cinco, é casada e tem um filho.

— Você é avó!

— Sou — disse Suzie com orgulho.

— Que coisa maravilhosa. Você tem marido?

— Ah! — exclamou Suzie. — Eu costumava ter. Mas ele me deixou depois que Rachel nasceu.

— Após sua segunda filha nascer?

— No mesmo mês. Disse que era coisa demais para ele.

— Você as criou sozinha?

— Sim.

— Deve ter sido difícil. E quanto a outros familiares? Sua mãe mora perto de você?

— Meus pais morreram quando eu era pequena. Como aconteceu com Iqbal. Tínhamos isso em comum.

— Sinto muito. E quanto aos seus primos, tias ou tios?

Suzie deu um gole no uísque escocês antes de responder.

— Não. Não tenho família. Esta bebida é horrível mesmo — disse a Judith com um sorriso, que Becks percebeu que era um pouco forçado.

— É o néctar dos deuses — replicou Judith antes de voltar sua atenção para o tablet.

— Você não tem vinho?

— Desculpe, não posso ter vinho em casa.

— Por quê?

— Se tiver, vou beber.

Suzie e Becks trocaram um olhar e se voltaram para a garrafa de uísque quase vazia. Se era assim que Judith bebia uísque, o que raios ela faria com vinho?

— Mas e você, Judith? — perguntou Becks, com as bochechas irradiando um brilho caloroso por causa do uísque. — Tem filhos?

— Ah, não, eu não fui tão abençoada.

— Mas você é casada?

— Perdão?

— Se não for rude perguntar, claro. Notei que você usa uma aliança.

Becks indicou o anel de ouro na mão esquerda de Judith.

— Você é muito observadora.

— Desculpe. É um risco ocupacional. Quando se é a esposa do vigário, você nota detalhes, como alianças de casamento.

— Se quer mesmo saber, meu marido morreu — revelou Judith.

— Morreu?

— Meu querido Philippos. Ele era grego. Philippos Demetriou. Me apaixonei pelo nome dele antes mesmo de conhecê-lo. Mas ele morreu em um acidente de barco. Em Corfu.

— Sinto muito. Quando foi?

— Eu tinha vinte e sete anos. Mas, enfim, acho que encontrei algo bem interessante — disse Judith, querendo mudar de assunto.

— Espera aí — falou Suzie. — Você ficou viúva aos vinte e sete? E teve mais alguém desde então?

— Por que teria? A maioria dos homens que conhecemos não passaria no teste, não é?

— Um brinde a isso — disse Suzie com serenidade, ou pelo menos foi o que Judith presumiu, mas percebeu que os lábios de Suzie não se moveram.

Ela e Suzie olharam para Becks e viram que a mulher levantara seu copo de uísque em um brinde silencioso antes de entornar o resto da bebida.

— Este uísque vicia — proclamou Becks com a voz arrastada.

— É mesmo — concordou Judith, indo encher o copo de Becks.

— Mas afinal, o que você descobriu? — perguntou Suzie.

— Bem, pode ser algo, como também não pode ser nada. Mas eu estava olhando o site da Casa de Leilões de Marlow, já que foi de lá que a pintura de Stefan veio. Há uma página explicando a história do negócio. Foi fundado pelo pai de Elliot, seu nome era Dudley. Quando se aposentou, em 1985, seu filho assumiu a presidência. Mas notei que Elliot foi presidente inicialmente durante apenas três anos. Aqui — disse Judith, entregando seu tablet para Suzie.

Suzie olhou para a página e viu que Elliot Howard estava listado como presidente de "1985–1988".

— E então, em 1988, um homem chamado Fred Smith assumiu — disse Judith.

— Fred Smith? — perguntou Suzie, com interesse despertado.

— Isso mesmo. E ele permaneceu no cargo pelos próximos treze anos, até 2001, que foi quando Elliot Howard se tornou presidente pela segunda vez.

— Então por que Elliot saiu do cargo por uns anos e depois voltou?

— Boa pergunta, mas não foi isso que me chamou a atenção. Veja, Elliot deixou de ser presidente em 1988. Mas essa também era a data na pintura que encontramos na casa de Stefan, não era? Ele a comprou em 1988.

— Talvez seja uma coincidência.

As mulheres consideraram as evidências em seus vários estados de embriaguez.

— É estranho, não é? — disse Judith. — Digamos que foi Elliot quem eu confrontei na casa de Stefan hoje. Parece ser a explicação mais provável. Mas se fosse, isso significaria que ele roubou a moldura de uma pintura que vendeu para Stefan em 1988. O mesmo ano em que saiu da casa de leilões.

— Você está certa — concordou Becks, entusiasmada. — Quando coloca dessa forma, é suspeito.

— Se quer saber minha opinião, precisamos descobrir por que Elliot deixou o negócio em 1988.

— Boa ideia — concordou Becks.

— O que é uma sorte para nós — disse Suzie. — Porque sei exatamente como podemos fazer isso.

— Sabe?

— Tudo o que precisamos fazer é falar com o cara que substituiu Elliot em 1988: Fred Smith.

— É claro! Ele vai saber o que aconteceu. Mas como o encontramos?

— Não deve ser muito difícil — disse Suzie, sorrindo. — Eu falo com ele todas as manhãs por volta das onze horas.

— Fala? Como?

— Se não me engano, o Fred é meu carteiro.

A casa de Suzie ficava no lado leste da cidade, entre os blocos de escritórios de tijolos vermelhos e sem graça da área comercial e o barulho ensurdecedor da A404, uma rodovia de mão dupla por onde passava um fluxo constante de carros. Mas, apesar da localização pouco atraente, a rua era bem agradável, pensou Judith enquanto pedalava ao longo dela pouco antes das onze horas da manhã seguinte. Havia belos sobrados em ambos os lados da rua, carros nas entradas das garagens e gerânios pendurados em cestos. Era tudo muito bonito. E então ela chegou ao endereço que Suzie lhe dera.

A frente da casa não estava ali.

Judith piscou, tentando entender o que estava vendo.

Não, seus olhos não a enganavam. A frente da residência não tinha parede nenhuma. Em vez disso, era uma confusão de andaimes, pedaços de lona azul, macacos hidráulicos e vigas de sustentação no telhado expostos.

Judith não pôde deixar de ficar impressionada. Ela sabia que era alguém que não se importava em negligenciar as coisas quando se tratava de manter as aparências, mas até seu limite seria ultrapassado ao ter uma casa completamente sem fachada.

No entanto, ao olhar mais de perto, percebeu que talvez a obra fosse uma extensão ainda não concluída, e a casa original continuava escondida atrás da alvenaria inacabada.

Suzie surgiu da porta da frente enquanto Judith encostava sua bicicleta em uma betoneira antiga.

— Desculpe pela reforma — pediu.

— Não precisa se desculpar. Está mexendo no quê?

— Ah, é só uma extensão — disse ela alegremente.

— Imagino que ficará esplêndida quando estiver pronta.

— Claro que sim. Esse é o plano, pelo menos.

— Quanto tempo vai demorar para terminar?

— Mais dois meses, o pedreiro falou. Talvez um pouco menos, se o clima continuar ameno.

— Ah, aí está. Logo vai acabar.

— Ou foi o que ele me disse três anos atrás, quando pegou todo o meu dinheiro e sumiu. Não o vejo desde então.

— Oi?

— A casa está assim há três anos.

Judith ficou sem palavras.

— Ah. — Foi o que conseguiu dizer no fim das contas.

— Mas a vida é assim mesmo, não é? — falou Suzie despreocupadamente, como se aquilo mal a incomodasse. — As pessoas te abandonam. Seu marido, seus filhos e, se você for eu, seu pedreiro também. Entre, é muito melhor lá dentro. E não se preocupe. Não tenho outros cachorros comigo. Somos só a Emma e eu.

O interior da casa de Suzie cheirava a cães e fumaça rançosa de cigarro. Havia linóleo arranhado e resistente no chão, a porta da sala de estar fora removida, e Judith podia ver que não existia móveis em lugar nenhum. Nada no corredor. Nem na sala de estar. Havia apenas camas de cachorro antigas e cobertores espalhados.

Emma veio da cozinha e cutucou a mão de Judith com a cabeça para pedir carinho.

— Ela gosta de você — disse Suzie.

— E eu gosto dela — respondeu Judith, abaixando-se para fazer um rápido agrado em Emma. — Que orelhas macias — disse à cadela.

— Deveríamos subir para o segundo andar. É onde eu moro. Os cachorros ficam aqui embaixo. Eu, lá em cima. Vamos.

Suzie abriu o portãozinho de segurança para crianças na base da escada, pediu que Emma esperasse e subiu os degraus.

Judith a seguiu e ficou satisfeita ao ver que o primeiro andar tinha carpete macio, mesas laterais com flores artificiais em vasos e muitas obras de arte em molduras simples nas paredes. Na verdade, era bem bonito, pensou consigo mesma, mesmo que o ar estivesse pesado com o cheiro de aromatizadores de tomada e fumaça rançosa de cigarro.

— Ora, é adorável — elogiou Judith conforme Suzie a conduzia até uma sala de estar coberta por dezenas de fotos de família ao longo dos anos.

— Obrigada — disse Suzie com orgulho. — Então, cadê a Becks?

— Falou que tinha uma reunião paroquial à qual precisava comparecer. Para ser sincera, acho que ela estava dando uma desculpa. Então, e agora?

— Acho que só precisamos esperar até Fred entregar a correspondência — disse Suzie, pegando uma latinha de metal de uma mesa lateral. — Se importa se eu fumar?

— Claro que não. À vontade.

Enquanto Suzie pegava os materiais necessários para enrolar um cigarro, Judith foi até um grande pôster na parede com várias fotos enfiadas na moldura. Apontou para a imagem de um menino em um jumper.

— É uma das suas filhas?

— É meu neto.

— Ele é lindo. Quantos anos ele tem?

— Nessa foto? Uns dois anos.

— Adorável. Quantos anos ele tem agora?

— Seis, eu acho — falou Suzie ao acender o cigarro. — É, isso mesmo. Seis.

Judith percebeu que não havia nenhuma fotografia da criança com mais de dois ou três anos. Na verdade, agora que estava prestando atenção, todas as fotos no cômodo pareciam bem antigas e desbotadas.

— Você o vê com frequência?

— Ah, sim, vejo Toby o tempo todo — falou Suzie, embora Judith tenha percebido certa fragilidade em sua resposta. — Mas este é meu refúgio. Onde tenho tudo de que preciso. Minha família — disse, indicando as fotos nas paredes, e então se virou para a televisão. — Meu entretenimento. E até mesmo um chef, se necessário — acrescentou num floreio final, balançando a cabeça na direção de um velho micro-ondas em um carrinho auxiliar.

— Que legal — disse Judith, mas ela desconfiava que talvez Suzie não estivesse contando a história toda, então decidiu mudar de assunto e voltou para o pôster onde as fotos estavam enfiadas. — Gostei deste pôster.

A imagem em questão era uma reimpressão da famosa pintura *The Lady of Shalott*, de John William Waterhouse. Ela retratava uma mulher pálida sentada em um barco de madeira, com um vestido branco esvoaçante, seu cabelo cor de cobre indo até a cintura. Judith sempre detestou a pintura. Não que não fosse bela — ela amava a estética hippie das tapeçarias vermelhas e douradas penduradas na lateral do barquinho a remo —, mas ela estava saturada de lendas de mulheres passivas que definhavam por amar um homem e não serem correspondidas. De acordo com sua vivência, as únicas mulheres que definhavam o faziam porque estavam presas a um homem, não porque se libertaram de um.

— É linda, não é? — concordou Suzie.

No andar de baixo, ouviram o barulho da correspondência sendo colocada na caixa de correio.

— Deve ser o Fred! — exclamou Suzie, apagando o cigarro depressa. — Precisamos alcançá-lo antes que ele vá embora.

Suzie correu para a porta e Judith a seguiu.

Capítulo 16

Fred Smith era um homem brincalhão, com cabelo branco curto e barba aparada, que teve muitos empregos na vida, mas nunca gostou tanto de nenhum deles quanto o de carteiro. Como nasceu e cresceu em Marlow, ele sabia onde todos moravam antes mesmo de assumir o cargo, então entregar cartas pela cidade nunca pareceu um trabalho de fato. Não quando você podia parar à porta do pessoal e bater um papo enquanto fazia as entregas. Acontece que, acima de todas as outras coisas, Fred gostava de fofocar. Não que fosse indiscreto. Isso não seria profissional.

Quando Suzie e Judith saíram correndo atrás dele, ele se sobressaltou. Não era comum que mulheres o perseguissem pela rua.

— Suzie, você está bem?— perguntou ele, assustado.

— Podemos conversar rapidinho, Fred?

— Sempre tenho tempo para conversar rapidinho — disse Fred com um sorriso largo. — E é ótimo finalmente conhecê-la, sra. Potts.

Como Judith morava no subúrbio de Marlow, seu carteiro era outra pessoa completamente diferente e ela nunca tinha visto Fred.

— Você sabe quem eu sou?

— Sou um carteiro — disse ele com uma piscadela amigável. — Sei quem *todo mundo* é. Enfim, como posso ajudá-las, senhoras?

— É sobre Elliot Howard — informou Suzie.

— É?

— Você o conhece? — perguntou Judith.

— Claro. Já fui chefe dele. Antigamente, digo. Há muito tempo.

— Então, qual é a história? — perguntou Suzie.

— Sobre Elliot? — disse Fred com um sorriso conspiratório. — Por onde quer que eu comece?'

— Ele é confiável? — Judith quis saber, ansiosamente.

— Que pergunta estranha. Ele podia ser difícil, admito. Às vezes, um pouco condescendente em seus modos. Mas era totalmente confiável.

Não era isso que Judith queria ouvir. Primeiro foram os comentários online afirmando que Elliot era uma boa pessoa, e agora Fred dizia a mesma coisa.

— Isso foi quando você era o presidente da casa de leilões? — perguntou Suzie.

— Sim. Você ficou sabendo disso?

— Vimos no site.

— Estou no site deles? Deve ser algo, não é?

— Com certeza é — concordou Suzie. Ela podia perceber que Fred queria ficar ali e bater um papo. — Aposto que é uma história interessante, a de como você acabou trabalhando em uma casa de leilões.

— É verdade. Eu tinha dezesseis anos quando comecei, cerca de cem anos atrás, mas isso foi sob a presidência do pai de Elliot, Dudley.

— E como ele era? — perguntou Judith.

Fred pareceu cauteloso.

— Por que a pergunta?

— É só que demos uma pesquisada e ouvimos que ele era meio pilantra. É verdade?

— Você não está errada. Ele era complicado. Sempre fazendo acordos paralelos ou usando capangas para aumentar os preços nos leilões. Se houvesse uma prática desonesta, ele a adotaria. E ele não gostava do filho, nem um pouco.

— Não?

— Não mesmo. Durante a adolescência, Elliot só se interessava pelo remo.

Judith se lembrou das fotos no escritório de Elliot que o mostravam em várias equipes de remo.

— E ele era bom. Mas seu pai não queria saber disso. Pelo que Elliot contou, Dudley falou com seu treinador para descobrir se Elliot poderia se tornar profissional, e assim que ele disse que não, era o fim, na opinião de seu pai. Ele não pagaria por mais nenhum treinamento. Não levaria seu filho para os treinos ou regatas. Já era.

— Que severidade — disse Suzie.

— Dudley era um homem severo.

— E onde estava a mãe de Elliot nessa hora? — perguntou Judith.

— Acho que ela deixou Dudley quando Elliot era jovem. Não conheço a história, mas Elliot foi criado sozinho pelo pai. É por isso que foi tão ruim para ele quando Dudley disse que era o fim daquele papo de remo. Ele era seu único responsável, então sua palavra era a final.

— Espera aí! — interveio Judith, uma ideia passando depressa por sua mente.

Mas o que era? Havia uma conexão que seu cérebro acabara de tentar fazer; algo relacionado ao remo. Mas o que poderia ser? Qual era o pensamento que ela quase teve, mas não conseguiu finalizá-lo?

— Remo — disse em voz alta, como se estivesse saboreando a palavra, tentando deixar o som dela ajudar seus pensamentos a se unirem.

— Remo o quê? — perguntou Suzie.

Judith tentou recuperar o pensamento, mas a ideia tênue como uma teia de aranha já havia se dissipado.

— A ideia me fugiu — disse ela, frustrada, mas também sabia que não havia nada que pudesse fazer. Em sua idade, se algo escapava de sua mente, tendia a permanecer esquecido.

— Desculpe, senhoras, mas preciso ir — disse Fred, virando-se para seguir seu caminho. — Não posso ficar aqui de papo o dia inteiro.

— Mas ainda não terminamos — disse Suzie.

— Não?

— Pode ser importante.

— Vou me enrascar se não completar minha rota no prazo.

— Então que tal irmos com você? —sugeriu Judith.

— Perdão?

— Não vamos atrapalhar, mas temos mais algumas perguntas.

— Querem me acompanhar durante a rota? — disse Fred, parecendo se divertir. — Bem, falando assim, não consigo pensar em nada mais legal do que ter uma bela moça em cada lado enquanto entrego a correspondência. Vamos, então.

Judith e Suzie passaram a hora seguinte acompanhando Fred entregar a correspondência nas ruas vizinhas. Foi um processo um tanto frustrante, porque elas só conseguiam falar com ele enquanto iam de uma casa a outra, e ele ficava parando para bater papo com as pessoas para quem fazia as entregas. Em dado momento, ele desapareceu dentro de uma residência por alguns minutos, e quando saiu, pediu desculpas e explicou que a senhora morava sozinha e que sua descarga tinha parado de funcionar, mas era um problema rápido de resolver, então não demorou muito.

Mas entre a conversa, o serviço de encanamento e a entrega de cartas e pacotes que estavam em seu carrinho vermelho e brilhante, as mulheres conseguiram juntar algumas das peças da história entre Fred e Elliot.

Fred abandonou a escola aos dezesseis anos e começou a trabalhar na casa de leilões, primeiro como porteiro e, alguns anos depois, na recepção, verificando os itens que iam para leilão. Como ele era poucos anos mais novo do que Elliot, eles iam tomar cerveja juntos depois do expediente de vez em quando. Foi em uma dessas saídas que Elliot revelou a Fred o quanto se sentia encurralado tendo de trabalhar para o pai. Para piorar, Elliot estava se apaixonando pela arte que vendiam.

— Ele começou a pintar— contou Fred. — Aparentemente, ele teve um avô que foi um bom artista. Foi assim que a família acabou proprietária de uma casa de leilões. Elliot mergulhou na arte. Sabem, lendo livros, estudando para que pudesse melhorar como artista. E ele era bom. Até eu conseguia ver isso. As pinturas de Elliot eram, em sua maioria, coisas abstratas. Bem meados do século XX. Você coloca dois blocos de cor um ao lado do outro e chama de arte.

Judith olhou para Suzie, sabendo que "dois blocos de cor um ao lado do outro" era uma descrição muito precisa da obra de arte da qual o intruso havia roubado a moldura na casa de Stefan. Mas Judith notou que Suzie não fizera a conexão. É claro que não, percebeu; Suzie não estivera lá com ela, Becks e Tanika. Mas esse era uma conexão importante? O tipo de arte que causou a invasão também ser o tipo de arte que o sr. Howard gostava de pintar? Ou era coincidência? Afinal, qualquer um que aprendesse a pintar no final do século XX, como era o caso dele, sem dúvida pintaria como alguém daquela época.

— De qualquer forma — prosseguiu Fred —, após alguns anos, Elliot acabou percebendo que queria desistir dos negócios para tentar ser um artista profissional. Então ele fez um teste para a Slade School of Art, e adivinhem? Ele foi aceito. É a melhor faculdade de artes do país, e Elliot conquistou uma vaga. Um feito incrível. Mas o pai dele disse não. De novo. A pintura era como o remo, disse-lhe Dudley. Apenas um hobby. Ninguém ganhava dinheiro sendo artista, a. A única grana que se conseguia era vendendo as artes de terceiros. Então ele não lhe daria dinheiro para estudar. Isso foi um empecilho para Elliot.

— Aposto que sim — disse Judith.

— E isso o deixou ressentido. Porque seu pai jurou que se Elliot abandonasse o negócio, ele não teria permissão para voltar. Era ficar e ajudá-lo a administrar a casa de leilões, ou ir embora de vez.

— Caramba — disse Judith.

— Pois é — concordou Fred. — Então Elliot deixou para lá sua vaga na faculdade de artes e ficou na casa de leilões. E então, quando seu pai adoeceu, ele se tornou o presidente. Na época, eu era diretor administrativo. Mas o coração de Elliot não estava no negócio, para ser sincero. Ele simplesmente não queria estar lá. E então seu pai morreu. Um ataque cardíaco em um campo de golfe. Elliot mal podia esperar para se exonerar. Novamente, ele se candidatou para faculdades de arte. Não entrou na Slade dessa vez, mas conseguiu vaga em uma boa o suficiente em Reading. Então deixou o negócio.

— Isso foi em 1988?

— Correto.

— Quando você se tornou presidente?

— Exatamente. Elliot queria alguém de confiança para administrar a casa de leilões enquanto ele estudava. Mas as coisas nunca deram certo para Elliot. Ele disse que era muito mais velho do que os outros alunos do curso, e eu sei que ele se ressentia do fato de não estar em uma faculdade tão prestigiosa quanto a Slade. Quando se formou, até tentou seguir a carreira artística, mas estava velho demais para ser um revolucionário. E isso foi nos anos 1990, quando o mundo da arte só queria saber de conservar tubarões no formol. Não havia mais tanto interesse nos movimentos de meados do século.

"E sabem do que mais? Acontece que eu não era muito bom cuidando da casa de leilões sozinho — admitiu Fred, sem nenhuma gota de rancor aparente. — Eu conseguia lidar com tudo quando era responsável apenas pela administração, mas nunca entendi o lado artístico das coisas. O negócio começou a falir. Para ser honesto, Elliot nunca deveria ter me deixado no comando. Depois de alguns anos, ele percebeu que nunca vingaria como artista. Aquele bonde já tinha partido há anos. E se não voltasse para administrar a casa de leilões, ele a perderia também. Então ele me dispensou das minhas funções. Alívio é a palavra certa, na minha opinião. A única coisa que aprendi ao administrar um negócio foi que eu nunca quis administrar um negócio. Toda aquela pressão. Todas aquelas pessoas trabalhando para você. Isto aqui combina muito mais comigo — disse Fred, indicando seu uniforme de carteiro. — Estou ao ar livre e, quando termino meu turno, não levo trabalho para casa. Durmo bem todas as noites. E isso não tem preço."

Fred sorriu.

— Mas como Elliot estava quando voltou ao negócio? — perguntou Judith.

— O mesmo de sempre. Um quê superior, um pouco cheio de si às vezes, mas uma boa pessoa. Honesto. Confiável. Um bom chefe.

— Você realmente não tem nada de ruim a dizer sobre o homem que te demitiu?

— Por que teria? Eu não tinha administrado bem o negócio, e ele não me demitiu. Ambos concordamos que seria melhor se eu saísse, então foi o que fiz.

Suzie não conseguia acreditar que Fred pudesse ser tão tranquilo, mas Judith sorriu, descobrindo que a falta de arrependimento dele pelos caminhos não tomados combinava com os sentimentos dela.

— Agora, se não se importam, preciso voltar para a estação — disse Fred, sorrindo —, ou eles vão achar que saí mais cedo.

— Obrigada pela ajuda — agradeceu Suzie.

— Mas posso perguntar por que estão tão interessadas em Elliot?

— Ah, por nada — disse Judith, com um sorriso falso.

Fred pensou na resposta de Judith e decidiu que deixaria para lá.

— Certo. Não é da minha conta. Tenham um bom dia, senhoras.

Fred tocou a própria testa em uma saudação, virou-se e se afastou.

— Ah, mais uma coisa! — disse Judith, alcançando-o.

— O que foi?

— Você pode nos contar algo sobre Stefan Dunwoody?

— Querem saber sobre Stefan? — perguntou Fred, surpreso.

Ele então olhou para os dois lados da rua, viu que não havia ninguém à vista e foi para trás de um arbusto de budleias em um jardim.

As mulheres o seguiram.

— Ok, por que querem saber sobre Stefan? — sussurrou ele.

— Ouvimos dizer que ele era meio pilantra. Trabalhando com o Dudley. Aparentemente, eles aplicaram vários golpes.

— Não sei se souberam, mas Stefan morreu semana passada. Não quero falar mal dos mortos.

— Mas pode ser importante. Achamos que alguém o assassinou.

— O quê?

— Eu sei. Então qualquer coisa que você possa nos dizer será valiosa.

Fred lutou contra a própria consciência, mas não durou muito.

— Ok. Então, Stefan sempre foi encantador. Sempre bem-vestido. Sempre interessado em você. Educado ao extremo. O cavalheiro perfeito. Mas era tudo atuação. Porque você está certa. Ele era um pilantra. Tão ruim quanto Dudley.

— Ele chegou a trabalhar para a casa de leilões?

— Como nosso especialista em arte, no passado. O truque dele era avaliar erroneamente as artes.

— Como ele fazia isso?

— Bem, alguém que não entendia nada de arte levaria uma pintura para a casa de leilões do Dudley, ele chamaria o Stefan como o especialista que a avaliaria, e ele diria que era uma cópia, ou algo assim. Dudley então convenceria o proprietário a vendê-la a ele por um valor reduzido. Então, que surpresa, a obra de arte reapareceria magicamente na Casa de Leilões de Marlow alguns meses depois, desta vez devidamente identificada como o trabalho de um artista conhecido. Vejam, estamos falando de artes que apareciam vez ou outra e valiam alguns milhares de libras, não dezenas de milhares. Mas ainda era ilegal, e tenho certeza de que os dois ganhavam uma boa grana extra todo ano. Era desprezível.

— Aconteceu alguma coisa em 1988? — perguntou Judith.

— Por exemplo?

— Desconfiamos que Stefan comprou uma pintura da Casa de Leilões de Marlow no mesmo ano em que Elliot foi para a faculdade de artes.

Fred pensou por um momento antes que a lembrança lhe ocorresse.

— Comprou! Tem razão. Foi um baita escândalo na época. Ou, pelo menos, para nós da indústria. Quando Dudley morreu, Elliot herdou toda a arte. E Elliot pediu que Stefan avaliasse as obras do pai para as leiloar. Naquela época, ele não sabia o quão pilantra Stefan era. Nenhum de nós sabia. E a coleção valia algumas centenas de milhares de libras, foi uma grande dádiva para Elliot. Mesmo que, entre as coisas valiosas, houvesse bastante tralha.

— Incluindo — disse Judith — uma pintura abstrata composta por três faixas coloridas. A de cima era amarela, a do meio, cinza, e a de baixo, um tom de vermelho-escuro.

— Você sabe sobre ela? — perguntou Fred.

— Então, seguindo sua lógica, presumo que Stefan disse que não valia muita coisa.

— Isso aí. Vejam, não estava assinada e foi encontrada em uma caixa com outras duas pinturas sem assinaturas. Elas eram de amadores, não valiam um centavo. Então Elliot ficou feliz em deixar Stefan comprar a caixa por algumas libras. Mas era mais um de seus golpes, não era? Porque, assim que ele a comprou, Stefan falou que não tinha certeza se eram o que ele tinha pensado a princípio. Então ele a levou até Londres para uma segunda opinião. E acabou sendo de Mark Rothko, um dos pintores norte-americanos mais famosos do século XX!

— Quanto vale? — perguntou Suzie.

— Era apenas um esboço, não a arte final. É por isso que Rothko não assinou. Mas há uma foto dele a pintando, então a procedência é comprovada e isso fez com que valesse algumas centenas de milhares de libras.

— Tá brincando! — exclamou Judith, espantada.

— Stefan se recusou a devolvê-lo a Elliot, ou a pagar o preço justo por ela. Ele disse a Elliot que lamentava ter errado em sua análise, mas não havia nada que pudesse fazer. Foi um erro não proposital. E você tem razão — disse Fred, dando-se conta. — Isso foi apenas alguns meses depois que Elliot se candidatou para as faculdades de artes. Eu não tinha ligado os pontos antes. Stefan o traiu, e Elliot deixou o negócio no final do ano.

— Ora, isso é *muito* interessante — disse Judith. — Muito obrigada pelo seu tempo, Fred.

— Sem problemas — respondeu ele. — Agora, se não se importam, preciso mesmo voltar ao trabalho.

— É claro, e obrigada novamente!

Enquanto Fred empurrava seu carrinho para longe, Judith e Suzie o observaram.

— Então por que é que — disse Judith — Elliot invadiria a casa de Stefan, finalmente colocaria as mãos na pintura de Rothko, que vale centenas de milhares e que ele deveria ter herdado do pai, só para deixá-la na parede e roubar sua moldura?

— Não faz sentido! — disse Suzie enquanto ela e Judith retornavam à sua sala de estar no primeiro andar alguns minutos depois.

— Concordo com você. Mas acho que isso explica por que Elliot odiava Stefan. E sabe o que mais? Fred nos disse que o estilo de pintura de Elliot era de meados do século, não foi?

— Seja lá o que isso signifique.

— Significa que ele saberia sobre Rothko. Um pintor de meados do século. Logo, ele teria reconhecido suas técnicas. Sua paleta de cores e como ele pintava.

— O que está querendo dizer?

— Imagine que você é Elliot e quer recuperar o Rothko que Stefan lhe roubou. O que pode fazer? Você não pode entrar lá e pegá-lo de volta. Stefan notaria o buraco na parede e saberia quem o roubou. Mas Elliot é um pintor treinado nas técnicas de Rothko, não é?

— Ah! Você acha que ele pintou uma cópia? — perguntou Suzie, seus olhos brilhando com o pensamento.

— É uma possibilidade, não é? Acho que Elliot é exatamente o tipo de pessoa que se acharia capaz de falsificar o Rothko de Stefan. Então, digamos que foi isso que ele fez. Pintou uma cópia, então planejou invadir a casa de Stefan, deixar a pintura falsa na parede e fugir com a original.

— Você acha que foi isso que ele fez?

— A arte vale centenas de milhares de libras. E do ponto de vista de Elliot, Stefan a roubou em 1988. Qualquer um ficaria possesso. Mas sabe de uma coisa? Isso também poderia explicar por que não há mais uma moldura no Rothko na casa de Stefan.

— Como assim?

— Vamos pensar bem. Elliot faz a cópia, mas a única coisa de que não é capaz é de falsificar a moldura. Então ele invade a casa de Stefan com sua cópia, mas enquanto ele está no processo de tirar a moldura do verdadeiro Rothko, eu o interrompo. E seria a terceira vez que ele arromba ou tenta arrombar para pegar a arte. Elliot não vai se frustrar de novo. Então ele pega o verdadeiro Rothko da parede, com moldura e tudo, e coloca sua cópia no lugar, esperando que ninguém perceba que não há uma moldura.

— Ainda não entendi muito bem — disse Suzie.

— Acho que o Rothko que está pendurado na parede de Stefan é uma falsificação pintada por Elliot. E o sr. Howard fugiu com o Rothko original, com a moldura e tudo.

— Ah, entendi! Se é assim, precisamos contar à polícia.

— Vou ligar para Tanika assim que chegar em casa. Dizer a ela que eles precisam chamar um especialista em arte para avaliar o Rothko na casa de Stefan. Mas agora temos um motivo adequado para explicar o porquê Elliot poderia querer matar Stefan. O sr. Dunwoody descobriu que o sr. Howard estava por trás da primeira invasão. E sabemos por Antonia, sua assistente, que Stefan ameaçou Elliot, dizendo que ele "poderia ir à polícia agora mesmo". Elliot deve ter ficado com medo de acabar na prisão. Então matou Stefan para silenciá-lo.

— Genial! Então Elliot é o assassino, tem que ser! Mesmo que não tenha como ser — acrescentou Suzie.

— Eu sei, é tão frustrante! A questão é como ele fez isso. Nós deveríamos estar seguindo Elliot enquanto ele anda por aí, vigiando seus negócios, colocando câmeras em sua casa, mas não temos permissão para isso, temos? Somos apenas civis.

— Talvez eu possa ajudar nisso.

— É mesmo?

— Deixe-me fazer algumas perguntas por aí. Tenho certeza de que conheço alguém, ou alguém que conhece alguém, que mora na alameda Gypsy, onde a casa de Elliot fica. Talvez eu possa colocar uma pessoa para vigiá-lo.

— Isso me parece uma *excelente* ideia — disse Judith.

Ao dizer isso, Judith se pegou olhando para o pôster da *Lady of Shallot* na parede. Distraidamente, perguntou-se por que seu olhar foi atraído para a imagem mais uma vez, e então se tocou.

— Liz Curtis! — Ela deixou escapar de supetão.

Aquilo não era, de forma alguma, o que Suzie esperava que Judith dissesse.

— O quê?

— Ela é a mulher!

— Como?

— A mulher ruiva de quem te falei. Aquela que estava no jardim do Stefan depois que ele morreu, e que fugiu de mim nos campos na primeira vez que conversei com você. Eu sabia que a reconhecia de algum lugar. O nome dela é Liz Curtis.

— Como diabos você chegou a essa conclusão?

— Bem, ela tem cabelos ruivos, como sua *Lady of Shalott* no pôster. E assim como sua *Lady of Shalott*, a última vez que a vi, ela estava em um barco a remo. Liz Curtis dirige o Clube de Remo de Marlow.

Agora foi a vez de Suzie se animar.

— E você tem certeza de que a mulher que viu nas duas vezes era Liz Curtis?

— Sim. Você a conhece?

— É claro que sim. Se você está procurando uma pessoa capaz de matar, então eu colocaria Liz Curtis no topo da lista.

— Você acha?

— Eu não acho, eu sei — disse Suzie de modo sombrio. — Afinal, ela já matou.

Capítulo 17

Os bancos da van de Suzie estavam rasgados, havia restos de embalagens antigas de fast-food espalhados pelo chão e uma chave de fenda velha estava enfiada onde deveria estar a chave de ignição na coluna de direção. Judith tentou fingir que o veículo não era uma armadilha mortal enquanto Suzie acendia um de seus tabacos enrolados em seda, ligava o motor, que tossiu e ganhou vida, e as levava para o Clube de Remo de Marlow.

— Eu falei que conheço todo mundo em Marlow — disse Suzie, muito satisfeita consigo mesma. — Embora Liz Curtis e eu não nos falemos há uns dez anos. Ela tinha um springer spaniel galês chamado Crumble. O cachorro mais legal que você poderia conhecer. Orelhas macias, cheio de energia e saltitante. E os olhos mais cheios de vida. Enfim, ele não era originalmente dela, era de seu pai. Foi o que ela me contou. Mas o pai dela morreu. Foi quando Liz herdou o clube de remo. E também Crumble.

— Deixe-me adivinhar. Ela não era muito fã de cães?

— Podemos dizer que não. Ela o trouxe até mim para que eu passeasse e cuidasse dele durante a noite. Mas ela não se importava com ele. Liz reclamou sobre o valor que eu estava cobrando. Será que eu não poderia deixar Crumble no meu jardim e cobrar menos? Ou ficar com outros cães ao mesmo tempo para reduzir os custos? Mas eu não gosto de ficar com mais de um por vez. Consigo cuidar melhor assim. E então, um dia, ela parou de trazer Crumble.

— Por quê? O que aconteceu?

— Eu a encontrei na rua High alguns meses depois e perguntei como Crumble estava. Ela disse que não sabia. Ele tinha saído de casa um dia e não voltou. Simplesmente desapareceu. Mas havia algo na maneira como ela disse aquilo. Eu sabia que ela estava mentindo. Ou tentando esconder a própria culpa. Então, na próxima vez que fui ao veterinário, comecei a conversar com a recepcionista. Nós duas nos conhecemos há muito tempo. Estudamos juntas na Escola Secundária Great Marlow. Então perguntei a ela se Crumble já tinha sido encontrado. Ela ficou chocada por eu saber daquilo, o que eu não sabia de fato, mas fingi que sim. Ela me contou que ouvira falar que Liz levara seu cachorro a um veterinário em Bovingdon Green e o sacrificara.

— Perdão, ela fez o quê?

— Mesmo que Crumble estivesse perfeitamente saudável.

— Ela matou o próprio cachorro?

— Foi o que a recepcionista me contou.

— Isso é legalizado?

— Pode até ser, mas não há um veterinário ao qual eu iria que mataria um animal saudável.

— Nisso podemos concordar.

— Bem, não acho que nada tenha sido provado, mas posso dizer que a clínica de Bovingdon fechou logo depois, quando a notícia de que era administrada por um veterinário que estava preparado para matar sob demanda se espalhou. Para ser sincera, posso ter tido algo a ver com isso. O ponto é que Liz sacrificou seu cachorro quando ele estava tão saudável quanto você ou eu.

— E você tem certeza de que foi isso que ela fez?

— Certeza absoluta. Isso é perverso. Crumble era encantador. Qualquer um o teria acolhido se Liz não quisesse assumir essa responsabilidade. Eu o faria. Mas a Liz é assim. Ela é uma assassina de cães.

Judith e Suzie ficaram em silêncio enquanto paravam no pequeno estacionamento de cascalho do Clube de Remo de Marlow. Ficava em uma parte afastada da cidade, em uma curva do Tâmisa, e era composto por um conjunto de edifícios desmontáveis e cabanas. O cenário era lindo, mas os prédios estavam desgastados pelo tempo, e as canoas e caiaques vermelhos, brancos e azuis que estavam armazenados em pilhas de metal já tinham visto dias melhores.

— Você tem razão — disse Judith a Suzie quando saíram da van. — Podemos estar prestes a falar com o assassino. Tem certeza de que quer fazer isso?

— Vamos nessa — respondeu Suzie, e algo em seu entusiasmo cego fez Judith hesitar.

Ela pegou o telefone e discou o número de Tanika.

— Judith, você está bem? — atendeu Tanika.

— Estou bem, obrigada pela preocupação. Só queria te informar que descobri quem é a mulher ruiva. Aquela que vi no jardim de Stefan, sabe? E no campo no dia seguinte.

— Descobriu? Quem é?

— O nome dela é Liz Curtis, e ela administra o Clube de Remo de Marlow.

— Tem certeza?

Enquanto Tanika fazia a pergunta, Judith viu a ruiva sair de um dos edifícios com um pincel em mãos, sacudir a água do objeto e voltar para dentro. Ela não levantou o olhar, por isso não viu as mulheres.

— Ah, sim, tenho certeza — respondeu Judith.

— Então você precisa me prometer uma coisa.

— O quê?

— Que não vai tentar investigá-la.

— Perdão?

— Porque você já se colocou em risco uma vez, quando perseguiu aquele intruso na casa de Stefan Dunwoody. E não posso permitir que faça isso de novo.

— Eu não me preocuparia com isso, foi um caso isolado.

— Acho que o assassino ainda não acabou seu serviço.

— O que quer dizer com isso?

— Não tenho certeza, mas acho que pode haver mais um assassinato. Um terceiro.

Judith apertou o celular com força. Como Tanika poderia saber disso?

— Então você precisa me prometer que não fará nada que possa te colocar em perigo. Quero ouvir da sua boca.

— Claro — respondeu Judith. — Eu prometo. Chega de investigação amadora. Você tem minha palavra.

— Obrigada. — Tanika parecia aliviada. — E obrigada pelas informações sobre Liz Curtis. Vou ver o que consigo descobrir.

Tanika desligou, e Suzie, que só tinha escutado o final da conversa, perguntou à amiga o que ela tinha acabado de prometer.

— Ah, nada de mais — disse Judith com um sorriso alegre. — Agora vamos, precisamos falar com Liz Curtis.

Elas foram até o edifício de onde tinham visto Liz sair. Encontraram-na lá dentro, de pé em uma escada pintando as paredes de branco.

— Olá — ela cumprimentou, descendo os degraus.

Liz era alta, magra e cheia de ângulos, seus membros quase mais longos do que pareceria natural, Judith pensou consigo mesma. Como um louva-a-deus. Mas o mais importante: ela tinha cabelo ruivo flamejante e, definitivamente, era a pessoa que fugiu de Judith duas vezes.

A expressão de Liz desmoronou assim que a viu.

— Ah, é você.

— Olá, Liz — disse Suzie.

Liz ficou ainda mais consternada ao ver Suzie ao lado de Judith.

— Olá, Suzie — falou Liz, virando as costas para as mulheres e indo até um samovar em metal que estava sobre uma mesa cavalete e ao lado de alguns utensílios para chá. — Querem fazer uma reserva?

— Desta vez, não — disse Judith, olhando para Suzie. Ambas podiam notar que Liz agia como se fosse culpada.

— Bem — começou Suzie —, minha amiga aqui quer saber por que você fica fugindo dela.

— Perdão? — disse Liz, servindo-se de uma xícara de chá, ainda de costas para as mulheres.

— Está dizendo que não fugiu de mim no campo? — questionou Judith.

Liz não respondeu de imediato. Apenas depois que mexeu seu chá e colocou sua colherzinha na mesa foi que finalmente se virou.

— O que disse? — disse, como se não tivesse ouvido.

— Vi você no jardim de Stefan dois dias depois que ele morreu — disse Judith. — E, no dia seguinte, em um campo às margens do Tâmisa. Nas duas vezes você fugiu de mim. Quero saber o motivo.

Liz tomou um gole de chá e caminhou até a mesa da recepção. Era óbvio que estava tentando ganhar tempo.

— Não, sinto muito. Não sei do que você está falando — disse ela.

— Mas nós nos vimos…

— Eu disse que não sei do que você está falando — repetiu Liz, e Judith e Suzie perceberam que ela estava tentando esconder o pânico.

— Ah — falou Judith. — Está dizendo que *não* foi à casa de Stefan Dunwoody depois que ele morreu?

— Isso mesmo. Eu nem sei quem é Stefan Dunwoody — respondeu Liz. — Nunca ouvi esse nome antes. Agora, querem fazer uma reserva ou devo pedir que se retirem?

— E Iqbal Kassam? — quis saber Suzie.

Liz fez uma pausa antes de responder à pergunta.

— Quem?

— Iqbal Kassam. O taxista que foi assassinado há alguns dias.

— Ah, sim, li sobre ele nos jornais. Que coisa terrível. Mas por que estão me perguntando isso?

— Queremos saber se você o conhece.

Os olhos de Liz se arregalaram de surpresa ao perceber o motivo da pergunta de Suzie.

— O que diabos estão insinuando?

— Não estamos insinuando nada, estamos apenas perguntando se você o conhece.

— Claro que não. Por que eu pegaria um táxi se tenho um carro funcional? Devo dizer que me ressinto por você ter vindo aqui fazer insinuações.

— Perdão? — disse Suzie.

— Não sei por que você está me fazendo todas essas perguntas sobre homens mortos.

— Acho que você sabe exatamente o porquê.

— Não sei.

— Então tenho uma palavra para você: Crumble.

Parecia que Liz havia levado um tapa na cara.

— Nós duas sabemos o que você fez com o pobrezinho — acrescentou Suzie.

— Eu não fiz nada com ele.

— Você o matou.

— Não pode dizer isso! — gritou Liz, lágrimas se formando em seus olhos enquanto um misto de medo, culpa e confusão parecia tomar conta dela de uma vez só.

— Você o matou porque nunca o quis. Porque ele gerava muitos custos!

— Precisa acreditar em mim; você está certa, eu não quis ficar com ele quando meu pai morreu. Eu sabia que um cachorro não se encaixaria em nosso estilo de vida. E ele gerava custos, é verdade. Mas isso é porque não tínhamos dinheiro. Eu amava o Crumble. Você certamente sabe disso. Fiquei perturbada quando ele desapareceu. Fizemos cartazes, espalhamos em postes, foi um dos piores momentos da minha vida. Como diabos você pode alegar que eu o matei? Lamento, mas você não vai fazer isso comigo. Não hoje. Não agora.

Antes que Judith ou Suzie pudessem dizer mais alguma coisa, Liz se virou e saiu correndo do edifício.

— Culpada de todas as acusações — disse Suzie à amiga.

— Quer saber? — falou Judith — Acho que concordo com você.

As duas saíram para a luz do sol bem a tempo de ver Liz entrando em um veículo amassado. Era o mesmo carro bordô que Judith vira Liz dirigindo quando se encontraram no campo, confirmando novamente que tinha sido ela, sim, quem Judith encontrara. Elas acompanharam Liz dirigir até a estrada e, com um guincho dos pneus e um pipoco do escapamento, o carro virou à direita e desapareceu na direção do centro de Marlow.

— É isso que chamo de saída triunfal — comentou Suzie.

— Para onde você acha que ela está indo?

— Seja lá para onde for, ela está com pressa.

— E por que ela negaria ter me visto antes? Esse é o carro que eu a vi dirigindo.

— Porque ela é a assassina.

— É o que parece, né? Embora, se ela fosse mesmo a assassina, era de se esperar que tivesse elaborado respostas melhores. Quero dizer, eu a vi duas vezes. Ela e eu sabemos disso. Então por que ela não inventou uma historinha para explicar a fuga? Algo como ter me confundido com outra pessoa. Ou como ela estava perdida na primeira vez que a vi na casa de Stefan, por isso ficou envergonhada e fugiu no segundo encontro.

Judith olhou ao redor em busca de opções e viu um homem de macacão verde-escuro trabalhando em uma canoa na beira do rio.

— Você sabe quem é? — perguntou.

— Um funcionário, talvez?

— Então sugiro que tenhamos uma conversinha com ele. Acho que deveríamos descobrir um pouco mais sobre nossa anfitriã que acabou de partir.

Conforme Judith se aproximava do homem, pôde ver que ele era alto e bastante rechonchudo, sua barriga em especial parecia se espremer contra o algodão do macacão. Um fã de cerveja, ela pensou consigo mesma enquanto dava um olá.

O homem estava trabalhando em um suporte de canoas velhas e se levantou com uma chave inglesa na mão.

— Oi — cumprimentou ele.

— Desculpe interromper, mas podemos fazer algumas perguntas?

— Claro. Sobre o quê?

— Você trabalha para Liz Curtis?

O homem sorriu.

— Podemos dizer que sim. Sou o marido dela. Danny Curtis.

Danny estendeu a mão para elas, e as mulheres se apresentaram.

— Então, como posso ajudá-las? — perguntou.

— Espero que possa. Sou vizinha de Stefan Dunwoody. Moro do outro lado do Tâmisa da propriedade dele. E um pouco rio abaixo.

— É claro, eu te conheço. Você tem aquele casarão logo antes de Hurley Lock. Te vejo de vez em quando no jardim quando estou passando no rio. Ele morreu recentemente, não foi? E agora os jornais estão dizendo que ele foi assassinado. O que é meio difícil de acreditar. Aqui em Marlow.

— Isso mesmo. Posso perguntar se você ou sua esposa conheciam Stefan Dunwoody?

— Não posso dizer que eu conhecia. Mas Liz, sim.

Judith e Suzie trocaram um olhar.

— Ela conhecia?

— Ele administrava a galeria de artes, né? Liz está sempre por lá.

— Ela o conhecia bem?

— Não sei se eu classificaria assim. Mas ela ia lá para bater um papo com ele quando fazíamos compras na cidade.

— Interessante. Você sabe se ela já visitou a casa dele?

— A casa dele? Não. Não acho que ela sabe onde ele mora.

— Seria possível que ela tenha ido até a casa dele no sábado passado?

— Não faço ideia. Vocês precisariam perguntar a ela. Mas não quero que tenham a ideia errada. Mesmo que Liz fosse amigável com Stefan, não é como se ela houvesse comprado algo dele. Quero dizer, olhe para este lugar. Não temos dinheiro para belas-artes.

Ao dizer isso, Danny indicou com a cabeça os prédios decrépitos do clube de remo.

— Eu estava me perguntando isso mesmo — disse Judith. — Onde estão as pessoas? Como estamos nas férias de verão, pensei que vocês teriam um monte de crianças usando suas canoas no rio.

Danny suspirou.

— Ainda estamos tentando reerguer este lugar depois das enchentes.

Judith sabia que o Tâmisa transbordara várias vezes durante o inverno. Como seu jardim era inclinado, seu casarão não correra riscos, mas houve muitos dias em que sua casa de barcos e seu jardim ficaram inundados.

— Tudo isso estava debaixo d'água — contou Danny, indicando os prédios do clube. — E então o lugar virou um lamaçal quando as águas recuaram. Foi o inverno mais complicado em décadas. Fizemos um apelo à comunidade para ajudar na limpeza. E as pessoas até vieram, mas não havia muito o que pudessem fazer. Tem sido o momento mais difícil que já enfrentamos. E enfrentamos alguns momentos difíceis antes.

— Aqui alaga com frequência?

— Quando o pai de Liz construiu este lugar, ele costumava dizer que acontecia no máximo uma vez por década. Agora parece que somos inundados todo ano.

— Sinto muito.

— Nossas instalações ainda não voltaram ao normal, então estamos limitados ao número de pessoas que podemos receber por dia. E só temos Liz e eu trabalhando aqui. O plano era consertar as coisas durante o verão, esperar passar pelo inverno e, então, recomeçar na próxima primavera.

— Que dureza — disse Suzie, e Judith percebeu que havia uma espécie de vínculo entre ela e Danny. Ambos sabiam como era ter de trabalhar duro.

— Liz é uma boa cristã. Vai à igreja todo domingo. O que é mais do que podemos dizer sobre mim. Mas o que precisamos suportar aqui testou até mesmo ela. Agora, se não se importam, tenho que levar essas canoas para Nottingham hoje à noite para o treino.

— Treino? — quis saber Judith, incapaz de se impedir de dar uma olhadela para a silhueta corpulenta de Danny.

Danny riu.

— Não é para mim. É para a seleção juvenil da Grã-Bretanha. Eu os treino. Lá em Nottingham.

— Você treina a seleção da Grã-Bretanha? — perguntou Suzie, impressionada.

— É a equipe juvenil, e temos mais alguns treinadores, mas, sim, eu estou entre eles.

— Então não tomaremos mais seu tempo — disse Judith. — Muito obrigada por falar conosco.

Judith e Suzie se viraram para sair, mas Judith parou após poucos passos quando lhe ocorreu que se Liz mentira para elas sobre conhecer Stefan, então talvez houvesse outra coisa sobre a qual ela também tivesse mentido.

— Uma última coisa — disse, voltando-se para Danny. — Você ou sua esposa conheciam o taxista que foi baleado?

— Perdão?

— Iqbal Kassam.

Danny pareceu intrigado com a pergunta, mas assentiu.

— Suponho que sim. Quero dizer, nunca o conheci de fato, mas usamos seu serviço há algumas semanas. Nosso carro não estava com a gente e precisávamos fazer compras, então contratamos Iqbal para nos levar e buscar do supermercado. Ele pareceu um cara legal quando falei com ele ao telefone.

— Ele era — concordou Suzie.

— Ah, você o conhecia?

— Eu passeava com a cadela dele.

— E é verdade o que os noticiários estão dizendo? Que alguém atirou nele também?

— É isso que estão dizendo — falou Judith, sem querer revelar o quão próximas do caso ela e Suzie estavam.

— Meu Deus — exclamou Danny. — É difícil de acreditar, não é?

— Por acaso, você não tem ideia de quem poderia querer matá-lo?

— Eu? Não, nunca o vi pessoalmente. Mas vocês deveriam perguntar a Liz. Foi ela quem pegou o táxi.

— Foi sua esposa que usou os serviços de Iqbal?

— É Liz quem faz as compras.

— Quantas vezes ela o chamou?

— Não sei, acho que só aquela vez. Por que a pergunta?

— E quanto tempo ela ficou no táxi com ele?

— Algumas horas. É como eu comentei: ele a levou até o Asda em Handy Cross, esperou enquanto ela fazia as compras e a trouxe de volta. Mas não entendo. Por que estão tão interessadas?

— Estamos tentando descobrir o que aconteceu — revelou Judith, decidindo, como sempre, que a honestidade era a melhor saída.

Danny franziu a testa ao considerar isso.

— Não é melhor deixar isso para a polícia?

— Ah, não se preocupe — Judith sorriu —, a polícia sabe muito bem o que estamos fazendo.

— Sabe? — Danny pareceu cético, mas então deu de ombros. — Se quiserem saber mais sobre o taxista ou seu vizinho, falem com minha esposa. Ela deve estar em algum lugar do clube.

— Obrigada — falou Judith. — Se a virmos, perguntaremos.

Judith agradeceu novamente a Danny pela ajuda, desejou-lhe um bom treino em Nottingham naquela noite, e foi embora com Suzie.

Uma vez longe o bastante para não serem ouvidas, Suzie disse:

— Liz mentiu para nós.

— Mentiu — concordou Judith.

— Ela conhecia Stefan e Iqbal.

— Entretanto, ela nos disse que não conhecia nenhum. Assim como negou estar no jardim de Stefan. Ou fugir de mim. Ela está muito envolvida nessa história, não está?

— O que te fez pensar em questionar Danny sobre o Iqbal?

Judith hesitou, tentando chegar à resposta.

— Não sei. Acho que são todos os meus anos criando palavras cruzadas. Você se acostuma a fazer conexões. E quando Danny confirmou que ela mentiu para nós sobre conhecer Stefan… Enfim, acho que precisamos descobrir um pouco mais sobre Liz Curtis.

— E como podemos fazer isso?

— Bem, não pude deixar de notar que Danny nos revelou que Liz era uma frequentadora assídua da igreja. Nesse caso, consigo pensar em uma pessoa…

— Mas é claro! — exclamou Suzie, entendendo. — Becks.

Capítulo 18

O que estão fazendo aqui? — Becks soltou assim que abriu a porta e encontrou Judith e Suzie na soleira.

— Também fico feliz em ver você — disse Suzie.

— Vocês não podem vir aqui. — Becks tentou outra vez, com desespero nos olhos.

— Você nem sabe por que estamos aqui!

— Eu tenho um ótimo palpite, e vocês não podem trazer seus assassinatos para a casa paroquial. O que Colin diria?

— Primeiramente — começou Judith, aprumando-se em sua altura máxima, mas ainda diminuta —, eles não são "nossos" assassinatos. Segundo, se não podemos trazê-los para a casa paroquial, para onde podemos levá-los, então?

— Me perdoem, mas não posso ser vista falando sobre assassinatos.

— Por que não?

Becks se sentiu ofendida por motivos que não conseguia explicar.

— Por que não? — insistiu Judith.

Becks ficou ofendida, mas por razões que não conseguiu especificar.

— Quem é, querida? — gritou uma voz masculina de dentro da casa.

— Ninguém — Becks gritou de volta. — Já estão de saída.

— Queremos saber sobre Liz Curtis — disse Suzie.

Isso pegou Becks desprevenida.

— O que querem saber sobre Liz?

— Você a conhece?

— O suficiente para trocarmos cumprimentos depois da igreja aos domingos. Por quê?

— Porque, até onde sabemos, ela pode ser nossa assassina.

Os olhos de Becks se arregalaram de espanto.

— Isso não é possível, ela faz ioga!

Judith não tinha certeza se tinha ouvido direito.

— Está dizendo que pessoas que fazem ioga não podem cometer assassinato? — perguntou ela.

— É!

— Então quem sabe — falou Judith, decidindo ganhar logo a discussão — você poderia nos contar tudo sobre Liz Curtis enquanto tomamos uma deliciosa xícara de chá?

O sorriso de Becks congelou. Como uma boa inglesa de nascença, ela sabia que não havia circunstâncias nas quais ela poderia recusar o pedido de uma xícara de chá.

— Que ideia adorável — mentiu, e então convidou as mulheres para entrar.

— Caramba — disse Suzie enquanto entrava na casa —, parece um anúncio!

Suzie estava se referindo ao papel de parede, aos quadros e aos móveis de bom gosto no corredor.

— Um anúncio? — questionou Becks, confusa.

— Sabe, aqueles que vemos em revistas. Mas não é real. Ninguém realmente mora em um lugar assim.

Becks sorriu, confundindo a fala com um elogio.

— Obrigada, é muita gentileza sua. Por que não me seguem? Desculpem pela bagunça — pediu ao conduzir as duas mulheres para uma cozinha que não continha um único grão de poeira.

— Uau — disse Suzie, maravilhada.

— É realmente muito limpa — concordou Judith.

— Você limpa sua pia? — perguntou Suzie, indo bisbilhotar a pia de metal brilhante.

— Só quando termino de lavar a louça, não sou obcecada.

Suzie se virou para Judith e disse:

— Ela lava a pia.

Becks pegou um frasco de spray limpador, esguichou em uma mancha imaginária na bancada e então passou um paninho descartável.

— Agora, quem quer chá? Tenho com cafeína e descafeinado.

— Chá normal está bom para mim — disse Suzie.

— Preto, verde ou oolong?

— Oolong? O que raios é oolong? Normal serve, obrigada.

— Ou que tal herbal? Tenho rooibos e chai.

— Só uma xícara de chá normal, leite, um cubinho de açúcar.

Becks hesitou, sabendo que ainda não tinha informações suficientes para prosseguir.

— O que foi? — perguntou Suzie.

— Leite de vaca?

— O quê?

— Você gostaria de leite de vaca no seu chá, ou prefere de soja? Ou de amêndoas? Aveia ou coco?

— Leite de vaca! Só uma xícara de chá comum com leite comum.

— Ah — falou Becks, quase ofendida, mas também intrigada com a novidade dos desejos de Suzie. Chá comum com leite comum? Claramente não era algo pedido na casa paroquial há muito tempo.

Enquanto Becks pegava o bule de bolinhas da Emma Bridgewater que combinava com as xícaras de bolinhas da Emma Bridgewater, os pires de bolinhas da Emma Bridgewater e a leiteira de bolinhas da Emma Bridgewater, Judith explicou como elas descobriram que foi Liz Curtis quem visitou a propriedade de Stefan após sua morte, e quem fugiu de Judith depois que Iqbal foi assassinado.

— E a questão é que — completou Suzie — quando perguntamos a ela, Liz afirmou que não conhecia Stefan ou Iqbal, embora seu marido

Danny tenha dito que ela falava no mínimo casualmente com Stefan, e que tinha pegado o táxi de Iqbal há algumas semanas.

— Ela mentiu para vocês? — questionou Becks, sem acreditar muito nas outras duas.

— Bem na nossa cara.

— Por que ela faria isso?

— É aí que você entra — falou Judith. — O que pode nos contar sobre ela?'

— Bem, para começo de conversa, vocês sabiam que ela tem uma medalha de prata olímpica, certo?

— Tem? — disse Judith, ciente de que as conquistas alheias não eram como ela começaria uma explicação, mas também supondo que tais méritos materiais eram exatamente o que definiam as pessoas para alguém como Becks.

— Ela tem aquela atitude de campeã. Tão focada. Tão determinada.

— A medalha dela era de qual modalidade? — perguntou Suzie.

— Ela rema. Ou remava. Foi assim que ela e Danny se conheceram. Ele também era remador. Mas ainda iniciante, acho. Liz me disse que Danny tinha todo o talento do mundo, mas lhe faltava a motivação necessária. Vou ser sincera, ela podia ser um pouco assustadora quando falava sobre o que é preciso para ser um atleta de alto nível. Estava tudo nos pequenos detalhes, ela dizia. Estar comprometido com seu objetivo e não deixar nada atrapalhar. Que é como você consegue uma medalha de prata olímpica, imagino.

— Qual era a categoria dela?— perguntou Judith.

— Categoria?

— Qual modalidade de remo dela? Oito com timoneiro?

— Não, acho que ela era uma remadora solo. Era só ela.

— Que interessante — comentou Judith. — Então você diria que ela é um pouco solitária?

— Não sei se eu diria isso. Eu realmente não a conheço.

— Mas ela vem à igreja toda semana — disse Suzie.

— Eu sei, mas vocês precisam entender que quando estou na igreja, estou sempre representando Colin, então tenho de falar com todos que quiserem falar comigo. E Liz é um pouco reservada. Tenho a impressão de que sua fé é algo muito particular para ela.

— Mas você diria que ela é cristã?

— Ah, sim.

— Com valores cristãos?

— É claro.

— Mesmo que ela tenha matado o próprio cachorro — falou Suzie.

— O quê?

Suzie explicou como ela acreditava que Liz havia pagado um veterinário para matar seu cão.

— Isso não é possível.

— Não só é possível, como aconteceu.

— Olha, eu concordo com você que ela pode ser um pouco soberba às vezes. Ela é praticamente parte da realeza de Marlow com a medalha olímpica. É notório pela maneira como ela se comporta quando vem à igreja. Ela acha que é a rainha da cocada preta. Mas todo mundo fica em cima dela e faz um alvoroço, então não é nenhuma surpresa, suponho. Enfim, agora que já respondi às suas perguntas, temo que devo pedir a vocês duas para irem embora.

— Só estamos tomando chá na sua cozinha — disse Judith.

— Não posso ser pega fofocando sobre os moradores da cidade.

— Moradores que podem ter cometido assassinato.

— Você tem que parar de dizer isso!

— Mas é verdade! *Alguém* assassinou o Stefan. E depois matou o Iqbal. Precisamos descobrir quem foi.

— Bem, não deve ter sido Liz — falou Becks com firmeza. — Garanto. Ela não cometeria assassinato.

— Isso é o que você acha — argumentou Suzie. — Mas nem todo mundo é o que pensávamos. A Judith jurava que seu vizinho Stefan tinha a ficha limpa, mas agora sabemos que ele roubou uma pintura que vale centenas de milhares bem debaixo do nariz de Elliot Howard.

Logo, não há como saber os segredos obscuros que espreitam no passado das pessoas. Não é, Judith?

Suzie se surpreendeu que sua pergunta pareceu pegar Judith desprevenida e a mulher mais velha derramou chá pelo queixo enquanto dava um gole.

— Ai, que bagunça! — exclamou.

— Não se preocupe — tranquilizou Becks, puxando metros do mais grosso papel-toalha de um suporte e entregando-os a Judith.

Becks ajudou Judith, que estava tão ocupada se repreendendo pelo deslize que nenhuma das duas percebeu que Suzie olhava para Judith com desconfiança. Se ela não estava enganada, e sabia que não estava, aquele comportamento era o de quem tinha algo a esconder. Suzie teve um pressentimento de que isso estava relacionado a vez em que Judith corou quando falaram sobre seu marido. E, agora que ela parou para pensar no assunto, a lembrança da porta trancada no casarão também lhe ocorreu. Por que Judith, que era tão aberta e franca em relação a tantas coisas, tinha uma porta trancada em casa?

Elas se assustaram com o toque de um celular. Depois de um tempo, Suzie percebeu que era dela e o tirou do bolso de trás.

— Não reconheço este número — informou, ao olhar para a tela rachada. E, ao atender: — Alô, quem fala é a Suzie Harris.

Suzie escutou por um momento e então afastou o celular do ouvido.

— É o imã de Iqbal — disse em um sussurro teatral um pouco mais alto do que seu tom normal de conversa. — Me contou que a polícia liberou o corpo, então o funeral será amanhã. Ele quer saber quantas pessoas vou levar.

— Pode contar comigo — disse Judith sem um pingo de hesitação.

Suzie se virou para Becks, que lutou contra a própria consciência por um breve instante.

— Olha, não consigo ajudar vocês com a investigação — falou. — Simplesmente não consigo. Mas é claro que irei. É o mínimo que posso fazer.

Suzie levou o telefone de volta ao ouvido.

— Obrigada pelo convite. Seremos três no funeral de Iqbal.

Capítulo 19

A mesquita que Iqbal frequentava ficava no subúrbio de High Wycombe, cercada por casas geminadas de todos os lados. Era um edifício de tijolos vermelhos dos anos 1980, mas tinha uma grande cúpula branca e um minarete no topo.

O funeral — uma cerimônia chamada "Janazah", Becks explicou às outras — era, ao mesmo tempo, nada semelhante aos serviços que as mulheres já tinham comparecido, e muito parecido com todos eles.

A principal diferença era que elas precisavam tirar os sapatos e cobrir as cabeças antes de entrarem na mesquita. Judith trouxe um esplêndido lenço de seda Hermès de 1940 que pertencera à sua tia-avó. Becks tinha um belo *dupatta* vermelho e dourado, e mais dois reservas em sua bolsa, se uma delas não tivesse vindo preparada, o que acabou sendo o caso de Suzie.

Uma vez lá dentro, elas foram direcionadas para uma grande sala de oração onde um tapete vermelho-escuro com grossas linhas douradas cobria toda a extensão do cômodo. Havia também uma cortina azul meia-noite pendurada no meio do espaço, dividindo-o em dois. Além de algumas cadeiras de plástico junto às paredes, não havia outros móveis.

Na frente da sala, um idoso vestindo um *salwar kameez* lia o Alcorão sem muita emoção em um microfone enquanto meia dúzia de homens se misturavam para prestar atenção. Ao lado do senhor, o caixão de Iqbal estava sob um pano branco limpo em uma mesa de cavalete.

Um dos homens viu as mulheres entrarem e se aproximou delas, com a raiva fazendo sua testa se franzir.

— Vocês não podem vir aqui — sibilou para elas, indicando a cortina. — As mulheres ficam daquele lado.

— Sinto muitíssimo — falou Becks, amenizando a situação com o sorriso bem treinado de esposa do vigário. — Estamos indo direto para lá. Obrigada.

Becks conduziu as amigas para o outro lado da cortina e viu uma mulher solitária esperando perto da frente. Ela as notou e lhes lançou um sorriso de boas-vindas. As três amigas retribuíram o gesto.

— É melhor nos sentarmos aqui — sugeriu Becks, indicando algumas cadeiras de plástico alinhadas contra a parede.

Quando se sentaram, o imã apareceu na frente da sala e iniciou o serviço religioso. Embora as várias orações e cânticos fossem em árabe, uma língua que elas não entendiam, o formato da cerimônia parecia familiar de um jeito bem reconfortante. Também foi agradavelmente rápido em comparação a um funeral da Igreja Anglicana, Becks se pegou pensando, visto que durou apenas vinte minutos.

Ao final do serviço, elas viram os homens do outro lado da cortina darem um passo à frente, se reunirem em volta do caixão, levantá-lo sobre os ombros e começar a carregá-lo para fora da sala. Enquanto o faziam, o imã Latif cruzou para o lado delas e se aproximou.

— Presumo que uma de vocês seja Suzie Harris — disse.

— Sim — respondeu Suzie, oferecendo a mão. — Sou eu.

— Lamento muito a sua perda.

— Obrigada — agradeceu Suzie, comovida pelas palavras do imã.

— E é bom vê-la, sra. Starling.

— *Salaam*, imã.

— Como estão seus fiéis?

— Os fiéis do meu marido. Estão bem. E os seus?

— Ah, o mesmo de sempre. Mas quero me desculpar. Vi como um dos meus fiéis falou com vocês quando entraram. O tom dele foi inaceitável e ele errou ao fazer vocês saírem de lá.

— Não há nada pelo que se desculpar — disse Becks. — Não é tão diferente assim em nossa igreja. Você precisa ver os olhares que o major Lewis lança se alguém que ele não conhece ousa se sentar no banco da família dele.

O imã Latif sorriu.

— Você sempre sabe o que dizer, sra. Starling. A triste verdade é que até tentamos ser progressistas, mas algumas pessoas sentem a necessidade de se apegar às velhas tradições, não é? Agora, por que não damos uma volta?

O imã Latif indicou a porta através da qual os homens haviam carregado o caixão.

Os quatro seguiram para aquela direção.

— Você eu não conheço — disse imã Latif a Judith.

— Sou Judith Potts — apresentou-se. — Obrigada por nos convidar para sua mesquita.

— O prazer é todo meu.

— Será que eu poderia lhe fazer algumas perguntas?

— É claro. Como posso lhe ser útil?

— Bem, é só que ele morreu de uma maneira tão horrível.

— De fato. Uma tragédia.

— Mas você diria que ficou surpreso com isso?

— Está querendo perguntar se eu achava que Iqbal pudesse estar envolvido em atos perniciosos?

— Suponho que sim.

Becks e Suzie olharam para Judith para que ela traduzisse, o que ela fez com prazer.

— Atos perniciosos. Ilícitos.

— Ah, tá — disse Becks, impressionada. Suzie deu de ombros como se dissesse "pra que vou usar isso?"

— Para ser sincero — começou o imã Latif —, não posso dizer que conhecia Iqbal de fato. Raramente o víamos por aqui. E para mim, tudo bem. É melhor receber alguém com pouca frequência do que pressioná-lo até que não venha mais. Mas ele sempre me pareceu um homem sincero e atencioso. Talvez introvertido demais para o meu gosto. Muito reservado. E havia um pouco de raiva escondida também.

— Você acha?

— Talvez frustração defina melhor. Na única conversa de verdade que tive com ele, lembro-me dele me dizendo que seu sonho era viajar de barco pelo Reino Unido.

— Ele disse o mesmo para mim — informou Suzie.

— Porém, falou que esse futuro tinha sido roubado dele.

— Quando foi isso? — perguntou Judith.

— Cerca de um ano atrás. Em algum momento do ano passado.

— E ele contou por que seu futuro lhe foi roubado?

— Tinha algo a ver com uma herança, acho.

As mulheres trocaram olhares. Isso parecia promissor.

— Do vizinho dele — continuou o imã Latif.

— Imagino que seja de Ezra — disse Suzie.

— É isso aí. Ele disse que seu vizinho se chamava Ezra, e que ao morrer, deixou todo seu dinheiro e sua casa para ele. Mas, no fim das contas, alguém fizera o vizinho mudar o testamento de última hora. Então essa pessoa herdou tudo, e não o Iqbal.

— Ah — falou Becks. — Coitadinho do Iqbal.

— Pois é.

— Esse outro homem se chamava Elliot Howard? — perguntou Judith, ansiosa.

— Não sei. Iqbal não me contou o nome da pessoa. Mas eu o vi uma vez — informou o imã, animando-se com a lembrança. — É, foi a última vez que vi Iqbal. No começo do ano, esbarrei com Iqbal saindo do shopping, e quando fui cumprimentá-lo, ele estava olhando para o estacionamento do outro lado da rua. Perguntei se ele estava bem. Ele ficou muito bravo, apontou para um homem saindo do carro e disse que eu estava olhando para quem roubara sua herança.

— O homem era bem alto? — perguntou Judith. — Tinha cinquenta c muitos anos? Com cabelos grisalhos na altura dos ombros?

O imã Latif pensou com cuidado antes de responder.

— Não, eu não diria que ele era alto, embora ele pudesse ter quase sessenta anos. Na verdade, agora que parei para pensar, ele era bem baixo. E atarracado. Como um donut em pé — disse, satisfeito com sua comparação. — Ele era um homem baixinho e muito gordo.

As mulheres ficaram perplexas. Não sabiam de nenhum homem envolvido no caso de Stefan ou Iqbal que fosse baixinho ou muito gordo.

— Você se lembra que carro ele dirigia? — perguntou Suzie.

— Ah, não — respondeu o imã, dando uma risadinha. — Não entendo nada de carros. Mas consigo me lembrar. O homem baixinho e gordo, de terno e gravata, carregando uma pasta, saiu do veículo e deixou o estacionamento. Iqbal insistiu que aquele era o homem que roubara sua herança ao fazer seu vizinho mudar o testamento. Eu não soube o que dizer. Iqbal estava muito agitado. Foi a última vez que o vi.

Enquanto conversavam, o imã Latif as conduziu até os degraus da mesquita e, juntos, observaram os fiéis ajudarem alguns agentes funerários a carregar o caixão para um carro funerário preto.

— Muito obrigada por falar conosco — agradeceu Becks —, mas não vamos mais tomar seu tempo.

— Obrigado. Preciso acompanhar o caixão até o cemitério. E agradeço mais uma vez por comparecerem hoje. Vocês são bem-vindas aqui a qualquer hora.

Com um sorriso caloroso, o imã Latif foi conversar com os agentes funerários perto do carro.

— Que novidades bombásticas — disse Judith.

— Tem um homem baixo e gordo por aí— falou Suzie — que roubou a herança de Iqbal.

— Ele não era apenas baixo e gordo. Usava um terno e carregava uma pasta, o que sugere que ele é algum tipo de empresário. Mas antes de nos animarmos demais, de quanto dinheiro estamos falando?

— Bom — disse Suzie. — Posso dizer que a casa de Ezra está bem velha. Não acho que possa valer tanto assim.

— Mas está à venda no momento? — perguntou Becks.

— Há uma placa do lado de fora.

— E onde exatamente fica?

— No meio da estrada Wycombe, na saída de Marlow.

— Ah, eu sei qual é. Um bangalô de três quartos, com muito potencial para melhorias, por seiscentas e cinquenta mil libras.

As outras duas mulheres olharam para Becks, surpresas.

— Você conhece a casa?

— Ou a oferta mais próxima, mas vai vender pelo valor cheio. Um empreiteiro local vai comprá-lo, imagino, derrubá-lo e construir algo melhor.

— Como você sabe disso? — perguntou Suzie.

Becks teve a decência de parecer um pouco envergonhada.

— Tenho interesse no mercado imobiliário da região.

— Mas você sabe o valor exato pelo qual a casa está sendo vendida!

— Sim, ora, como eu disse, tenho interesse.

— Você sabe o preço de todas as casas de Marlow?

— É claro que não. Isso seria idiotice.

— Mas você sabe o preço de um bangalô na estrada Wycombe.

— Uma feliz coincidência — disse Becks com modéstia.

— E a casa que está à venda na rua High? — Suzie quis saber. — Ao lado do pet shop?

— Ah, não sei, não — respondeu Becks, mas as outras duas perceberam que ela estava mentindo.

— Vamos lá — disse Judith, abrindo um sorriso largo. — Aposto que você sabe *exatamente* o que está sendo vendido.

— Bem, já que estão perguntando, oitocentos mil, mas eu não aceitaria nem de graça. Não tem garagem, e nenhum dos quartos é suíte, nem mesmo o principal. E isso é o mínimo que você esperaria de uma casa para sua família hoje em dia.

Judith bateu palmas, alegre.

— É tipo ter o Google bem aqui! E aquela monstruosidade de vidro que está à venda perto da minha casa, um pouco rio abaixo? Eu sempre quis saber por quanto ela estava sendo negociada.

— Está falando da "casa para a família toda, projetada por um arquiteto", que conta com cinco quartos, todos com suíte, e mais de sessenta metros de terras margeando o rio? Está à venda por três milhões e cem mil.

— É muita grana — comentou Judith. — Mas isso explicaria por que Iqbal estava tão zangado, não é? Se ele deixou mesmo de herdar uma casa no valor de seiscentas e cinquenta mil libras. Isso irritaria qualquer um.

— Especialmente alguém que estava economizando para comprar um barco bom. Essa quantia teria bancado uma bela embarcação.

— Então quem é esse homem rechonchudo e baixinho? — perguntou Suzie.

— Ah, não deve ser difícil descobrir isso — disse Judith.

— Você acha?

— Deve ser bastante simples. O fato de a casa de Ezra estar à venda sugere que o inventário do testamento foi concluído. E quando isso acontece, o testamento entra em domínio público.

— Como você sabe disso?

— Aprendi tudo quando herdei os bens da minha tia-avó Betty. Mas a questão é que, uma vez que o testamento esteja em domínio público, qualquer um pode pedir uma cópia dele. Tudo o que precisamos fazer é entrar no site do órgão responsável e pedir uma cópia, então descobriremos quem herdou o dinheiro de Ezra no lugar de Iqbal.

— E, com sorte, ele será o homem rechonchudo e baixinho.

— Isso. O homem rechonchudo e baixinho — concordou Judith. — Seja lá quem ele for.

Capítulo 20

Nos dias seguintes, a vida voltou a ter um quê de normalidade para Judith. Ela conseguiu criar e enviar palavras cruzadas para seu editor no *Observer*, completou seu quebra-cabeça do westie antes de devolvê-lo à loja de usados onde o comprara e nadava todas as noites no Tâmisa. Ela sentia como se não tivesse outra escolha. O clima continuava escaldante o dia inteiro, todos os dias.

Quanto a suas novas amigas, Suzie conseguiu voltar ao trabalho, mas não foi capaz de afastar a sensação incômoda de que algo faltava. Não era tanto pelo fato de querer resolver o assassinato de Iqbal, mas sim porque gostara do sentimento de camaradagem que trabalhar com Judith e Becks lhe proporcionara. A triste realidade era que, apesar de estar sempre cercada por cachorros, sair todos os dias para longas caminhadas e até ter pessoas entrando e saindo constantemente de sua casa, Suzie se sentia solitária. Ela tinha Emma, é claro. Suzie se apegou muito a doberman. Mas a verdade era que tinha passado tantos anos como mãe solo criando as duas filhas da melhor maneira que pôde, enquanto ainda mantinha um emprego, que acabou perdendo contato com quaisquer amigas que tivesse tido. E agora que as filhas tinham saído de casa, ela se sentia perdida. Como um barco velho que ficou encalhado na praia quando a maré baixou.

Becks, por sua vez, ficava cada vez mais agitada e irritada. Isso porque, na sua opinião, ela tinha acabado de viver uma aventura incrível, e, ainda assim, ninguém em sua casa parecia interessado em ouvir sobre o assunto. Atentamente, Colin a ouviu falar sobre ter encontrado o imã Latif e como ele lhe contou a história de Iqbal Kassam ter, possivelmente, sido enganado na questão da herança de seu vizinho. Assim que Becks terminou de narrar, Colin lhe disse que ela não deveria sair fofocando por aí, e ela perceber que, na verdade, ele não estava ouvindo nada. Seu filho, Sam, estava tão envolvido na própria vida de adolescente de quatorze anos que Becks nem se deu ao trabalho de contar a ele. E embora ela soubesse que sua filha Chloe adoraria ouvir sobre suas aventuras, no momento elas se recusavam a conversar. O motivo foi que na noite anterior ao funeral, Becks flagrou Chloe escapulindo de casa para visitar o namorado, um garoto bacana chamado Jack. Porém, o que irritou a mãe foi a descoberta de que sua filha tinha uma garrafa de gim na bolsa. Becks gritou com Chloe; que tipo de garota de dezesseis anos vai ver o namorado tarde da noite com gim?

A resposta, obviamente, era Becks. Afinal Chloe herdou seu lado transgressor de alguém, e com certeza não foi de Colin. Na verdade, Becks tinha uma lembrança de roubar uma garrafa antiga de Cointreau da mãe quando tinha onze anos, beber o licor em um campo com sua melhor amiga enquanto fumavam os cigarros de sua mãe. Mas essa era a versão jovem de Becks. A ousada, que não dava a mínima para as regras.

O que talvez tenha piorado a irritação de Becks foi a percepção de que ela era tão culpada quanto qualquer um por sua falta de status dentro da própria família. Quando se casou, mal podia esperar para colocar sua aliança e adotar o sobrenome do marido. Mas todos esses anos depois, sem ter nem mesmo um nome só dela ao qual se agarrar, ela se sentia sem rumo, à deriva.

Quando o telefone de Becks tocou, ela estava fazendo maionese com um fuê. Ela tinha uma batedeira perfeitamente funcional que poderia ter feito o trabalho em segundos. Na verdade, morava perto de inúmeras lojas que vendiam maioneses artesanais orgânicas. Mas, sem saber exatamente o rumo que a própria vida estava tomando, Becks se agarrou à única verdade que conhecia: era uma dona de casa, e como tal, sua única sanidade era ser a melhor dona de casa que já pisou na face da Terra. *Logo*, usava o fuê.

Seu coração acelerou quando viu o nome de quem estava ligando aparecer na tela, e atendeu ao telefone alegremente.

Suzie teve a mesma reação, minutos depois, quando seu celular tocou. Ela estava perto do rio com Emma, dois whippets chamados Wally e Evie, e um pug chamado Crackers, quando viu que Judith ligava.

— O testamento de Ezra Harrington chegou — informou Judith, sem fôlego. — Veio pelo correio.

— Quem herdou? — perguntou Suzie, indo direto ao ponto.

— Seu patrimônio inteiro foi herdado por um homem chamado Andy Bishop.

— Quem?

— De acordo com o testamento, Andy Bishop era o procurador de Ezra.

— Espera aí, está me dizendo que o vizinho de Iqbal acabou deixando seu patrimônio todinho para o procurador dele?

— E o procurador é também o único testamenteiro. Portanto, o mesmo homem que redigiu o testamento ficou encarregado de executá-lo após a morte de Ezra e foi o único beneficiário.

— Isso é legal?

— Eu pesquisei. É legal. Mas definitivamente não é ético.

— Precisamos nos encontrar, não é?

— Acho que precisamos nos encontrar com certa urgência.

Capítulo 21

Não faltavam lugares em Marlow para três mulheres se encontrarem. Na verdade, às vezes parecia que metade dos negócios na cidade eram cafeterias ou lugares para tomar drinks expressamente criados para que mulheres pudessem se encontrar. Judith, Suzie e Becks puderam se acomodar à janela de uma pequena cafeteria na rua High que ficava em frente ao escritório de Andy Bishop. Sabiam onde ele trabalhava porque ele listara o endereço da empresa no testamento de Ezra.

O prédio era uma bela construção georgiana com janelas salientes, e havia uma placa discreta de bronze perto da porta preta brilhante. De acordo com o site da empresa, eles contavam com uma dúzia de advogados e Andy Bishop era sócio sênior.

Mas qual deveria ser o próximo passo? Suzie acreditava que deveriam espioná-lo de alguma forma, Becks estava ansiosa para não chegarem perto dele, e Judith rejeitou as duas ideias. Para ela, só havia uma maneira de descobrir o envolvimento de Andy Bishop na morte de Iqbal.

— Estou aqui para ver o sr. Bishop — informou Judith à recepcionista alguns minutos depois.

As amigas de Judith tentaram argumentar que invadir o escritório de Andy era provavelmente imprudente, mas Judith descartara suas preocupações. Ao contrário de quando visitou Elliot Howard, agora ela tinha um plano. Ou acreditava que tinha, o que era praticamente a mesma coisa, em sua opinião.

— Você tem hora marcada? — perguntou a recepcionista.

— Não. Mas você pode dizer a ele que me chamo sra. Judith Potts e gostaria de falar com ele sobre o testamento de Ezra Harrington.

A recepcionista pareceu confusa.

— O testamento do sr. Harrington? Resolvemos isso no ano passado, não?

— Não se preocupe, o sr. Bishop saberá do que estou falando.

Com um sorriso educado, Judith se acomodou a uma cadeira perto de uma lareira vazia. A recepcionista, vendo que a outra mulher não iria a lugar nenhum, levantou-se e passou por uma porta próxima.

Ela voltou menos de um minuto depois.

— Sra. Potts? — chamou, claramente ainda confusa. — O sr. Bishop verá você agora.

— Obrigada.

Judith foi conduzida a um escritório decorado com bom gosto. Havia duas poltronas de couro perto de uma mesa de centro e desbotadas pinturas a óleo de cenas de caça nas paredes. Mas ela não pôde deixar de notar que, embora a sala fosse no térreo e tivesse uma janela guilhotina linda com vista para a movimentada rua High, também havia uma janela do outro lado, que dava para um pedaço decrépito de asfalto e para o estacionamento da empresa.

Andy Bishop estava sentado atrás de uma mesa atulhada de papéis e, ao se levantar para cumprimentá-la, Judith se animou ao ver que ele não era nem um pouco alto. Talvez menos de um metro e sessenta e cinco. E o que lhe faltava em altura, ele compensava em circunferência. Era tão redondo que o tecido do colete estava esticado ao limite, os botões aparentemente prestes a estourar.

Não restavam dúvidas. Este era o "homem baixinho e muito gordo" que Iqbal mostrara ao seu imã. O homem que aparentemente havia roubado a herança do sr. Kassam. Judith se arrepiou diante do perigo da situação ao se apresentar. Andy indicou que deveriam se sentar nas poltronas de couro.

— Você queria falar comigo sobre o testamento do sr. Harrington? — perguntou ele.

— Isso mesmo. Ele era meu amigo.

— Sim, e meu também. Ele era mesmo um cavalheiro esplêndido, não era? Desculpe pelo calor — pediu, pegando um lenço e enxugando a testa brilhante antes de indicar as janelas. — Não temos ar-condicionado, tudo o que consigo fazer é abrir as janelas.

— Não tem problema.

— Enfim, como posso ajudá-la?

— Só queria checar se você é o mesmo Andy Bishop que redigiu o testamento de Ezra.

— Sou, sim.

— Ou melhor, mudou.

— Perdão?

— Só eu sei que Ezra inicialmente havia deixado sua propriedade para seu vizinho, Iqbal Kassam.

Andy pareceu um pouco envergonhado.

— Receio não ter permissão para comentar sobre os assuntos financeiros particulares dos meus clientes.

— Mas é verdade, não é? Ezra me contou há tempos que deixaria sua propriedade para o vizinho, Iqbal. Pois Iqbal estava sendo muito prestativo, sabe. Quando Ezra adoeceu. Levando-o ao hospital em seu táxi para fazer os exames. E assim por diante.

— Aposto que sim. Não me lembro muito de Iqbal. Mas, sem querer méritos por isso, Iqbal não foi o único que ajudou Ezra.

— Como é?

— Acontece que eu visitava Ezra todos os dias perto do fim de sua vida. Também o levava ao hospital, certificava-me de que estavam dando as receitas certas a ele. E posso garantir que ele tinha *muitos* receituários. Ele nunca foi o mais saudável dos homens, foi? — Andy sorriu carinhosamente com a lembrança. — Judith Potts? — acrescentou em uma reflexão tardia. — Sabe, agora que parei para pensar, não me lembro de Ezra ter mencionado nenhuma Judith para mim.

— Bem, eu não o via há um tempo. Não até ele entrar em contato novamente quando adoeceu.

— Conte-me, como vocês se conheceram?

Judith sorriu. Ela estava esperando essa pergunta.

— Nós dois moramos em Marlow. A gente se conhece há séculos.

— Mas como se conheceram?

— Foi por meio de um amigo em comum? Não me lembro, deve ter sido há uns quarenta anos.

— Talvez você conhecesse a irmã dele?

O sorriso de Judith não vacilou, mas sua mente acelerou. *Irmã? Que irmã?* E então ela percebeu a verdade implícita no testamento de Ezra.

— Que coisa estranha de se dizer. Ele não tinha uma irmã.

Depois de um momento, o rosto de Andy se iluminou.

— Ah, é mesmo, ele não tinha — disse. — Por algum motivo, sempre pensei que tivesse. Que bobeira da minha parte. Mas enfim, como posso ajudá-la?

— Bem — começou Judith, esperando que o alívio por ter passado no teste de Andy não transparecesse em sua expressão —, tenho uma tia-avó que está muito doente. Câncer no esôfago. — Judith não sentiu nem uma pontinha de culpa por usar a doença terminal da tia-avó para enganar Andy. Sabia que Betty teria aprovado cem por cento. — E ela não tem muito mais tempo. Porém, ela nomeou seu procurador como seu testamenteiro.

— Entendo. Parece algo bastante sensato.

— De fato. Mas a questão é que ela também pediu ao procurador para redigir o testamento.

— Isso também faz sentido.

— Como assim?

— Para começo de conversa, isso economiza custos. E diminui a dificuldade de administração. Faça com que a pessoa que redige o testamento também o execute. É mais simples em todos os aspectos.

— Sim, suponho que sim. Mas é isso que não entendo. E talvez seja nesta questão que você consiga me ajudar. Veja bem, minha tia, além de fazer com que seu procurador redija seu novo testamento e seja seu testamenteiro, também quer deixar um legado substancial para ele.

Andy pareceu intrigado.

— Certo. Então, o que exatamente você está me perguntando?

— É que eu sei que Ezra fez o mesmo com você. Pouco antes de morrer, ele pediu que você redigisse um novo testamento, tornou você seu testamenteiro, além de nomeá-lo como o único beneficiário.

— E como você sabe disso?

— Ezra me contou. É como eu falei. Ele era meu amigo.

— Ele falou com você sobre isso?

— Ah, sim. Pouco antes de falecer. E espero que não se importe que eu diga, mas a coisa toda me pareceu esquisita. É por isso que eu queria te ver. Porque estranhei que minha tia-avó esteja fazendo o mesmo. Então, acho que o que estou perguntando é: você consegue me garantir que o que o procurador da minha tia-avó está fazendo é ético?

— Você quer dizer, redigir um testamento do qual ele também é beneficiário?

— Sim, resumindo, é isso.

Andy encarou Judith por um momento, então suspirou como se estivesse decepcionado com ela.

— Acho que já entendi o que está acontecendo aqui — disse ele. — Você está me monitorando, não está?

— Perdão?

— Não se preocupe, eu entendo — falou ele, quase com gentileza. — Imagino que você more sozinha? Estou nesse ramo há muito tempo, conheço seu tipo. Você não tem nada com que se ocupar, então fica pensando que havia algo errado com o testamento do seu amigo Ezra. — Andy se levantou, foi até a porta e a abriu. — Porém, a verdade muito mais prosaica é que o testamento dele foi totalmente correto. É claro que foi, ou o inventário não teria sido aprovado, não é? Agora, acredite ou não, eu realmente tenho trabalhos a fazer. Então, se não se importa…

Andy parou na soleira da porta aberta com um sorriso no rosto, como se soubesse que Judith não tinha resposta para aquilo. Para sua frustração, ela sabia que ele estava certo. Ela não conseguia pensar em outra carta para jogar. Não sem revelar sua mão inteira. Então se levantou, agradeceu a Andy por recebê-la e saiu.

Mas quando Judith retornou à recepção, ela se repreendeu. Mesmo que fosse tecnicamente legal, o que Andy Bishop fizera com o testamento de Ezra era, no mínimo, uma prática desonesta, então quem era ele para lhe dar sermão? E se tudo sobre o testamento de Ezra foi tão correto assim, como ele a recebeu tão depressa sem hora marcada?

Judith parou antes de sair pela porta da frente.

O que ele havia dito? Que ela morava sozinha e não tinha nada com que se ocupar? Bem, ele não poderia estar mais enganado. Ela tinha um emprego criando palavras cruzadas, o que não era ruim para uma mulher de setenta e sete anos. E ao pensar nisso, Judith percebeu que nenhum homem tinha o direito de falar com ela de forma tão condescendente. Especialmente um procuradorzinho local arrogante.

Ela deu meia-volta até o escritório de Andy e abriu a porta sem bater.

— Eu tenho um emprego, sabia? — declarou ela, com orgulho.

Andy estava de pé perto da janela com vista para a rua High e se virou, surpreso, com o reaparecimento súbito de Judith.

Na mesa perto da janela, uma fragmentadora de papel sugava uma folha, cortava-a em tirinhas finas e as vomitava em um saco de celofane transparente preso na parte de trás. Judith não conseguia ver o que estava sendo triturado, mas era algo lustroso, como se tivesse saído de uma revista, e Andy instintivamente se moveu para o lado, bloqueando sua visão da máquina.

Ele parecia culpado pra caramba.

— O que foi? — perguntou ele, tentando ganhar tempo.

— Era só isso que eu queria dizer — respondeu Judith, para poder sair dali logo. — Eu tenho um emprego. Não sou uma enxerida, e você deveria tratar os mais velhos e sábios com um pouco mais de respeito. Um bom dia para você.

Então, ela se virou e saiu do escritório. Mas agora *sabia* que Andy estava envolvido de alguma forma na morte de Iqbal. Afinal, um homem inocente não começa imediatamente a triturar papéis no instante em que é acusado de irregularidades, não é?

Então, que documento Andy estava triturando? E por que era tão importante fazê-lo no momento em quc terminou de falar com Judith?

Capítulo 22

As três mulheres foram até a casa paroquial, que ficava a apenas alguns metros de distância do escritório de Andy Bishop, na rua High, para um conselho de guerra.

— Precisamos descobrir o que Andy estava destruindo — disse Judith enquanto se sentava e era quase totalmente engolida pela fofura do sofá Laura Ashley na sala de estar de Becks.

— Não tem como fazer isso — respondeu Becks, entrando no cômodo com xícaras de chá e um prato de biscoitos. — Chá?

— Uuh, obrigada — agradeceu Suzie ao pegar um biscoito.

— É chá normal — disse Becks, sem conseguir esconder seu desgosto com o pensamento. — Com um pouquinho de açúcar.

— Maravilha — disse Suzie, encantada.

— Se ao menos pudéssemos botar as mãos naquele papel picado — disse Judith —, acho que eu conseguiria descobrir o que tinha nele.

— Como? — perguntou Suzie. — Claro que é impossível se está picado.

— Ah, não, acho que é eminentemente possível. Mas não faz diferença se não conseguirmos pegar os pedaços.

— O que não conseguiremos fazer — disse Becks, servindo três xícaras fumegantes de chá.

— Acho que não concordo com você — falou Suzie.

— Não?

— Existe um jeito de colocarmos as mãos no que quer que Andy Bishop tenha picotado.

— Como?

— Ora, é bem simples. Nós entramos lá e pegamos.

— Ele não vai nos deixar fazer isso!

— Claro que não. Teremos de pegar sem que ele perceba.

— Mas — disse Becks, seguindo a lógica do que Suzie falara — isso é roubo.

— É um jeito de enxergar.

Becks ficou horrorizada.

Judith se inclinou para a frente, a animação iluminando seus olhos.

— E como você acha que podemos conseguir fazer isso?

— Só tem um jeito. Vamos precisar arrombar.

— Ah, não, não, não — disse Becks. — Não podemos arrombar o escritório de um advogado para roubar!

— Você fala como se fosse algo ruim — disse Suzie.

— É porque é ruim.

— Não é tão ruim assim.

— É ilegal! A gente poderia parar na cadeia!

— Não vamos parar na cadeia.

— Como pode ter certeza?

— Fácil. Não seremos pegas.

Becks esperou Suzie continuar a explicação. Nenhuma explicação adicional foi dada.

— É isso?

Suzie deu de ombros.

— É.

— Sinto muito, mas sem chance de eu me envolver em algo assim — falou Becks. — Sou a esposa do vigário.

— Você ainda tem livre-arbítrio — lembrou Judith.

— Muito engraçado. E você está enganada. A esposa de vigário nenhum tem livre-arbítrio. Mas não vou usar o pouquinho que tenho para infringir a lei.

— Nem chega a ser furto — falou Suzie antes de dar um gole no chá.

— É *literalmente* furto. E não quero ter nada a ver com isso!

Becks tinha falado muito mais alto do que pretendia, e olhou temerosa para a porta da sala de estar. Se mais alguém estivesse na casa, provavelmente teria ouvido seu surto, mas tudo permaneceu em silêncio.

—Entendo perfeitamente — disse Judith, esticando a mão e dando um tapinha no joelho de Becks. — Você tem uma imagem a zelar. Como você disse, é a esposa do vigário.

— Tá bom — falou Suzie. — Se você não quer se envolver, a decisão é sua. Mas tem caneta e papel aí? Acho que Judith e eu precisamos bolar um plano.

Becks foi até a cômoda e pegou alguns de seus artigos de papelaria. Entregou as folhas de papel para Judith, que as olhou surpresa.

— Talvez o papel não devesse ter seu nome e endereço gravados no topo de cada folha — sugeriu. — Já que estamos planejando um roubo.

— Ah, verdade! E não diga isso. Parece bem errado quando você fala assim. Deixe-me pegar algumas folhas A4 no escritório de Colin.

Quando Becks saiu da sala de estar, Suzie começou a perguntar a Judith sobre o layout do escritório de Andy, onde ficava a porta de entrada e a localização precisa da fragmentadora de papel.

Quando Becks retornou e entregou algumas folhas de papel A4, uma fadiga se apoderou dela como uma névoa gelada. Ela não conseguia explicar o porquê, afinal era desnecessário dizer que ela não tinha interesse em infringir a lei. Mas havia uma vitalidade na maneira como Suzie e Judith estavam falando sobre escritórios no térreo, e o fato de que a janela nos fundos de Andy estava aberta em um dia tão quente, da qual Becks queria desesperadamente fazer parte.

— Mas mesmo que a janela do escritório dele esteja aberta, como vamos entrar? — perguntou Judith.

— Nós a pulamos.

Judith soltou uma gargalhada alta.

— Não tem como a gente pular uma janela!

— Tudo o que precisamos fazer é conseguir escalá-la. Você disse que era uma janela no térreo.

— Eu sei, mas ainda fica bem longe do chão.

— Então a gente vai ter que pegar uma escada.

— Acho que as pessoas notariam se vissem duas senhoras andando por Marlow com uma escada.

— Suponho que sim. Então o que a gente pode fazer?

Isso pareceu atordoar Judith. Mas não por muito tempo.

— Temos uma coisa a nosso favor, não temos?

— O quê?

— Somos invisíveis.

— Como assim?

— É como eu disse. Somos "senhoras", certo? Ninguém nota mulheres com mais de quarenta anos.

— Isso é verdade — concordou Suzie, rindo de maneira sombria. — Meus dias de chamar a atenção já se foram.

— Azar do resto do mundo, na minha opinião — disse Judith afetadamente. — Mas a sociedade decidiu que sou apenas uma velhinha. Invisível, como falei. Deveríamos usar isso.

— De que forma?

— Bem, deveríamos tentar parecer ainda mais velhas e decrépitas do que somos.

— Quer dizer, usar uma cadeira de rodas por aí?

— Quer saber — começou Judith —, acho que uma cadeira de rodas é exatamente o que estamos procurando. Uma daquelas antigas com freios firmes. Mas onde poderíamos achar uma?

— Acho que sei onde — disse Suzie.

— Sabe? — perguntou Becks.

— Tem uma à venda na loja do Marlow Hospice.

— É verdade, tem mesmo! — exclamou Judith.

Isso surpreendeu Suzie.

— Você frequenta lojas de usados?

— Claro que vou. Onde mais vou comprar meus quebra-cabeças?

— Bem, aprendemos algo novo todo dia. Mas se acharmos uma cadeira de rodas velha, acho que podemos conseguir entrar no escritório de Andy. E acho que encontraremos tudo o que precisamos nas lojas de usados da rua High. Mas não adianta de nada.

— Por que não? — Judith quis saber.

— Porque precisaremos que você fique na cadeira de rodas, já que é o mais velha de nós. E eu precisarei empurrá-la, já que serei a pessoa que entrará pela janela. Mas também precisaremos de alguém que possa entrar no escritório pela porta da frente para criar uma distração.

— Eu faço isso — disse Becks.

— Oi?

— Essa outra pessoa estará infringindo a lei?

Suzie franziu o nariz.

— Acho que não.

— E ela tem alguma ligação com a invasão?

— Caramba, não. Suponho que ninguém no escritório vá perceber que a terceira pessoa estava envolvida.

— Sério?

— Acho que sim.

— Então estou dentro. — Becks sentiu uma descarga de adrenalina ao perceber que finalmente estava fazendo algo ousado. Algo que sua eu mais jovem teria feito. — Contanto que eu possa fingir que não conheço vocês, caso sejam pegas — acrescentou. Ela estava preparada para dar um pequeno passo em direção a uma maior independência, mas não mais do que isso.

— Claro — falou Suzie. — Agora, vou te fazer uma pergunta e aposto que a resposta é sim.

— Certo — disse Becks.

— Você faz seu próprio pão?

— Na verdade, fiz pão de fermentação natural hoje de manhã.

— Eu sabia! Vai ser perfeito.

— Mas não faço todas as manhãs. Não precisamos de pão todo dia. Só estou tentando economizar dinheiro — acrescentou Becks, na defensiva.

— Aham, claro que está.

— Mas Andy não vai notar se removermos o papel picado do escritório? — questionou Judith. — Os restos ficam em um saco de celofane transparente atrás da fragmentadora.

— Ah — disse Suzie com uma careta. — Isso é um probleminha.

— Talvez não seja. Logicamente quando pegarmos as tirinhas das folhas, precisamos substituí-las por papel picado com a mesma aparência.

— E onde vamos conseguir um monte de papel picado?

— Talvez uma das lojas de usados tenha uma fragmentadora — sugeriu Becks.

— Não têm — Judith e Suzie disseram ao mesmo tempo.

— Então temos um probleminha — disse Becks, e seus olhos se iluminaram quando ela teve uma ideia. — Ou talvez, não. Na verdade, acho que sei *exatamente* onde posso conseguir um monte de papel picado.

— Que esplêndido — alegrou-se Judith, batendo palmas antes de se voltar para Suzie. — Mas me diga, por que raios precisamos de pão?

— Vamos cortar algumas fatias e eu já explico. Porque, com o pão da Becks, alguns papéis picados e uma cadeira de rodas de uma loja de usados, acho que teremos uma bela chance de colocar as mãos no que precisamos até o fim da tarde!

Capítulo 23

Logo depois das quatro da tarde, Becks entrou no prédio onde ficava o escritório de Andy Bishop sem hora marcada, porém com duas fatias grossas de pão caseiro, uma em cada bolso do casaco. Já Judith e Suzie ficaram com a parte perigosa do plano — não que alguém fosse perceber caso as encontrasse na rua. Tendo comprado tudo o que precisavam na loja do Marlow Hospice, Suzie empurrava Judith em uma cadeira de rodas velha pelo beco atrás do escritório de Andy. A capa cinza-escura de Judith cobria seu colo, e elas não poderiam parecer mais inofensivas se tivessem tentado. Com certeza ninguém teria pensado que estavam prestes a cometer um assalto ousado.

Elas passaram por várias casas geminadas vitorianas com belos jardins, mas logo chegaram aos fundos do prédio de escritórios georgiano de Andy, um pouco maior que as outras construções e com vários carros no estacionamento a céu aberto. Conseguiram ver que a janela dele ainda estava aberta.

— Certo — disse Suzie. — Vamos nessa.

Suzie empurrou Judith pelo estacionamento, passou direto por uma porta dos fundos do prédio e parou embaixo da janela aberta de Andy. Como o terreno deste lado dos escritórios era um pouco mais baixo, o parapeito era mais alto do que a cabeça de Suzie.

— Você acha que consegue subir até lá? — sussurrou Judith.

Suzie não disse nada por um momento.

— Com certeza — respondeu, por fim.

Ambas sabiam que ela não tinha certeza de coisa nenhuma. Parecia alto demais para Suzie escalar.

Becks, por sua vez, estava dentro do prédio, apresentando-se para a recepcionista.

— Boa tarde. Pelo que entendi vocês lidam com disputas familiares, esse tipo de coisa.

— Isso mesmo. Como posso ajudar?

— Bem, é um assunto delicado, eu queria saber se vocês não teriam um advogado com quem eu pudesse falar.

— Você tem hora marcada?

— Não. Mas não me importo de esperar até que alguém esteja livre.

— Temos vários advogados aqui hoje, mas o sr. Bishop tem uma vaga na agenda em meia hora.

— Sr. Bishop? — questionou Becks, insegura de repente.

— Isso, se você não se importar de esperar.

Becks se obrigou a responder alegremente:

— Não, por mim está bom.

Andy Bishop era a última pessoa que Becks queria ver, mas quando ela foi até as cadeiras na sala de espera, lembrou a si mesma que, se tudo corresse conforme o planejado, ela sairia daquele prédio muito antes de precisar encontrá-lo.

— Quer que eu pegue seu casaco? — perguntou a recepcionista.

— Perdão?

— Está muito calor, tenho certeza de que você quer tirar o casaco.

O sorriso de Becks congelou.

— Não. Estou bem — falou, sua mão inconscientemente indo para um dos bolsos do casaco e tocando a fatia grossa de pão que estava enfiada lá dentro.

— Tem certeza?

— Absoluta, obrigada.

A recepcionista olhou Becks de soslaio. Ela sabia que havia algo dc "errado" com Becks, mas não conseguia dizer bem o que era.

— Ok, mas se mudar de ideia, é só me avisar.

— Obrigada. Embora eu gostaria de saber se, por acaso, tem um banheiro que eu possa usar?

Becks sabia que todo o plano dependia da resposta que a recepcionista estava prestes a dar.

— Sim, seguindo por aquela porta — disse a recepcionista, apontando para uma porta ao lado de uma escadaria bastante imponente. — No final do corredor.

— Obrigada — agradeceu Becks, seu coração martelando no peito.

Ela passou pela porta. Agora que tinha escapado da recepcionista, precisava encontrar a copa do escritório. Afinal, como Suzie havia dito a elas, todos os escritórios tinham copas, não tinham?

Lá fora, no estacionamento, Judith e Suzie estavam começando a entrar em pânico.

— E se Andy vier e olhar pela janela? — perguntou Suzie num sussurro.

— Ele não vai.

— Mas se olhar, vai ver você sentada aí.

— Ele não vai fechar a janela. Está um forno hoje.

— E se fechar?

Judith se virou na cadeira de rodas e olhou para Suzie com firmeza.

— Agora não é hora de recuar — sibilou ela. — Vamos até o fim, independentemente do resultado.

Suzie vacilou. Engoliu em seco. Assentiu.

— Tá bom — disse.

Judith checou o relógio no pulso.

— Caramba, o que ela está fazendo lá dentro?

A verdade era que Becks não tinha conseguido encontrar copa nenhuma no térreo. Ela levou apenas alguns minutos procurando e encontrou um armário com itens de limpeza e um cômodo com itens de papelaria no corredor atrás da escadaria principal. Mas também havia uma escada velha e frágil para empregados. Sabendo o quão importante era sua parte no plano, Becks subiu por ela.

Então, enquanto Judith e Suzie esperavam lá fora, embaixo da janela de Andy, Becks estava no primeiro andar, tentando encontrar a copa. *Tem de haver uma em algum lugar*, pensou consigo mesma. Tudo o que ela conseguia ver eram pesadas portas brancas lustrosas, cada uma com o nome de um advogado em uma placa ao lado. *Onde ficava a maldita copa?*

Foi quando viu uma abertura sem porta no final do corredor, caminhou até lá e ficou emocionada ao ver que levava à copa do escritório. Garantindo que não havia mais ninguém no corredor para vê-la entrar, adentrou o pequeno cômodo.

Na copa, um homem baixo e gordo estava parado perto da chaleira.

Adrenalina invadiu o sistema de Becks. Aquele era Andy Bishop, não era? A menos que houvesse dois homens baixinhos e muito gordos que trabalhassem no prédio, o que parecia bastante improvável.

— Olá — disse Andy, sorrindo encantado.

O instinto de Becks lhe avisou que Andy estava tentando flertar, mas isso não poderia ser possível, certo?

— Perdão?

— Andy Bishop, como vai? — apresentou-se, oferecendo sua mão.

— Sra. Rebecca Starling — respondeu Becks, apertando a mão de Andy. Estava úmida.

— Então, o que te traz aqui? Não consigo imaginar que seja um divórcio.

Ai, meu Deus, pensou Becks. *Ele está tentando flertar comigo.*

— Sinto muito, é um assunto particular. Mas eu queria um copo d'água. Está um dia muito quente.

— Está mesmo — concordou Andy enquanto terminava de preparar sua xícara de chá. — Você deveria tirar o casaco — acrescentou com uma piscadela. — Está quente demais para usar casacos do lado de dentro.

— Não, obrigada — disse Becks de maneira recatada, conforme dava as costas para Andy e ia até uma prateleira para pegar um copo.

Ao fazê-lo, ela não conseguiu deixar de se maravilhar consigo mesma. Sua explicação de que estava ali para pegar um pouco de água surgira em seu cérebro sem ser solicitada. Ela não fazia ideia de que conseguia mentir com tamanha facilidade.

Mas ela vinha dando foras em homens como Andy Bishop desde que era adolescente. Manteve-se de costas para ele enquanto abria a torneira até a água esfriar. Ela podia sentir Andy a avaliando enquanto estava parada, seu dedo sob a torneira, e seu corpo se contraiu de raiva. Quem era esse homem para pensar que podia olhá-la assim?

Ela o ouviu mexer a bebida com uma colher de chá, e antes que ela percebesse, ele estava ao seu lado.

— Nos vemos por aí — disse ele, colocando sua colher de chá na pia e saindo da copa.

Becks soltou a respiração que não sabia que estava prendendo. Irritou-se ao perceber que o copo de água tremia em sua mão. Ela sabia que seu encontro com Andy a tinha chateado por causa da maneira como ele se comportou em relação a ela, não porque ela estava no prédio por motivos nefastos. Na verdade, percebeu, o jeito de Andy pode até tê-la abalado, mas também solidificou sua determinação.

Ela foi até a torradeira que Suzie previu que estaria lá, tirou as duas fatias grossas de pão caseiro dos bolsos e as enfiou na máquina, puxando a alavanca para baixo e se certificando de que seu interior ficasse avermelhado ao aquecer. As fatias eram grossas demais para a abertura. Não havia como saltarem para fora quando a máquina terminasse. Por garantia, Becks ajustou o botão da torradeira para o máximo, e com uma olhadela para o teto onde ficava o alarme de incêndio e para a luzinha verde que piscava nele, mostrando que estava funcionando, ela saiu apressada. Seu trabalho agora era se distanciar ao máximo da torradeira emperrada.

— Eu estava me perguntando se você havia se perdido — comentou a recepcionista quando Becks finalmente retornou ao saguão

— Desculpe — disse Becks. — Precisei esperar para usar o banheiro.

Mais uma vez, ela ficou surpresa com a facilidade com que a mentira saiu de sua boca.

— De qualquer forma — começou a recepcionista, deixando o assunto para trás. — O sr. Bishop acabou de passar por aqui. Tive uma conversinha rápida com ele. Ele só está terminando umas tarefas e poderá vê-la em alguns minutos.

— Obrigada — disse Becks com um sorriso, e sentou-se. Ela sabia que, se tudo corresse bem, estaria saindo do prédio antes disso.

Em seu escritório, Andy Bishop relembrava do encontro com a delicinha que tivera na copa do andar de cima. *Eu me pergunto por que ela precisa de um advogado?*, pensou enquanto dava um gole em sua xícara de chá, antes de perceber que o cômodo estava insuportavelmente quente. Ele olhou para a janela que dava para o estacionamento. Estava aberta, mas tinha certeza de que poderia abri-la mais.

Andy foi até a janela e a abriu mais alguns centímetros. Ele meio que notou uma senhora do lado de fora, em uma cadeira de rodas com o que parecia ser sua cuidadora. Voltou para sua mesa, mas parou quando percebeu que a mulher se parecia muito com a tal Judith que o visitara mais cedo, fazendo perguntas sobre Ezra. Andy foi até a janela e colocou a cabeça para fora, mas a senhora na cadeira de rodas havia desaparecido. *Hum*, ele pensou antes de perder o interesse no assunto e retornar à sua mesa.

Já Judith e Suzie, entraram em pânico no instante em que Andy apareceu pela primeira vez na janela, e Suzie empurrou Judith rapidamente em direção à casa mais próxima do estacionamento. Judith chutou o portãozinho em estacas com os pés e Suzie a empurrou para dentro; as duas mulheres estavam se abaixando atrás de uma hortênsia rosa no exato momento em que Andy olhou pela janela pela segunda vez.

— Você acha que ele nos viu? — perguntou Judith.

— Shhh! — sibilou Suzie, o coração martelando contra o peito.

De repente, o som agudo de um alarme preencheu o ar. *Finalmente!*

— Certo, sua vez — disse Judith, endireitando-se conforme Suzie a empurrava de volta para a janela por onde Andy havia acabado de desaparecer.

Conforme se aproximavam, o peitoril parecia ainda mais alto acima de suas cabeças. Como raios Suzy escalaria e entraria no escritório de Andy?

Lá dentro, Becks estava sentada na recepção, suas mãos no colo em silenciosa satisfação enquanto o alarme de incêndio disparava. Meia dúzia de advogados e clientes emergiram de várias portas, alguns descendo escadas do andar de cima.

— É uma simulação? — perguntou um deles.

— Acho que não — respondeu a recepcionista.

— Certo. Todos para o ponto de encontro. Pelos fundos.

Becks se levantou, toda a satisfação presunçosa desaparecendo.

— Pelos fundos? — perguntou ela.

— Ao evacuar o escritório, o ponto de encontro é o pequeno estacionamento atrás do prédio.

— Não é pela frente? — perguntou Becks, disfarçando o desespero.

— Não. Não podemos ficar entupindo a rua High, então vamos pelos fundos, pessoal — gritou o homem.

Becks congelou no mesmo lugar conforme o grupo de pessoas começou a se dirigir até o corredor que levava aos fundos. Não havia como avisar Suzie e Judith que todo o escritório estava prestes a deixar o prédio bem ao lado de onde as duas estavam invadindo.

Mas o que Becks não sabia era que naquele exato momento Suzie e Judith não estavam conseguindo invadir lugar nenhum.

A teoria de Suzie era de que, se Judith ficasse sentada na cadeira de rodas para servir de lastro, ela conseguiria subir em seu encosto e entrar pela janela. No entanto, a prática estava se mostrando mais difícil do que a teoria. Isso se devia principalmente ao fato de que o equilíbrio de Suzie era terrível, e Judith ficava tentando mudar de posição para ajudá-la, o que aumentava o risco da cadeira de rodas tombar.

— Pare de se mexer! — exclamou Suzie, ficando de pé no apoio de braço, uma mão segurando uma das alças da cadeira e a outra se apoiando no topo da cabeça de Judith.

— Está me machucando!

— Preciso ficar de pé.

— Ai!

— Aguenta aí!

Suzie tentou se levantar, colocou um pé no encosto da cadeira de rodas e segurou-se no parapeito da janela com firmeza. Ela estava na metade do caminho. Será? Com seu peso pressionando a parte de trás da cadeira, tudo o que a impedia de tombar era a massa de Judith sentada, e ambas podiam sentir que estava precariamente equilibrada.

As duas rodas dianteiras da cadeira velha se ergueram um pouco no ar quando começaram a tombar para trás, mas Suzie conseguiu deslocar seu peso para impedir que fossem ao chão.

— Você se lembra do final de *Uma saída de mestre*? — Judith encontrou tempo para perguntar.

— Não me faça rir! — ofegou Suzie.

Então ambas arquejaram quando uma porta nos fundos do prédio se escancarou e pessoas começaram a sair. *Caramba, o que estava acontecendo?*

Era exatamente o empurrãozinho que Suzie precisava para usar a cadeira de rodas como alavanca e se lançar pela janela aberta, caindo com um baque ofegante do outro lado quando os primeiros funcionários do escritório fizeram a curva e viram Judith sentada sozinha em uma cadeira de rodas sob a janela aberta do escritório de Andy.

Judith sorriu para eles como a senhorinha que era. Logo viu Andy Bishop surgir, com Becks se colocando na frente dele, de modo que bloqueava a visão direta dele de Judith. Ela sabia que tinha poucos segundos antes que Andy a visse, então virou a cadeira de rodas e começou a se afastar do estacionamento.

Com um aperto no coração, Becks desviou o olhar ao ver Judith saindo na cadeira de rodas. O plano era Suzie pegar o papel picado e sair pela janela antes que alguém descobrisse o que fizera o alarme de incêndio disparar. Porém, com todos os funcionários circulando no estacionamento, como ela sairia do prédio?

Suzie não estava pensando tão à frente. Em vez disso, estava apavorada dentro do escritório de Andy, seus sentidos sobrecarregados pela adrenalina, o alarme de incêndio berrando em seus ouvidos enquanto ia até a fragmentadora. A máquina ficava na mesa perto da janela que dava para a rua High, exatamente como Judith descrevera, e Suzie cruzou a sala e estava inspecionando o aparelho quando um caminhão de bombeiros parou na calçada, os bombeiros pulando para fora com seus capacetes amarelos.

Suzie se jogou no chão. *Caramba*, pensou, *agora os bombeiros apareceram também?* Ela tinha apenas alguns segundos antes de ser descoberta e notou que suas mãos tremiam. Precisou se obrigar a levar o plano adiante. Com muito esforço, estendeu a mão sobre a mesa e desacoplou o saco de celofane transparente da parte de trás da fragmentadora. Puxando-o para o chão, ela então abriu uma bolsa de couro sintético que também haviam comprado na loja de usados naquela tarde e tirou uma sacola. Becks a tinha enchido de papel picado que pegara da gaiola do hamster do filho. Colocando a sacola de papel de hamster de lado, Suzie despejou todo o papel picado de Andy na bolsa e a fechou. Em seguida, pegou punhados grandes do papel do hamster e os enfiou no saco da fragmentadora até que parecesse intocado.

Mas como reacoplar o saco na fragmentadora?

Só havia um jeito.

Suzie se levantou, completamente visível, e ficou aliviada ao ver que não havia bombeiros na rua High olhando para dentro do prédio para avistá-la ali.

Quando ela reacoplou o saco na parte de trás do equipamento, o alarme de incêndio parou de soar.

Seus ouvidos zumbiram com o silêncio repentino.

Suzie pegou sua bolsa e voltou para a janela que dava para o estacionamento, mas quando olhou lá fora, não havia sinal de Judith. E ela podia ver o grupo de funcionários começando a entrar no prédio outra vez, guiados por um bombeiro segurando duas torradas escuras.

Ela sabia que sua única esperança era sair pela porta da frente antes que todos retornassem à recepção e descobrissem sua presença. Tinha apenas poucos segundos para agir, mas quando sua mão alcançou a maçaneta da porta do escritório de Andy, ela parou.

Ela percebeu que o computador dele estava ligado. Ele não o bloqueara antes de sair, e Suzie teve uma ideia repentina.

Pegou o celular e correu até a mesa. Ela podia ouvir vozes no corredor lá fora. As pessoas estavam discutindo sobre quem era o idiota que havia deixado torradas queimando na copa acima.

Usando o mouse de Andy, Suzie encontrou e clicou no ícone do Calendário. A porta se abriu um pouco e seu coração deu um salto; ela só teve tempo de abrir a câmera para tirar uma foto da tela antes de cair no chão como uma marionete que teve suas cordas cortadas de repente.

Andy entrou, e foi aí que Suzie percebeu o tamanho da encrenca que arrumara. Ela estava no chão, parcialmente escondida pela mesa, mas seria descoberta no instante em que ele viesse se sentar. Pior ainda, sua mente estava completamente em branco quanto à justificativa do porquê se encontrava no chão. Suzie estava prestes a ser descoberta escondida em um escritório após cometer um roubo. Ela iria para a cadeia!

Enquanto Andy se aproximava, a porta se abriu de novo.

— Sr. Bishop?

Era Becks.

Andy se virou para ver quem entrara em seu escritório.

— Sra. Starling — disse, encantado.

— Eu estava pensando se você poderia me ajudar no fim das contas — disse Becks, fazendo sua melhor imitação de "garotinha perdida". — Sabe, você tinha razão, estou aqui para tratar de um assunto muito pessoal. É uma questão de vida ou morte para mim, mas não quero que meu marido me veja no seu escritório. Será que poderíamos dar uma volta?

— Perdão?

— Tenho medo que ele me veja aqui. Podemos dar uma volta? Só nós dois?

— Bem — começou Andy, fingindo considerar a oferta. — Não é todo dia que uma bela jovem me convida para um passeio. Seria um prazer.

— Imediatamente — acrescentou Becks.

— Ah, tá. E o que quer dizer com imediatamente…?

— Quero dizer que precisamos ir agora mesmo. Por favor.

Espiando por trás da mesa, Suzie pôde ver a expressão suplicante de donzela inocente em perigo no rosto de Becks. Andy jamais teria chance de resistir àquilo.

— Claro. Vamos lá.

Com um sorriso grato a Andy por ser seu salvador, Becks deu um passo para o lado e encontrou o olhar de Suzie enquanto ele saía.

Obrigada, Suzie gesticulou com a boca, mas Becks fingiu não ver. Estava ocupada demais em seu papel de esposa angustiada. Assim que a porta se fechou, Suzie correu para a janela que dava para os fundos e ficou aliviada ao ver que, agora que a barra estava limpa, Judith havia retornado à sua posição. Suzie jogou sua bolsa lá embaixo, Judith a colocou no colo, e então Suzie desceu pela janela até a parte de trás da cadeira de rodas, antes de mais uma vez usar a cabeça de Judith como apoio para ajudá-la a descer.

Enquanto Suzie levava Judith para longe na cadeira, ela percebeu que seus joelhos estavam tremendo.

Tinha sido complicado, mas conseguiram. Elas conseguiram invadir o escritório de Andy e roubar o papel picado!

Capítulo 24

O plano era que as três mulheres se reencontrassem no casarão de Judith, mas quando Judith e Suzie chegaram lá, não havia sinal de Becks — não que Suzie estivesse ligando muito.

— Nós conseguimos! — exclamou ela enquanto jogava a bolsa de papel picado em cima da mesa de carteado.

— Conseguimos, não foi? — disse Judith com satisfação silenciosa.

— Embora quase tenhamos sido pegas!

— Mas não fomos, e é isso que importa — falou Judith, sentando--se à mesa e começando a tirar o papel picado da bolsa com muito cuidado.

— Especialmente eu. Por que voltei para a mesa de Andy Bishop daquele jeito? Eu deveria ter saído quando tive a chance.

— Bem, nada deu errado.

— Quero dizer, que idiota!

— Nem um pouco. Nós nos safamos, e é o que importa.

— Mas isso é bem minha cara, não é? — perguntou Suzie, dúvida surgindo em sua voz. — Eu nunca penso direito nas coisas.

Judith percebeu que o entusiasmo da amiga estava desmoronando.

— Como assim?

— Sou muito impetuosa, esse é o problema.

— Do que raios está falando? Você foi incrível.

— Não pensei. Eu queria dar uma olhada no computador dele, então foi o que fiz. Mas eu deveria ter saído, como tínhamos combinado. Não pensei nas consequências. Para mim, ou para você, ou Becks. Nunca penso nos outros.

— Não concordo com isso de jeito nenhum.

— Minha filha Rachel tem razão. Eu só penso em mim mesma.

Enquanto ela dizia isso, Suzie afundou no sofá de Judith.

— Isso não é verdade.

Suzie estava perdida em suas memórias, desanimada demais para continuar a conversa.

— E o que sua outra filha diz? — perguntou Judith, tentando tirar Suzie de sua tristeza.

— Não sei, não falo com a Amy há mais de um ano.

— Por que não?

— Nós brigamos.

— Ah. Entendi. Então por que você não liga para ela?

— Não posso — respondeu Suzie, a lógica de sua situação imutável. — Não estamos nos falando.

Judith se compadeceu com a amiga. As fotos desbotadas na sala de estar de Suzie sugeriam que nem tudo estava bem entre ela e sua família, mas Judith sabia que criar filhos era provavelmente o trabalho mais difícil do mundo. Ela só podia imaginar o quão desafiador deve ter sido ser mãe solo.

Uma intervenção se fazia necessária.

— Que tal eu preparar uma xícara de chá para nós duas? — sugeriu Judith. — Com uma ou duas colherzinhas de açúcar para repor nossa energia.

— Sim — concordou Suzie. — Seria bom. Obrigada.

Judith se retirou apressada e Suzie ficou sozinha com seus pensamentos. Ela olhou para a sala; para o chocante caos de jornais e revistas espalhados por toda parte; para o piano de cauda Blüthner perto da escada de carvalho.

Também havia a porta ao lado do aparador, aquela pela qual Judith informara que Suzie não poderia passar.

Ao ouvir o tilintar de xícaras e pires na cozinha, Suzie se levantou, foi até a porta e tentou abri-la. Estava trancada, como da vez anterior, mas o que havia atrás dela? Tentou espiar pelo buraco da fechadura, mas o outro lado estava envolto em escuridão.

Antes de ser pega bisbilhotando, Suzie voltou para o sofá e tentou examinar o ambiente novamente. *Quem era Judith Potts?*

— Aqui está — disse Judith, retornando com uma bandeja com xícaras e pires de porcelana descombinados, leite em uma jarra e um bule de chá fumegante.

— Posso te perguntar uma coisa?

— Claro — respondeu Judith, servindo duas xícaras de chá e colocando duas colherinhas cheias de açúcar.

— Você disse que era viúva.

— Isso mesmo.

Judith colocou o leite nos chás e entregou uma xícara com pires para Suzie.

— Isso é exatamente o que eu queria, obrigada — agradeceu Suzie, dando um gole.

— Que bom.

— Mas não vejo nenhuma foto do seu marido em lugar nenhum.

Judith não queria falar sobre seu passado. Na verdade, nunca falava sobre seu passado, era uma das regras que seguia. Mas Suzie havia compartilhado um pouco de sua história familiar com ela, então percebeu que era justo que fizesse o mesmo.

— Não, suponho que não. É que não foi um bom casamento — disse, sentando-se em sua poltrona com uma xícara e um pires de chá.

— Não foi?

— Você sabe o que dizem: case-se às pressas, arrependa-se devagar. E eu era jovem.

— O que aconteceu?

— Você quer mesmo saber?

— Se não se importar.

— Não, sem problemas. Não penso muito sobre esse assunto atualmente, só isso. De qualquer forma, eu tinha acabado de chegar de Oxford e não sabia o que fazer da minha vida.

— Você era estudante?

— Era a década de 1960 e o amor estava no ar, como dizem.

Judith deu um gole no chá e Suzie só conseguia imaginar em que tipo de confusões a aluna Judith poderia ter se metido. Sorriu com o pensamento.

Judith percebeu o sorriso de Suzie.

— Pois é — disse. — Mas quando saí de Oxford, o resto da Inglaterra não estava tão avançado. Ainda era esperado que as mulheres cuidassem da casa, casassem-se direito, ajudassem na carreira do marido, e nada disso me atraía. Nem um pouco. Mas o que eu poderia fazer? Foi quando minha mãe me contou sobre sua tia em Marlow, que era meio inválida e estava procurando por uma pessoa que morasse com ela.

— Essa seria sua tia-avó Betty?

Judith sorriu ao ouvir o nome.

— Nós nos demos bem desde o início. Veja bem, ela nunca se casou e era totalmente independente. A única coisa pela qual discutimos foi o Philippos.

— Seu marido.

— Meu marido. Ele trabalhava para uma empresa de turismo grega, e temo que eu tenha me apaixonado por ele de corpo e alma. Ele era tão bonito. Forte de mente, palavras e ações. E era um marinheiro fantástico. Eu não entendo nada sobre barcos, mas ele me levava para o clube de vela em Bourne End, e era tão emocionante. A gente atravessava o Tâmisa em um pequeno veleiro, o vento no meu cabelo. Philippos cresceu em Corfu, e ele era uma daquelas pessoas que tinham o mar na alma. Ele conseguia ler o vento e as marés. Sério, nosso caso foi extremamente romântico.

— Quantos anos você tinha?

— Vinte e seis quando nos conhecemos. E eu a mesma idade quando nos casamos. Em Corfu. Foi quando Betty e eu brigamos. Ela disse que Philippos não era um sujeito correto. Que eu não podia confiar nele. Ah, você deveria ter visto as discussões que tivemos nesta mesma sala, — contou Judith, olhando com tristeza ao redor. — Mas eu estava apaixonada, e na minha visão, Betty estava sendo egoísta. Ela sabia que perderia a empregada doméstica se eu me casasse. Ela estava apenas tentando envenenar minha mente para que eu nunca a deixasse. Como fui tola.

— Ela tinha razão?

— Mais do que você pode imaginar. Mudei-me para Corfu quando nos casamos, e as coisas deram errado quase logo de cara. O Philippos bebia muito. E ele sempre foi impetuoso e um tanto controlador. Mas ele só revelou seu verdadeiro eu quando chegou em casa.

Judith parou de falar enquanto se perdia em suas memórias.

— Foi ruim?

— Foi ruim — concordou ela simplesmente, mas Suzie podia ver o tanto de dor que aquelas palavras carregavam. — Mas é você quem toma as decisões na sua vida, não é? E tem que arcar com as consequências. Foi o que fiz.

— O que aconteceu?

— Providência divina, foi isso que aconteceu. Veja bem, não importa quão bom marinheiro você seja, o Mar Jônico é caprichoso. As tempestades podem surgir do nada, e um dia Philippos estava em seu barco. Não era grandioso, tinha uma única vela, uma cabine com uma cama e uma pequena cozinha. Isso foi antes da existência dos celulares e do GPS. E ainda não sabemos ao certo o que aconteceu, mas ele não voltou para casa naquele dia. Nem no seguinte. Pensei que tivesse fugido com sua outra dama. Eu sabia que ele vinha tendo casos durante nosso namoro e casamento. Mas no dia após sua partida, seu barco foi encontrado preso em algumas rochas. E sem sinal de Philippos em lugar nenhum.

— Onde ele estava?

— Teve uma tempestade na noite anterior e as autoridades acharam que ele deve ter caído no mar. O corpo dele apareceu uma semana depois.

Um silêncio recaiu sobre as duas mulheres.

— Caramba — disse Suzie por fim.

— Pois é. Obrigada. Mas isso foi há décadas. E, na verdade, a culpa foi toda minha. Enfim, voltei para o Reino Unido com o rabo entre as pernas. Só superei tudo porque Betty nunca me perguntou sobre o assunto. Simplesmente continuamos de onde paramos. Foi quando comecei a criar palavras cruzadas. Elas me ajudaram a manter a cabeça no lugar. — Judith levou um momento para recuperar o foco. — Então essa é a triste história de Judith e Philippos. Nada igual Píramo e Tisbe. Mais chá?

— Não, estou bem, obrigada. Mas posso perguntar uma coisa?

— É claro.

— Você disse que não estava feliz com seu marido?

— É, não estava.

— Então por que você ainda usa sua aliança?

A pergunta pegou Judith desprevenida. Ela sorriu, mas Suzie percebeu que foi um pouco forçado.

— É para me lembrar — respondeu Judith.

— Do quê?

— Dos erros.

Tinha uma frieza na resposta de Judith que fez Suzie pensar no gelo espesso de um lago congelado. Podia até parecer sólido, mas poderia rachar a qualquer momento, e por baixo, haveria redemoinhos de água escura.

Judith sentiu que, de alguma forma, revelara demais, e ficou grata ao ouvir o soar da campainha.

— Finalmente! — disse, colocando sua xícara e seu pires de lado enquanto se levantava. — Deve ser Becks. Vamos descobrir o que aconteceu.

Judith e Suzie foram até a porta da frente e a abriram, mas não foi Becks que encontraram parada ali.

Era a investigadora Tanika Malik.

Ela parecia ter visto um fantasma.

— Tanika, está tudo bem? — perguntou Judith.

— Judith, peço desculpas, mas houve outro assassinato.

Capítulo 25

Judith foi a primeira a se recompor.

— Não é a Becks, é? — perguntou.

— Becks? — perguntou Tanika, surpresa. — Becks Starling?

— Isso. Ela está bem?

— Até onde sei, sim. Por que não estaria?

— Por nada — respondeu Judith depressa, antes que se complicasse. — Então alguém mais foi assassinado?

—Liz Curtis — disse Tanika. — A mulher que você viu na propriedade do sr. Dunwoody.

— A Liz morreu? — disse Judith, horrorizada.

— Precisamos de alguém para identificar formalmente o corpo. E eu queria saber se você poderia fazer isso. Afinal, você a viu recentemente. Duas vezes, na verdade.

Judith teve a decência de parecer envergonhada.

— Foram três — disse baixinho.

— Perdão?

— Eu me encontrei com Liz pela terceira vez.

— Quando?

— Bem, você se lembra quando me disse que eu não deveria falar com ela de jeito nenhum?

— Claro. Você prometeu.

— É, o único problema é que eu estava no clube de remo quando você me pediu aquilo. Então eu não pude deixar de falar com ela, uma vez que eu já estava lá.

— Você falou com Liz Curtis depois que eu pedi para não falar? — perguntou Tanika, exasperada.

— O que é uma sorte para você, já que ela está morta agora. Sou uma testemunha. Posso te contar como ela estava.

— Ela é uma assassina de cães — interrompeu Suzie.

— Posso te perguntar o que está fazendo aqui? — Tanika disse para Suzie.

— Ela é minha amiga — falou Judith.

— Olha — começou Tanika, tentando assumir o controle da situação. — Preciso que você venha comigo, Judith. E é melhor me contar sobre esse seu terceiro encontro com Liz no caminho.

— E eu? — perguntou Suzie.

— O que tem?

— Também conheci a Liz Curtis. Posso ir?

— Não.

— Tem certeza…

— Só preciso que uma de vocês identifique o corpo.

Suzie jogou um pouco do peso para trás, sobre os calcanhares.

— Bem, não poderia ser mais clara do que isso — admitiu.

Enquanto Tanika levava Judith para o clube de remo, a sra. Potts recapitulou o encontro dela e de Suzie com Liz. Em particular, explicou como Liz negou conhecer Stefan e Iqbal, embora seu marido Danny tenha confirmado mais tarde que Liz conhecia, sim, os dois homens. Durante a narrativa, Tanika manteve os olhos na estrada e a mandíbula cerrada.

Ao chegarem no clube de remo, Tanika estacionou o carro e puxou o freio de mão.

Só então Judith percebeu o quão zangada Tanika estava.

— Eu deveria ter te contado antes, né?

— Você não deveria nem ter falado com ela! — Tanika quase gritou. — Tem alguém por aí que matou três pessoas. E sua vida corre perigo toda vez que você se envolve.

Judith se sentiu envergonhada, então ela enfiou a mão na bolsa, tirou sua lata de balas duras e abriu a tampa.

— Balinha? — ofereceu, como se fosse uma oferta de paz.

— Não, obrigada — respondeu Tanika em um tom que indicava que ela não deixaria o assunto de lado tão facilmente.

Judith colocou uma bala na boca e fingiu despreocupação ao falar:

— Então talvez eu deva te contar sobre Andy Bishop também.

— Quem é Andy Bishop?

— Um advogado da cidade. Ele redigiu o testamento de Ezra Harrington, o vizinho de Iqbal Kassam.

— Do que você está falando?

Judith contou a história de como Suzie foi convidada para o funeral de Iqbal, e então ela, Becks e Suzie foram juntas e conversaram com o imã do sr. Kassam, que explicou como Iqbal morreu acreditando que Andy Bishop havia roubado sua herança. No entanto, Judith teve o cuidado de parar a história por ali. Depois de ver o quão irritada Tanika ficara por causa de sua conversa com Liz, Judith não queria contar a ela que não só havia falado com Andy Bishop, como também invadira seu escritório e roubara um saco de papel picado.

— Você foi ao funeral de Iqbal Kassam? — perguntou Tanika quando Judith terminou de narrar.

— Fomos convidadas, então, sim. Era a coisa certa a se fazer. Tem certeza de que não quer uma bala? — disse Judith, oferecendo a latinha outra vez.

— Não, obrigada — respondeu Tanika, e Judith teve a impressão de que a policial mal conseguia controlar a raiva quando abriu a porta do carro e saiu.

Judith guardou a lata de volta na bolsa e saiu do veículo também.

— Tem mais alguma coisa que você precisa me dizer? — questionou Tanika, o tom de voz azedo.

— Ah, não, isso é tudinho — garantiu Judith, e ela até acreditou nas próprias palavras enquanto as dizia.

Então seus olhos foram atraídos para uma tenda azul-marinho da perícia que havia sido erguida na grama às margens do rio.

Tanika viu Judith franzir a testa e ficou um pouco menos irritada.

— Não se preocupe — disse. — Você não precisa se aproximar do corpo. Pode identificá-la pelas fotos que tiramos. Isso deve bastar.

Tanika conduziu a sra. Potts para o prédio da recepção, e Judith não pôde deixar de notar a escada, o recipiente com tinta e o pincel que ainda estavam no canto. Liz nunca terminaria de pintar o cômodo. De alguma forma, Judith achou esse fato mais triste do que tudo. A tragédia da situação.

— Lamento pedir que faça isso, Judith, mas a única outra pessoa que eu poderia ter chamado era o escotista que descobriu o corpo dela, e ele está um pouco ocupado tentando cuidar dos escoteiros que o acompanhavam naquele momento.

— Não se preocupe, estou feliz em ajudar. Mas cadê Danny, o marido dela?

— Em Nottingham. Um policial o está trazendo para cá neste instante.

— Então estou pronta. Eu consigo.

Tanika pegou emprestado o tablet de um policial que estava registrando evidências. Levando-o até Judith, avisou que as fotos eram perturbadoras.

— Não se preocupe, sou durona.

Tanika passou o dedo pela tela algumas vezes até que uma imagem apareceu. Era Liz Curtis deitada na grama, seus membros abertos como os de uma boneca de pano, seu rosto uma bagunça chocante de sangue vermelho.

No centro de sua testa havia um buraco de bala.

— É mesmo Liz Curtis — confirmou Judith, resistindo ao instinto de desviar o olhar.

— Obrigada.

— E havia sinais de luta?

Tanika não respondeu, mas Judith interpretou corretamente seu silêncio como um "sim".

— E ela foi encontrada por um escotista?

— Isso mesmo. Ele e seus escoteiros alugaram caiaques de Liz esta manhã e foram para o rio por volta das nove.

— Então ela ainda estava viva às nove horas?

— Vivinha da silva. Ela passou as instruções de segurança para todos. Os escoteiros ficaram no rio por cerca de uma hora e retornaram ao clube de remo logo depois das dez. Foi quando o escotista encontrou seu corpo. Felizmente, ele conseguiu impedir que as crianças se aproximassem, reuniu-as e as levou de volta para Marlow. Um policial está colhendo o depoimento dele agora mesmo.

— É uma janela de horário bem pequena. Entre nove e dez da manhã. Você checou o Elliot Howard?

— Vou ser sincera, foi a primeira coisa que fiz. Ele está fazendo um leilão desde as oito e meia da manhã.

— Está?

— E tudo está sendo transmitido ao vivo na internet.

— Tá de brincadeira.

— Pois é.

— Por que um leilão começaria às oito e meia da manhã?

— Ao que parece, é para compradores estrangeiros. Mas ele não é um suspeito. Tem testemunhas em todo o mundo que podem servir de álibi para ele entre às nove e às dez da manhã.

— Hum — disse Judith, profundamente frustrada.

Tinha certeza de que Elliot estava por trás do assassinato de Stefan. Na verdade, a teoria que estava criando era a de que Liz talvez tivesse matado Stefan em nome de Elliot, por algum motivo ainda a ser esclarecido. Então Elliot matou Liz, de modo que nunca houvesse chance de alguém atribuir o primeiro assassinato a ele. Mas sua teoria caía por terra se Elliot tivesse um álibi para a hora do assassinato de Liz.

Judith se deu conta de que havia uma pergunta que ainda não tinha feito.

— Você disse que o marido dela estava em Nottingham?

— Acha que ele pode estar envolvido?

— Facilitaria se um desses assassinatos tivesse sido cometido por alguém óbvio.

— Eu sei. Mas entre às nove e às dez desta manhã, Danny Curtis estava tomando café da manhã em um posto de gasolina na altura J25 da M1. Ele esteve no Centro Nacional de Desportos Náuticos ontem à noite.

— Ele tem um álibi para hoje cedo?

— Ele estava a mais de cento e sessenta quilômetros de distância.

— Tem certeza?

— Um policial pegou o sr. Curtis nos arredores de Nottingham às dez e meia desta manhã. Quem fez isso estava em Marlow nesse horário.

Enquanto Tanika falava, Judith olhou para a foto no tablet com mais atenção.

— O que é isso? — perguntou ela, indicando um pequeno objeto preso a uma corrente, caído no chão ao lado do rosto de Liz.

Tanika sabia que era um medalhão de bronze. O *terceiro*. Exatamente como ela temia. Encontraram-no em uma correntinha em volta do pescoço de Liz. Como a investigadora havia previsto, a palavra no meio dizia "Caridade".

— É um medalhão de bronze.

— Ela estava usando um medalhão de bronze? — perguntou Judith, seu interesse crescendo. — Você quer dizer, como o que Stefan usava em sua jaqueta?

— Você se lembra de eu ter contado sobre isso?

— É claro. Você também falou que o de Stefan tinha a palavra "Fé" escrita nele.

— É verdade.

— Então havia algo escrito no de Liz?

— Sinto muito, mas não posso lhe dizer.

— Por que não?

— Porque não deveria compartilhar *nenhum* detalhe do caso com uma civil.

— Acho que nós duas podemos concordar que seria melhor se você compartilhasse.

— Mas não posso. Sinto muito. É contra as regras…

— E regulamentos — uma Judith exasperada falou, terminando a frase de Tanika.

— Exatamente.

Um policial entrou no prédio.

— Senhora — disse. — Um oficial acabou de chegar com o sr. Curtis, marido da falecida.

Capítulo 26

Quando Judith e Tanika saíram do prédio da recepção, viram uma van policial estacionar e um oficial ajudar um aparentemente desorientado Danny Curtis a sair da traseira.

— Você poderia esperar aqui? — pediu Tanika a Judith.

— É claro.

— Obrigada — agradeceu Tanika e foi se apresentar a Danny.

Judith fora totalmente sincera quando disse que ficaria parada, mas achou muito frustrante não conseguir ouvir o que estava acontecendo. Certamente havia algo que ela pudesse fazer, certo? Bem, ninguém poderia culpá-la se desse uma voltinha. Ela caminhou lentamente até a lateral da construção, torcendo para Tanika não notar. E pareceu não se dar conta mesmo. Então Judith olhou para o céu, como se estivesse verificando o clima despretensiosamente, então contornou o prédio.

Agora que estava fora de vista, acelerou o passo, seguiu para o próximo prédio — os banheiros —, deu a volta nele correndo e emergiu ao lado de onde a van policial havia estacionado. Tanika e Danny estavam parados do outro lado.

Judith avançou um pouco pela lateral da van bem devagarinho, grata por ser pequena. Sua cabeça mal aparecia acima das janelas do veículo, então tinha certeza de que Tanika e os outros policiais do outro lado não conseguiriam vê-la através do vidro fumê. Mas se ela ficasse na ponta dos pés, poderia enxergar os rostos de Danny e Tanika. E se realmente se concentrasse, era capaz de ouvir o que estavam dizendo.

— Isso não pode ser verdade — Judith ouviu Danny dizer.

— Sinto muito — falou Tanika. — Traremos um agente especializado em ajudar famílias de vítimas de crimes aqui assim que possível.

— Mas o que vou fazer agora?

— Sei que é difícil, sr. Curtis, mas preciso lhe fazer algumas perguntas. Serei o mais breve possível. — Judith viu Danny assentir. — Vamos começar com: o que você estava fazendo em Nottingham ontem à noite?

— Ontem à noite?

— Precisamos entender seus movimentos.

— Sou treinador. Da seleção júnior de canoagem da Grã-Bretanha. A sede deles é nos arredores de Nottingham.

— Foi uma viagem planejada, então?

— Quando não estamos competindo, temos treino toda terça-feira à noite.

— Você vai para Nottingham toda semana?

— Isso mesmo. Vou à tarde. Treinamos naquela noite, durmo por lá e volto na quarta-feira de manhã.

— Então se alguém te conhecesse bem, saberia que você está fora de casa entre terça à tarde e quarta de manhã todas as semanas.

— Suponho que sim.

— Você consegue pensar em alguém que poderia querer machucar sua esposa?

— Não. É impossível. Todo mundo gostava de Liz.

— Tem certeza?

— Sou o mal-humorado da relação. Que grita e é difícil de lidar. A Liz simplesmente deixa a vida levá-la. Entende? Nunca perde a paciência. Ela não tinha um pingo de maldade em si.

Enquanto Danny dizia isso, Judith não pôde deixar de pensar no cachorro de Liz, Crumble. Se a história de Suzie era verdadeira, então Danny havia julgado muito mal a esposa.

— Posso perguntar — continuou Tanika — como estavam as coisas entre você e a sra. Curtis?

— Perdão?

— Seria bom entender um pouco mais sobre o relacionamento de vocês.

— Bem, comecei a sair com a Liz quando eu tinha vinte anos. Estamos juntos desde então. Ela é a única pessoa com quem já namorei sério.

— E vocês estavam se dando bem?

— Sim. Eu a amo. Sempre a amei. Por que está perguntando isso?

— É possível que ela não sentisse o mesmo por você?

— Está perguntando se ela estava pulando a cerca? Você só pode estar brincando. Temos trabalhado aqui todas as horas do dia. Tentando recuperar o lugar depois das enchentes. Dando duro sete dias por semana. Pintando, consertando, reconstruindo.

— Certo. E ela tinha algum problema financeiro?

Danny deu uma risada amarga.

— Ha! Éramos o próprio problema financeiro. Estamos falidos. Esse é o problema.

— Ela estava endividada?

— Não a conta pessoal. Acho que não. Nunca tivemos uma conta conjunta, então não posso te dizer exatamente qual era a situação financeira dela, mas vivemos apertados há anos. Hoje em dia, se você quer seguir seu sonho de trabalhar com o rio, parece sensato colocar os prédios do seu negócio sobre palafitas.

— O negócio estava com problemas?

— Não o negócio em si. Liz o herdou do pai anos atrás, então não precisamos pagar financiamento nem nada do tipo. Enquanto ganharmos mais dinheiro do que gastarmos, está tudo certo. Mas não tínhamos uma poupança emergencial para a última enchente. Não depois da anterior.

— Vocês gastaram todas as suas economias?

— Conseguiremos juntar tudo de novo. Assim que reabrirmos por completo.

— Ok, só mais algumas perguntas. O que você sabe sobre um homem chamado Iqbal Kassam?

— Foi isso que aquela mulher me perguntou.

— Judith Potts?

— Isso. Ela me perguntou sobre aquele cara que foi morto há uns dias.

— Soube que sua esposa pediu o táxi dele há algumas semanas.

— Só para fazer compras. Ela não demorou mais do que uma hora mais ou menos. Tenho certeza de que muitas pessoas já pediram seu táxi.

— E quão próxima de Stefan Dunwoody era sua esposa?

Danny não respondeu logo de cara, e quando o fez, estava receoso.

— Aquela tal de Judith perguntou sobre ele também. Por quê?

— Poderia responder à pergunta?

— Mas por que você está insinuando que Liz tinha algo a ver com aqueles homens? — perguntou Danny, e Judith podia ouvir raiva em sua voz.

— É muito importante que responda às perguntas que estou lhe fazendo, sr. Curtis.

Danny suspirou.

— Questionei a Liz sobre Stefan depois de falar com Judith, tá bom? E ela respondeu que não tinha contato com Stefan há meses. Não havia ido à galeria dele. Nem falado com ele. E antes que você pergunte, também perguntei se ela tinha ido à casa dele. Ela riu da minha cara. Falou que nunca foi à casa dele, nem sequer sabia onde Stefan morava. Isso é tudo sobre Liz e Stefan. Acho que terminamos aqui, não?

— Quase. Você tem uma arma de fogo?

— Não! Por que eu teria uma?

— Uma última pergunta. Se eu dissesse "fé, esperança e caridade", o que essa frase significaria para você?

De trás da van, Judith prestou mais atenção. "Fé, esperança e caridade"? Por que Tanika estava perguntando aquilo? Judith deduziu que isso, de alguma forma, tinha ligação com o medalhão de Stefan.

Danny, por sua vez, parecia tão intrigado quanto Judith.

— Não significaria nada. Por quê?

— A frase não ressoa com você de forma alguma?

— É um ditado, não é? Sei lá.

— Originalmente vem da Bíblia, mas talvez tenha algum outro significado para você?

Antes que Danny pudesse responder, o celular de Judith começou a tocar dentro da bolsa. Merda, ela pensou enquanto se afastava depressa da van. Ela realmente não queria ser pega bisbilhotando. Onde estava o botão para silenciar aquela porcaria? Judith apertou todos os botões na lateral do maldito dispositivo até silenciá-lo. Ufa, bem melhor. Ela atendeu à ligação.

— Alô — sussurrou.

— Sou eu — disse Suzie do outro lado da linha. — Becks acabou de voltar. E ela tem notícias sobre Andy Bishop. Notícias bombásticas. Precisamos de você aqui imediatamente.

Capítulo 27

Então, o que tem aí? — perguntou Judith ao entrar em casa, tirar a capa e jogá-la no Blüthner ao passar.

—Andy Bishop é o assassino — disse Becks.

— Está brincando? Isso é o que nós jogadores de bridge chamamos de jogada inicial forte.

— Não tenho dúvidas.

— Ok, como você tem tanta certeza?

— Pelo jeito como ele agiu comigo.

— Como?

— Pra começo de conversa, ele foi um esquisito. Do tipo que fala com seus seios em vez de olhar nos seus olhos.

— Safado maldito — disse Suzie.

— Pois é — concordou Becks. — E quando ele me levou até a porta da frente, roçou a mão na minha bunda. Vil.

— Quer um pouco de uísque?— perguntou Judith.

— Não, estou bem.

— Tem certeza? Acho que vou querer uma dose.

— Bem, já que você está oferecendo… — disse Suzie.

— Certo, duas doses para acalmar os nervos. Continue — Judith disse a Becks enquanto ia até o aparador e preparava a bebida para ela e Suzie.

— Andy e eu andamos pela rua High juntos — contou Becks. — E eu não sabia o que dizer. Só o tirei do escritório para ganhar tempo para Suzie.

— Você foi brilhante — acrescentou Suzie. — Porém, não consegui muito. Tudo o que tive tempo de fazer foi fotografar a agenda dele, e não tem nada demais. Já checamos.

Suzie estava falando a verdade. Ela e Judith tinham verificado a foto que ela tirou da agenda de Andy no momento em que saíram do escritório dele, e ambas ficaram decepcionadas com o conteúdo. A agenda cobria as duas semanas mais recentes e apenas listava seus compromissos profissionais, nenhum dos quais tinha qualquer conexão com alguém envolvido em um dos assassinatos, até onde elas notaram.

— Mas foi inteligente da sua parte tentar — disse Judith a Suzie, antes de se voltar para Becks. — Voltando... Você estava na rua com Andy. O que raios disse a ele?

— Bem, eu consegui tirá-lo do escritório dizendo que queria falar sobre meu marido, então só me restou contar sobre como meu marido não me apreciava. Como eu tinha me tornado invisível na minha própria vida. Apenas uma mãe. Uma esposa. E como eu estava ficando louca por não ter nenhum tipo de identidade só minha.

— Você contou a verdade a ele? — perguntou Judith.

— Não contei a verdade! — exclamou Becks, confusa. — Foi tudo uma historinha. Só para fazê-lo falar.

— Ah, certo — disse Judith, trocando um olhar com Suzie. — Foi uma mentira.

— Tenho muita sorte de ter a vida que tenho.

— Claro.

— Mas precisei inventar algo para Andy, então falei que não me sentia feliz, que estava pensando em deixar Colin e queria saber o que esperar de um acordo de divórcio. Se eu receberia os cinquenta por cento por completo, e se eu teria acesso a uma renda como a principal cuidadora dos nossos filhos, além de qual seria a responsabilidade dele de cobrir os custos da minha mudança para fora da casa paroquial.

Judith e Suzie trocaram outro olhar. Para alguém que estava feliz com a própria vida, Becks certamente parecia ter as informações de um divórcio na ponta da língua.

— E o que o Andy disse?

— Falou que alguém tão bonita quanto eu poderia levar até as cuecas do marido no acordo.

— Ele disse isso mesmo?

— De acordo com a experiência dele, os juízes não gostavam muito de maridos ignorando esposas bonitas.

— Isso não pode ser verdade.

— Tenho certeza de que não é. Acho que foi o jeito do Andy de dar em cima de mim. Em seguida, ele sugeriu que dessemos uma volta ao longo do Tâmisa. Não em direção à igreja, graças a Deus, mas rumo à Hurley Lock. E quando estávamos longe o bastante de qualquer um que pudesse ouvir, ele me disse que se eu pudesse insinuar que houve violência física da parte do meu marido, eu conseguiria um acordo ainda melhor. Fiquei indignada. O Colin pode até ser entediante, mas ele nunca foi violento.

Judith e Suzie nem sequer precisaram trocar um olhar dessa vez.

— Ele disse que poderia ser algo bem sutil. Se eu fosse capaz de sugerir abuso psicológico e depois me recusar a responder às perguntas sobre violência física, o juiz tiraria suas próprias conclusões. Era, de acordo com Andy, uma questão de jogar o máximo de lama possível no Colin. Fiquei indignada.

— Tenho certeza de que nada disso é realmente legal.

— Foi o que eu falei, e sabe o que ele fez? Riu. Disse que eu era uma garotinha ingênua e que tinha muito a aprender antes de poder trepar com meu marido pela última vez.

— Que homenzinho repulsivo — comentou Judith.

— Mas calma que piora. Porque percebi que estávamos caminhando pelo Tâmisa em direção à casa de Stefan.

— Caminharam até aqui?

— Pelo lado de Marlow do rio. O lado de Stefan. Eu não fazia ideia do porquê. Mas achei melhor continuar o papo até chegarmos à casa de Stefan, nem que fosse apenas para descobrir o motivo de estarmos indo naquela direção. Então perguntei a Andy se ele sempre levava seus clientes para caminhadas ao longo do Tâmisa, e sabem o que ele respondeu? Que sempre que precisava ter uma conversa com um cliente com um caso mais complicado, ele sugeria uma caminhadinha por aqui. Andar até "a casa daquele idiota" e voltar para o escritório. Era assim que ele se referia a Stefan: "aquele idiota". É claro que fingi ignorância e perguntei de quem ele poderia estar falando, e ele explicou como a casa de Stefan bloqueava o caminho ao longo do Tâmisa e você precisava fazer um desvio para contornar sua propriedade, mas, felizmente, ele tinha sido morto a tiros recentemente.

— Ele chamou o Stefan pelo nome? — perguntou Judith.

— Chamou.

— Então ele o conhecia! — interrompeu Suzie.

— Mas é mais do que isso — disse Judith, seus olhos brilhando como brasas. — Você tem certeza de que ele falou que Stefan tinha levado um tiro?

— Sim. Não que Stefan tinha morrido, nem mesmo que tinha sido assassinado, mas que levou um tiro.

— Por que isso é relevante? — perguntou Suzie.

— Porque — começou Judith — a polícia nunca revelou oficialmente como Stefan foi morto. Embora os jornais tenham especulado, nunca foi confirmado.

— Então eu questionei: "Como você sabe que ele foi morto a tiros?" — contou Becks.

As outras duas mulheres ficaram em choque.

— Você disse isso?

— Não consegui me conter. Quero dizer, aqui estamos nós tentando descobrir quem matou Stefan, e lá estava eu conversando com alguém que sabia tudo sobre o assunto.

Judith e Suzie não sabiam o que responder. Sem nunca terem discutido o assunto, tinham chegado ao consenso de que Becks era meio covarde. Que engano.

— O que ele disse? — perguntou Judith.

— Ele riu. Disse que conhecia "alguém lá dentro", e o que se dizia era que Stefan tinha sido morto a tiros com uma pistola antiga. Nunca vou me esquecer desse momento. Foi a expressão em seu rosto. Ele estava sorrindo. Todo seguro de si.

— Ele disse que era uma pistola antiga? — perguntou Judith.

— Aham — confirmou Becks.

As três mulheres se entreolharam.

— Ora, isso é *muito* interessante — disse Judith. — Porque estamos extremamente envolvidas nesses casos e não ouvimos nada sobre uma pistola antiga.

— Pois é — concordou Becks. — Quando ele me contou isso, eu disse "que horror", ou algo assim. Não me lembro. Sendo sincera, eu estava um pouco atordoada. E então Andy se virou para mim e falou, com toda a naturalidade do mundo: "Acho que você não quer seu marido fora do seu caminho assim, certo?" Fiquei horrorizada, e ele riu, alegando que era brincadeira. Então me fingi de boba por ter caído na piadinha dele. As pessoas sempre acreditam quando me faço de boba. Eu pareço uma.

— Não seja boba — disse Judith.

— Não, é sério. E, pela primeira vez, fiquei feliz por ser apenas uma dona de casa bobinha. Porque ele relaxou, pensando que tínhamos nos aproximado por causa da "piadinha", em vez de me ele me deixar enojada. E enquanto caminhávamos de volta para Marlow, perguntei a ele sobre sua vida, apenas para mudar de assunto. Ele se acha muito. Além de ter brincado sobre matar meu marido, ele voltou a dar em cima de mim. Foi tenebroso. Com ele papeando sobre como foi um atleta importante na juventude, como pode até ter ganhado uns quilinhos desde então, mas ainda era forte. Ainda "competente". Esta foi a palavra que ele usou. Nojento. E quer saber? Talvez eu aceite uma dose de uísque no fim das contas.

— Caramba, você merece — falou Judith, indo até seu aparador, derramando uma dose em um copo e levando até Becks.

Becks, a esposa perfeita do vigário, a mãe, filha e dona de casa perfeita, deu um gole.

— Minha nossa! — exclamou, limpando o líquido pungente dos lábios com as costas da mão. — Precisa ser uísque toda vez?

— Vou ser sincera — começou Judith —, Suzie e eu tomamos chá mais cedo, e algo pareceu errado. Mas parabéns, Becks, você foi uma verdadeira heroína. Foi muito corajosa ao disparar o alarme de incêndio com seu pão caseiro. Tirar Andy do escritório exigiu um raciocínio incrivelmente rápido. E obter essa informação sobre a arma foi ainda mais incrível. Isso sem falar sobre fazê-lo deixar o disfarce de lado e se oferecer para matar seu marido, mesmo que tenha alegado ser uma piada. Você conseguiu mais do que qualquer uma de nós.

O rubor nas bochechas de Becks não foi inteiramente causado pelo uísque repentino em seu sangue.

— Então — disse Judith, voltando-se para a garrafa de uísque no aparador —, agora que Andy admitiu que sabe que Stefan foi baleado, e com uma pistola antiga ainda por cima, o que achamos que isso significa?

— Que ele é o assassino — respondeu Becks.

— Entretanto — disse Judith, refletindo —, se ele *fosse* o assassino, será que realmente diria a você que sabia que alguém atirou em Stefan?

— Ao que parece, ele não conseguiu evitar se gabar — falou Suzie.

— Mas certamente ele teria ficado quieto. E posso muito bem imaginar um advogado da cidade tendo contatos na polícia. Ou ele conhece alguém que tenha. Aposto que há muitas pessoas em Marlow que ouviram que Stefan foi morto a tiros. Ele estava se exibindo, como você disse.

— Mas com uma pistola antiga? — perguntou Suzie. — Como ele soube disso?

— E eu passei mais de uma hora com ele — disse Becks. — Ele pode até fingir ser todo gentil e sofisticado, mas ele é o assassino. Tenho certeza disso. Já sabemos que ele está ligado ao assassinato de Iqbal, ou ele não teria rasgando aquele papel logo depois que vocês conversaram no escritório dele.

— Isso é verdade — concordou Suzie.

— É como dissemos. O motivo mais óbvio para ele saber que Stefan foi baleado com uma pistola antiga é que foi ele quem fez o disparo.

Então, tudo o que precisamos fazer é ligá-lo ao assassinato de Liz, então podemos dizer que finalmente encontramos alguém com ligações claras com os três assassinatos.

Judith deu um gole no uísque, pensativa.

— Isso é tão frustrante — disse. — De acordo com Tanika, Liz Curtis foi vista viva pela última vez às nove da manhã por um bando de escoteiros. O escotista encontrou o corpo dela pouco depois das dez. Se soubéssemos o que Andy estava fazendo entre as nove e as dez, talvez pudéssemos descobrir se ele é o assassino. Entretanto — acrescentou Judith, animando-se —, podemos fazer exatamente isso, não é? Suzie, mostre aquela foto que você tirou da agenda de Andy Bishop.

— Claro — disse Suzie, pegando o celular. Após mexer um pouquinho, ela conseguiu mostrar às outras mulheres a foto. Embora houvesse muitas reuniões no escritório todos os dias, nenhuma delas começava antes das nove e meia.

— Bem, graças ao raciocínio rápido de Suzie hoje mais cedo — falou Judith —, agora sabemos que Andy Bishop nunca está no escritório antes das nove e meia.

— Tem razão — disse Suzie, entusiasmada. — Mandei bem, né?

— Mandou — concordou Judith. — Bom trabalho. Mas seria apertado, não? Andy teria que se esconder no clube de remo com a arma, esperar os escoteiros saírem em suas canoas e atirar em Liz bem rápido antes de aparecer para trabalhar às nove e meia.

— Mas teria sido possível — disse Becks.

— E ele precisaria saber que o marido dela, Danny, estaria ausente — acrescentou Judith.

— Ele estava ausente? — perguntou Becks.

Judith explicou como ela entreouviu o interrogatório de Tanika e Danny, e que ele estava em Nottingham desde o dia anterior.

— Ah, isso não teria sido difícil de descobrir — disse Suzie. — Quero dizer, nós descobrimos sobre as noites de terça de Danny em Nottingham na primeira vez que falamos com ele. Não foi?

— É verdade — concordou Judith. — Ele mal podia esperar para nos contar sobre isso. Ele estava muito orgulhoso.

— Então, o que temos até agora? — disse Becks, assumindo a conversa. — Sabemos que Iqbal acreditava que Andy Bishop roubou sua herança. E Iqbal acabou morto. E embora não saibamos o que liga Andy a Stefan, Stefan era meio pilantra. E Andy *definitivamente* é meio pilantra. Então talvez seja essa a ligação? Eles eram pilantras trabalhando juntos. De qualquer forma, Andy sabe que Stefan foi morto por uma arma antiga, e só o assassino poderia saber disso, não? Se for verdade mesmo. E agora sua agenda nos mostrou que ele teve tempo de matar Liz antes de começar a trabalhar hoje de manhã.

Enquanto Becks falava, Judith tirou o telefone da bolsa e fez uma ligação.

— Judith — atendeu Tanika.

— Só uma perguntinha rápida — disse Judith, como se estivesse ligando para conversar sobre algo sem urgência, como uma partida de uíste. — Eu estaria certa em falar que nosso assassino usou uma pistola antiga para atirar?

Houve um silêncio carregado do outro lado da linha.

— Como você sabe disso? — perguntou Tanika.

— Esse é um desenrolar muito interessante, obrigada — comentou Judith, e desligou. — Confirmado. É como Andy disse a Becks. O assassino usou uma pistola antiga.

As três mulheres trocaram olhares.

Andy Bishop era o assassino?

O telefone de Judith começou a tocar e ela o encarou, surpresa. Como poderia estar tocando se ninguém estava ligando para ela no momento?

Com um sobressalto, Suzie percebeu que era, na verdade, o seu telefone e o tirou do bolso traseiro.

— Desculpem — pediu, olhando para a tela. — É uma cliente antiga. Olá, Brenda — disse ao atender a ligação. — Como vai?

Suzie escutou por alguns momentos e então exclamou:

— Não pode ser!

Ela escutou mais um pouco, seus olhos brilhando de empolgação.

— Tudo bem, estaremos aí em cinco minutos. E obrigada, Brenda, você arrasa.

Suzie encerrou a ligação e se virou para as amigas.

— Era Brenda McFarlane.

— Quem é Brenda McFarlane? — quis saber Judith.

— Ela costumava ser uma das minhas clientes. Tinha um cocker spaniel chamado Monty. Mas a questão é que Brenda mora ao lado de Elliot Howard, então pedi para ela ficar de olho nele.

— Pediu? — perguntou Judith.

— Lembra? Quando você me contou sobre ele pela primeira vez, falei que encontraria alguém para vigiá-lo.

— E ela fez isso?

— Brenda é gente boa. De confiança.

— Mas por que ela ligou para você agora?

— Porque ela contou que Elliot acendeu uma fogueira no jardim dele há meia hora.

— Ah — disse Becks, um pouco desapontada. — Isso é suspeito?

— É o que ele está queimando que é suspeito.

— Por quê?

— Elliot acabou de atear fogo em uma pintura a óleo antiga.

Capítulo 28

Não acho que seja uma boa ideia — disse Becks enquanto Suzie dirigia sua van antiga por Marlow em alta velocidade. — Deveríamos deixar a polícia lidar com Elliot.

— E vamos deixar — disse Suzie. — Mas Tanika levará dez minutos para ir de Maidenhead até Marlow. Temos uma vantagem. E, de qualquer forma, qual é o problema? Você disse que Andy Bishop é o assassino.

— É, mas não deveríamos estar fazendo isso. Somos apenas… apenas donas de casa.

— Fale por você — disse Judith. — Esse treco não consegue ir mais rápido?

— Estou indo o mais depressa possível. Segurem firme — respondeu Suzie, enquanto, com um guincho dos pneus, virava em alta velocidade na alameda Gypsy sem dar seta. — Precisamos chegar lá antes que ele termine de queimar as provas.

A alameda Gypsy era uma rota antiga que outrora ligou Marlow à vila vizinha de Marlow Bottom, mas recentemente tinha sido reformada e recebera casas em ambos os lados, terminando em uma rua sem saída onde a última residência era muito maior que as demais. Havia um portão controlado remotamente, sebes espessas de louros, e o asfalto da entrada de veículos era de um impressionante verde que contrastava com os tijolos vermelhos da casa.

Era ali que Elliot Howard e sua esposa Daisy moravam.

A van fez a curva no fim da rua, estremeceu ao parar quando Suzie pisou no freio e então estacionou envolta em uma nuvem de fumaça, as rodas esquerdas acertando o meio-fio.

— Me lembra de nunca mais deixar você me levar a lugar nenhum — disse Becks.

— Então, qual é a casa da Brenda? — perguntou Judith.

— Aquela ali. — Suzie indicou uma casinha que ficava a duas construções da de Elliot.

Uma senhorinha de olhos brilhantes, com quase noventa anos, foi até a porta enquanto as três mulheres se apressavam em direção à sua casa, então ela olhou ao redor conspiratoriamente antes de indicar que entrassem.

— Esta é a Brenda — informou Suzie, assim que adentraram o pequeno corredor.

— Uau, que França de Vichy — comentou Judith alegre, observando o ambiente. Havia cortinas de voil, dedais em exposição e latão nas paredes. — Que casa adorável.

— Obrigada — disse Brenda. — E obrigada por vir, Suzie. É melhor subirmos. Vamos.

Brenda conduziu as mulheres por uma escada até uma sala escura no corredor principal que continha uma mesa de carteado, já arrumada com um baralho, blocos de notas para bridge e lápis.

— Ah, você joga bridge? — perguntou Judith.

— Jogo, e você?

— Costumava jogar. Mas sempre dava lances altos. Isso enfurecia meus parceiros.

— Qual sistema de lances você usava?

— Não fazia diferença, parece que sempre acabamos em sete espadas.

— Oi? — interrompeu Suzie. — Elliot Howard?

— Ah, claro, desculpe — disse Brenda, indo até as cortinas e as afastando um centímetro. — Devo dizer, nunca gostei dele. Ou de sua esposa. Eles nunca dizem oi. E consigo ver a casa deles daqui de cima.

Tem algo errado com a maneira como eles vivem. Eles raramente estão no mesmo cômodo. Nunca ouvem música nem rádio. Não há alegria naquela casa. Mas enfim, estava tudo normal até hoje. Embora eu tenha ficado de olho neles como você pediu, Suzie, não tive nada a relatar. Então, eu estava aqui em cima me preparando para a partida de bridge e vi… bem, podem ver por si mesmas. Podem dar uma olhada.

Brenda deu um passo para o lado e as outras três mulheres se aproximaram da fresta na cortina para espiar. Dali do primeiro andar, conseguiam enxergar o jardim do casarão no fim da rua por cima da sebe de louros.

Elliot estava sozinho, com uma pequena fogueira a seus pés.

Parecia que ele estava queimando uma tela em uma moldura.

— Tem razão! — exclamou Suzie. — Ele está botando fogo em uma pintura.

— Foi a impressão que tive — disse Brenda. — E Suzie falou que eu deveria ficar atenta a qualquer coisa estranha. E queimar uma pintura é definitivamente o que eu classificaria como estranho.

Enquanto ela dizia isso, as quatro mulheres observaram Elliot voltar para sua casa. Ele então reapareceu segurando mais algumas telas.

— Ele não está queimando uma pintura só — disse Judith, e elas viram Elliot jogar as artes na fogueira.

— Por que ele está queimando todas essas pinturas? — perguntou Becks.

Antes que alguém pudesse responder, viram uma viatura parar em frente à casa de Elliot e Tanika sair.

— Já não era sem tempo! — disse Suzie, permitindo que as cortinas se fechassem enquanto se virava para Brenda. — Obrigada, Brenda. Você é a melhor.

Do lado de fora da residência de Elliot, Tanika mal havia apertado a campainha ao lado do portão quando avistou Judith, Suzie e Becks saindo depressa de uma casa próxima e indo em sua direção.

— Eu deveria ter imaginado — falou quando as três a alcançaram.

— É por nossa causa que você sabe que Elliot está queimando pinturas em seu jardim — disse Judith, um pouco irritada com a falta de cumprimentos por parte de Tanika.

— Pinturas? — perguntou Tanika bruscamente. — Você havia me dito que era só uma.

— Estávamos espiando casa da minha amiga Brenda — disse Suzie.

— Brenda?

Suzie apontou para uma das janelas da casa de Brenda, de onde a senhora as observava. Ela acenou de maneira amigável.

— Porém, preciso ter uma conversinha com você — Judith disse a Tanika. — Por que não me contou que Stefan e Iqbal foram mortos com uma pistola antiga?

— Porque vocês não estão investigando os assassinatos! — exclamou Tanika, incapaz de esconder a frustração na própria voz.

— Mas você iria bem mais longe se nos mantivesse informadas.

— Pode até ser, mas vocês são civis. Não tenho permissão para fazer isso. Simples assim.

— Por exemplo — continuou Judith, ignorando as palavras de Tanika —, eu seria capaz de lhe dizer o significado da frase "fé, esperança e caridade".

— Você sabe sobre a frase?

— Estou supondo que são as palavras nos medalhões de bronze que você encontrou em cada um dos mortos.

— Como você pode saber disso?

— Pura dedução. Foi você quem me disse que a palavra "Fé" estava entalhada no medalhão preso ao corpo de Stefan, e vi com meus próprios olhos que havia outro medalhão perto de Liz. Então, se você está questionando sobre "fé, esperança e caridade", me parece lógico concluir que elas eram as palavras nos três medalhões que você encontrou com cada corpo.

— Ela é muito inteligente — Suzie explicou para Tanika, indicando Judith com o polegar.

Judith sorriu diante do elogio.

— Certo — disse Tanika. — De acordo com você, o que significa "fé, esperança e caridade"?

— Bem, está em Coríntios, é claro. Além disso, qualquer criados de palavras cruzadas que se preze seria capaz de lhe dizer que também é o lema dos maçons.

— É?

— Ou, para ser mais exata, são as três virtudes cardeais dos maçons.

Tanika não sabia bem o que responder.

— Isso foi muito útil, na verdade — disse. — Obrigada.

— Então eu sugiro que você descubra quem é maçom, porque isso está, de alguma forma, conectado aos três assassinatos.

— É, você ter razão.

Judith se virou para as duas amigas.

— Vamos — chamou, pomposa. — Precisamos deixar Tanika fazer seu trabalho.

As três mulheres se viraram e foram até uma van antiga que Tanika notou estar estacionada ilegalmente na calçada. À esquerda do trio estava a dona de casa perfeita com seu cabelo repicado, leggings e colete; à direita, uma mulher robusta que andava e se vestia como se estivesse prestes a zarpar com Long John Silver; e entre elas, a aristocrata excêntrica que não era muito mais alta do que era larga, usando, como sempre, sua capa cinza-escura.

Era difícil imaginar um trio mais incompatível, mas Tanika não conseguiu deixar de sorrir enquanto as mulheres partiam com uma tosse de fumaça do veículo de Suzie.

Ainda balançando a cabeça, admirada, Tanika apertou a campainha novamente. A voz de uma mulher soou pelo alto-falante.

— Casa dos Howard.

— Bom dia — disse Tanika pelo interfone. — Sou a investigadora Tanika Malik. Posso entrar?

Capítulo 29

Assim que Tanika atravessou o portão, ela passou por um par de BMWs reluzentes. Ao se aproximar da porta da frente, foi atendida por Daisy, esposa de Elliot.

— Bom dia! — cumprimentou a mulher. — Me chamo Daisy Howard. Como posso ajudar?

Tanika se apresentou, mas ficou surpresa por um homem como Elliot ser casado com alguém tão instantaneamente calorosa e acolhedora.

— Seria possível conversar com seu marido? — perguntou Tanika.

— Claro. Entre.

Daisy conduziu Tanika por uma casa que era luxuosa sem esforço. Havia tapetes grossos cor creme, flores em vasos modernistas e pinturas a óleo antigas nas paredes.

— Gostaria de beber algo? — ofereceu Daisy quando entraram na cozinha de mármore e cromo.

— Estou bem, obrigada.

— Tem certeza? Está tão quente lá fora.

— Gostaria apenas de falar com seu marido.

— Por que você quer vê-lo?

— Receio que seja um assunto da polícia — disse Tanika da maneira mais gentil que pôde.

— Então você o encontrará no jardim. Ateando fogo em coisas. Coisas dc homens.

Daisy indicou as portas dobráveis que levavam da cozinha para um pátio com piso de pedra antiga. Ao sair, as duas viram Elliot parado perto de uma fogueira no fim do jardim. Elas o observaram em silêncio por um momento.

— Como vocês dois se conheceram? — perguntou Tanika.

— Em uma galeria de arte em Londres. Nós dois tentamos comprar a mesma pintura. — Daisy sorriu com a lembrança. — E ele era tipicamente inglês. Cheio de arrogância fingida. Mas eu podia ver que ele era um homem gentil. Quebrado. Mas gentil.

— Você acha que ele é quebrado?

— Ele tem a alma de um artista. Se machuca facilmente. Não importa o motivo pelo qual você veio vê-lo hoje, não é culpa dele. Alguém o terá enganado. Ele não é tão forte quanto parece.

— Você acha que ele pode estar em apuros?

— A polícia nunca aparece para perguntar as horas.

Tanika olhou para Daisy, e embora ela ainda estivesse sorrindo, havia um quê de aço ali também.

Com um aceno de agradecimento, Tanika foi para o jardim. Ao chegar mais perto de Elliot, ela pôde ver que Judith e suas amigas tinham razão. Parecia que o fogo era composto por molduras de madeira e telas pintadas com cores vivas.

Elliot se virou quando ela se aproximou. Tanika já havia visto sua foto no site da casa de leilões e falado com ele duas vezes ao telefone, mas ainda não o conhecera pessoalmente. Ele parecia mais contido do que ela esperava. Talvez um pouco menos autoritário.

— Pois não? — disse ele.

Ao se apresentar, Tanika viu que na fogueira havia meia dúzia de pinturas, se não mais. Ela começou a tirá-las das chamas para tentar salvá-las. E enquanto fazia isso, notou que todas eram semelhantes à que teve sua moldura removida na casa de Stefan.

Elliot apenas ficou de lado e a observou, intrigado.

— O que você está fazendo? — perguntou ele.

— Um vizinho viu você atear fogo em algumas pinturas em seu jardim e ligou.

— Por que isso seria da conta da polícia? — perguntou Elliot, virando-se para olhar as casas ao redor que tinham janelas com vista para seu jardim. — Enxeridos malditos.

— É da conta da polícia porque temos motivos para acreditar que Stefan Dunwoody foi morto em conexão com uma pintura de Rothko que você vendeu a ele em 1988 — disse Tanika enquanto tirava outra arte do fogo e apagava as chamas na grama até que ela estivesse apenas fumegante. Um terço da pintura ainda não fora queimada, e Tanika podia ver que originalmente eram três faixas de cor, cada uma delas de um tom diferente de laranja.

— Só pode estar brincando comigo — falou Elliot, a superioridade voltando ao seu tom de voz, mas Tanika deduziu que fosse confiança fingida. — Não está sugerindo seriamente que acabei de atear fogo em um monte de Rothkos, está? Eles valeriam milhões de libras.

Tanika examinou uma ripa de madeira carbonizada. Era moderna, feita de pinho e não parecia ter saído da estrutura ao redor do Rothko na casa de Stefan. As molduras de Stefan eram todas antigas, a maioria dourada ou ornamentada. Na verdade, quando ela removeu a última pintura em chamas da fogueira e apagou o fogo na grama, percebeu que toda a madeira que estava vendo era barata, como seria usada em uma tela nova e simples para pintura. De fato, nos cantos de cada pedaço de madeira que tirou do fogo, Tanika podia ver grampos onde a tela tinha sido presa à moldura.

— Essas pinturas parecem todas Rothkos para mim — disse Tanika, sem querer ceder.

— Isso é muito gratificante. É exatamente o efeito que eu buscava.

— O que quer dizer?

— Eu as pintei. Todas elas.

— Pintou? Quando?

— Nos últimos meses. É o que faço no meu tempo livre. Eu pinto.

— Pode me falar sobre o Rothko que Stefan comprou de você após a morte do seu pai?

Elliot pensou um pouco antes de responder.

— Certo, o que você precisa saber sobre Stefan Dunwoody é que ele era um pilantra.

— É mesmo?

— Mas eu não sabia disso quando meu pai morreu em 1988. Foi por isso que pedi que ele avaliasse suas pinturas. E ele fez um bom trabalho, ou pelo menos foi o que me pareceu na época. Mas ele alegou que uma das pinturas do meu pai era falsa, comprou-a por uma mixaria de mim e, tempos depois, conseguiu que a reconhecessem como Rothko. O que doeu, posso dizer. Rothko sempre foi minha especialidade. Quero dizer, olhe minhas pinturas. Tantos anos depois e ainda sou obcecado por ele.

— Então por que você as incendiou?

— Sempre destruo meu trabalho depois de um tempo.

— Por quê?

Elliot olhou para as brasas se apagando em vez de responder.

— Por que você queima suas pinturas? — questionou Tanika outra vez.

— Porque não sou bom — disse Elliot, e parecia estar falando mais com o fogo do que com ela.

— Perdão?

— Minha arte não vale nada.

Ele pronunciou essas palavras tão baixo que Tanika não teve certeza se as ouviu corretamente.

— Você foi para a faculdade de artes.

— Qualquer um pode ir para uma faculdade de artes. Você só precisa de habilidade para isso. E sempre tive habilidade. Mas eu não tinha "aquilo". O dom. Aquela coisa que mostra que você é diferente. Especial. Que tem algo a dizer.

Tanika se lembrou de como Judith lhe contou que Elliot havia conquistado uma vaga na faculdade de artes quando era bem mais novo, mas seu pai o proibiu de ingressar.

— E quando você era mais novo? Na primeira vez que passou para a faculdade de artes? Seu trabalho era especial naquela época?

Elliot finalmente levantou os olhos do fogo.

— Eu nunca vou saber, vou?

Pela primeira vez, Tanika sentiu como se estivesse conversando com o "verdadeiro" Elliot Howard. Nem pomposo, nem superior; na verdade, ele estava mais para um garotinho perdido. Embora, Tanika sabia, "garotinhos perdidos" ainda fossem capazes de cometer assassinatos. E, de fato, era suspeito que ele estivesse pintando e queimando quadros inspirados em Rothko depois que houve um roubo relacionado ao artista na casa de Stefan, mesmo que apenas a moldura houvesse sido levada.

— Você invadiu a casa de Stefan depois da sua discussão com ele na Henley? — perguntou ela.

— Não. Do que você está falando?

— Então foi você quem invadiu a casa dele na semana passada?

— Não sei do que você está falando. Que invasão?

— Você roubou a moldura do Rothko do sr. Dunwoody?

— É a primeira vez que ouço falar disso, de verdade. Que moldura?

Aparentemente, Tanika percebeu, Elliot estava sendo sincero em suas respostas. Mas se ele não tinha invadido a residência e roubado a moldura, então quem o fizera? E por que a moldura era tão importante para começo de conversa?

Daisy se aproximou, com um telefone em mãos.

— Investigadora? — gritou ela, e Elliot e Tanika se viraram. — Vou ter que pedir para você se retirar.

— O que foi, querida? — quis saber Elliot.

— Estou com nosso advogado na linha, e ele disse que não precisamos responder a nenhuma pergunta. A não ser que ele esteja presente. E a polícia não tem permissão para entrar em nossa propriedade sem um mandado.

— Só estou respondendo às perguntas da investigadora.

— Bem, então pare — disse Daisy com firmeza, antes de se virar para encarar Tanika. — Se você não vai acusar formalmente meu marido de nada, e não tem um mandado, terá que se retirar imediatamente.

Tanika sabia que Daisy estava certa. Sem a permissão do dono, ela não tinha autorização para permanecer na propriedade.

Ela olhou para Daisy e percebeu na mulher uma determinação que não permitia discordâncias.

Tensa, Tanika sorriu, desculpou-se e saiu, mas ao se aproximar outra vez da casa, parou brevemente perto das portas dobráveis e olhou para Elliot e sua esposa. Parecia muito que Daisy estava dando uma bronca e colocando o marido de castigo.

Qual o motivo daquilo?

Capítulo 30

No dia seguinte, a manchete de um jornal nacional era que havia um assassino que já matara três pessoas à solta em Marlow. No fim da tarde, a história já era destaque no noticiário da TV e, daquele momento em diante, parecia que a mídia internacional tinha tomado conta da cidade. Havia vans da imprensa estacionadas do lado de fora dos salões de assembleias de Marlow, local onde a população se reunia para eventos e para discutir questões importantes, e uma leva aparentemente infinita de repórteres vindos do mundo todo perguntavam aos moradores como eles tocavam suas vidas enquanto um serial killer estava por aí.

Era um grande transtorno para todos, e líderes comunitários locais, como o prefeito e o reverendo Colin Starling, precisavam constantemente lembrar os moradores e o resto do mundo de que Marlow era um lugar pacífico onde os residentes costumavam viver lado a lado e em harmonia.

Quanto a Judith, ela desapareceu durante alguns dias, o que permitiu que Becks e Suzie colocassem suas vidas em ordem. Mas então, na manhã de segunda-feira, ambas receberam uma ligação dela. Deveriam largar tudo e ir para a casa de Judith imediatamente. Ela fizera uma descoberta importante.

— Não acredito — disse Suzie. Ela e Becks estavam na sala de estar de Judith, maravilhadas.

À frente delas, na mesa verde de carteado, estavam os papéis picados que Suzie roubara do escritório de Andy Bishop, mas os pedaços foram separados e arrumados da melhor forma que Judith pôde em tiras de alguns milímetros de largura, alinhados para recriar a folha A4 original.

— Você remontou? — perguntou Becks, tão espantada quanto Suzie.

— Eu falei que montaria — respondeu Judith.

— Mas deve haver centenas de pedaços aqui! — exclamou Suzie.

— Sim. Mas é como um quebra-cabeça. Cada peça que você coloca no lugar correto não é apenas uma peça que agora está certa, é também uma peça que não está mais no meio da bagunça de peças soltas. É um jogo de soma zero.

— Tiro meu chapéu para você — disse Becks, olhando para o documento. — Nunca pensei que você seria capaz de fazer isso.

— Então nos diga — pediu Suzie, ansiosa —, o que é tão importante que Andy Bishop precisou picotar no momento em que você saiu do escritório?

— É uma página do *Borlasian*.

— O que é isso?

— É a revista para os antigos alunos da Escola Secundária Sir William Borlase.

— Não entendi — disse Becks. — Por que Andy Bishop precisaria rasgar uma página de uma revista escolar antiga?

— Deem uma olhada e verão.

Suzie e Becks se curvaram e encararam as finas tiras de papel sobre a mesa.

— Não quero chegar muito perto — disse Becks.

— Não se preocupe — falou Judith. — Comprei celofane e cola. Não queria que uma rajada de vento estragasse todas as horas de trabalho que dediquei a essa remontagem. Colei cada pedacinho no celofane, assim podemos pegá-lo e olhar a frente e o verso da página. Na verdade, vocês precisarão olhar os dois lados.

Para demonstrar, Judith pegou o documento e o entregou a Becks e Suzie. Elas se debruçaram sobre ele, mas ainda não entenderam o que deveriam enxergar ali.

— É uma matéria sobre o time de hóquei da escola do ano passado — disse Suzie.

Ela tinha razão. A página cobria as façanhas dos times titulares femininos e masculinos durante a temporada anterior.

— Como eu disse, esse não é o lado interessante. Virem — falou Judith.

O verso do papel reconstruído era uma página dedicada aos ex-alunos e ex-alunas da instituição. Havia uma mensagem do presidente da associação, notícias de uma campanha de arrecadação de fundos e uma lista de nomes de ex-estudantes que morreram no ano anterior. Novamente, era totalmente inócuo.

— Tá bom — disse Suzie. — Ou eu estou ficando maluca, ou isso é só blá-blá-blá da escola.

— De onde ele tirou isso? — perguntou Becks.

— Boa pergunta — respondeu Judith. — No começo, pensei que era o exemplar dele da revista. Procurei "Andy Bishop" no site da empresa dele. Ele estudou na Borlase quando era criança. Então ele recebia a revista todo ano.

— Mas você *não* acha que é dele? — perguntou Suzie.

— Continuem olhando — disse Judith, e as outras duas mulheres perceberam que ela estava se divertindo tremendamente.

— Não há nada aqui. Não vejo menção a Ezra Harrington. Ou a Iqbal Kassam. Ou a Stefan Dunwoody, tampouco a Andy Bishop, aliás. Não tem nada a ver com nada.

— E é aí que vocês se enganam! — exclamou Judith enquanto ia até o aparador, retornando momentos depois com sua cópia do testamento de Ezra. — Eu também estava assim no começo. Eu não conseguia entender por que Andy Bishop iria querer destruir a página de uma revista escolar. Mas a questão é que ele o fez. Então tinha de haver um motivo. Eu só precisava decifrá-lo. Analisar de todos os ângulos. Foi quando olhei para nossa cópia do testamento de Ezra que percebi o que estava acontecendo. Vejam os nomes das duas testemunhas.

Judith mostrou o testamento de Ezra para que elas pudessem ver as assinaturas no final do documento. As duas testemunhas eram Spencer Chapman e Faye Kerr. Seus endereços e ocupações, criador de cavalos e professor, respectivamente, também foram mencionados.

Suzie foi a primeira a perceber qual era a ligação.

— Sem chance! — exclamou, voltando-se para a folha do *Borlasian*.

Ela correu o dedo pela coluna de nomes no obituário.

— Spencer Chapman e Faye Kerr morreram ano passado!

— Na mosca — disse Judith, encantada que sua amiga tivesse ligado os pontos.

— É sério? — perguntou Suzie. — Ambos morreram após servirem de testemunha para o testamento de Ezra? O que aconteceu com eles?

— Ah, é muito melhor do que isso. Veja as datas de suas mortes.

Suzie se voltou para a página em suas mãos.

— Spencer morreu em março do ano passado, assim como Faye. Ambos faleceram em março.

— Agora veja a data do testamento de Ezra.

Becks olhou as datas escritas sob as assinaturas.

— Aqui diz cinco de maio do ano passado — falou. — Espera aí, isso não faz sentido.

— Ah, mas faz todo o sentido — disse Judith.

— Como esses dois conseguiram servir de testemunha de Ezra um mês depois de terem morrido?

— Porque não testemunharam, não é? — falou Suzie, percebendo o que deve ter acontecido. — Essas não são suas assinaturas de verdade. Andy Bishop as falsificou.

— Exatamente! — exclamou Judith. — Ele não podia arriscar escolher os nomes de quem mais tarde poderia ir ao tribunal e dizer que nunca foi testemunha nesse testamento. Então ele pegou duas pessoas que tinham morrido recentemente e falsificou suas assinaturas.

— É por isso que ele precisava rasgar esta página após te ver. — Por fim, Suzie entendeu. — Ele temia que você descobrisse.

— Como ele conseguiu enganar Ezra? — perguntou Becks.

— Essa é a parte fácil — disse Judith. — O testamento de Ezra data de duas semanas antes de sua morte. Ele deveria estar sentindo uma dor terrível no fim. Drogado com morfina e confuso. Já vi alguém morrer de câncer. Nas últimas duas semanas de vida da minha tia-avó Betty, ela não sabia quem era, ou em qual dia da semana estávamos. Ela passou muito tempo alucinando por causa dos medicamentos que tomava durante os cuidados paliativos. Eu teria conseguido fazê-la assinar qualquer coisa se eu quisesse.

— Assim como Andy Bishop fez com Ezra.

— Ele redigiu um novo testamento que deixou todo o patrimônio de Ezra para ele, fez Ezra assinar e depois falsificou algumas assinaturas para fazer parecer que tiveram testemunhas na época. Quem descobriria?

— Até que, um ano depois, os nomes foram publicados na coluna de obituários da *Borlasian*.

— Então é como eu venho dizendo — falou Becks. — Andy Bishop é o nosso assassino. Tem que ser.

— Acho que você pode estar certa — concordou Judith. — É a única coisa que faz sentido.

— Mas como Iqbal descobriu sobre as testemunhas forjadas? — perguntou Suzie.

— Tenho uma teoria — revelou Judith. — E se eu tiver razão, isso explicará por que ele teve de morrer, e por que Andy foi a pessoa que o matou. Um minutinho.

Judith foi até o celular, pegou-o e discou um número.

— Tanika, espero que não se importe que eu ligue.

— De jeito nenhum — respondeu Tanika do outro lado da linha. — Tudo bem?

— Tudo, sim, obrigada. Mas tenho uma pergunta.

— Ok, mas você sabe que não pode perguntar sobre meu encontro com Elliot Howard, certo?

— Ah, não se preocupe, não tem nada a ver com Elliot Howard.

— Ou com os assassinatos.

— Como?

— Também não pode me perguntar sobre nenhum dos casos.

— O que te faz pensar que eu vou fazer isso?

— Por qual outro motivo você me ligaria?

— Iqbal Kassam estudou na Escola Secundária Sir William Borlase?

— Isso tem a ver com o caso.

— É claro que tem a ver com o caso!

— Então não posso te responder.

— É uma resposta simples de sim ou não. Isso pode ser muito importante. Ele estudou, né?

Judith esperou o que pareceu uma eternidade antes de Tanika responder.

— Suponho que seja uma informação razoavelmente pública — disse, por fim. — Você tem razão, os pais do sr. Kassam passaram um ano em Marlow quando ele tinha doze anos. Ele passou todo o sexto ano na Borlase. Acho que é por isso que voltou para cá depois que seus pais morreram. Ele tinha uma conexão com Marlow.

— Então você precisa ir à casa do sr. Kassam com urgência. E se procurar direitinho, acho que encontrará uma cópia da última edição da revista *Borlasian*. E terá uma página faltando. Página 74.

— Desculpe, você quer que eu faça o quê? — perguntou Tanika.

— É a prova de que Andy Bishop falsificou o testamento de Ezra Harrington, porque essa página mostra os nomes de duas pessoas que morreram um mês *antes* de aparentemente servirem de testemunha no testamento de Ezra.

— Andy Bishop falsificou as assinaturas das testemunhas?

— Na mosca. Mas Andy deu azar. Porque as duas pessoas que ele escolheu são ex-alunos da Borlase, o que não é nenhuma surpresa. Há apenas duas escolas na região, tem cinquenta por cento de chance de alguém em Marlow ter frequentado a Borlase. Então, um ano depois de Andy ter falsificado o testamento de Ezra e ter escapado impune, estava prestes a embolsar seiscentos e cinquenta mil libras da venda da casa de Ezra, mas ele nem imaginava que a última edição da revista listaria os nomes das duas testemunhas do testamento na seção de obituários. E que mostraria claramente que elas morreram no mês anterior à data do documento. Para piorar a situação de Andy, Iqbal recebeu uma cópia da revista porque ele passou um ano na escola.

"Quanto ao que aconteceu depois... Acho que nunca saberemos exatamente. Mas posso imaginar Iqbal folheando distraidamente sua cópia da revista quando ela chegou e vendo que as duas testemunhas de Ezra haviam morrido. Lembre-se, Iqbal já acreditava que existira um crime. Ezra havia prometido deixar sua propriedade para ele, mas, no último minuto, deixara para seu advogado. E agora, mais de um ano depois, Iqbal se viu segurando evidências a preto-e-branco de que ambas as testemunhas do testamento de Ezra estavam mortas na época.

"Então o que ele fez? Bem, acho que deve ter contatado Andy. Informou que sabia sobre o crime. E depois? Andy se ofereceu para dividir parte do dinheiro de Ezra para comprar o silêncio de Iqbal? Ou ele negou tudo descaradamente? Quem sabe? Mas o que sabemos é que Andy agora tinha um motivo sólido como aço para querer Iqbal morto. Precisou matá-lo para silenciá-lo. Para ficar com a herança de seiscentos e cinquenta mil libras que conseguira ao enganar Ezra.

— Tá, me dê um momento, Judith. É muita coisa para assimilar. Você está falando sério?

— Muito sério. Esqueça o Elliot Howard, apesar da sua fogueira de vaidades. Seja lá qual desavença existia entre ele e Stefan não tem nada a ver com nada, porque Andy Bishop é o nosso assassino. O que faz sentido, quando pensamos nos medalhões que ele deixou em cada corpo. Como eu disse a você, "Fé", "Esperança" e "Caridade" são as virtudes maçônicas, e eu ficaria bem surpresa se o sr. Bishop conquistou sua posição de destaque como advogado local sem se juntar ao clube do aperto de mão engraçado. Além disso, ele deixou escapar para Becks que Stefan não apenas levou um tiro, como também sabia que uma arma antiga foi usada. Como ele poderia saber disso se não é o assassino? Você precisa prendê-lo. Imediatamente.

— Estou impressionada. De verdade. O único problema é que Andy Bishop não matou Iqbal Kassam.

— Deve ter matado, sim. Acabei de explicar.

— Não foi ele. Veja bem, ele não estava no país quando Iqbal foi morto. Ele estava em Malta.

Judith não tinha certeza se havia ouvido direito.

— Como é?

— Depois que você me contou sobre ele, pedi para minha equipe investigá-lo. E de acordo com a Agência de Fronteiras do Reino Unido e o Departamento de Imigração de Malta, Andy Bishop estava no final de suas férias anuais de duas semanas quando Iqbal Kassam foi assassinado. O que significa que ele também estava em Malta quando Stefan Dunwoody foi morto.

— Ele estava de férias durante tudo isso?

— Sinto muito, Judith, mas ele estava a cerca de dois mil quilômetros daqui na época. Não tem como ele ser o assassino.

Judith ficou sem palavras. Se Andy nem sequer estava no país durante os dois primeiros assassinatos, então não importava o motivo que ele tivesse para matar Iqbal; não foi ele. Quanto a Liz Curtis, ainda era possível que ele a houvesse matado, se ele tivesse agido rapidamente antes de chegar ao trabalho naquela manhã, mas se ele não cometeu os dois primeiros assassinatos, por que diabos teria cometido o terceiro? Ainda mais quando elas não conseguiram encontrar uma ligação entre ele e Liz Curtis.

Judith percebeu que estavam de volta à estaca zero. Já tinham descartado Elliot Howard, e agora precisariam descartar Andy Bishop. E se nenhum dos dois era o assassino, então quem diabos matou Stefan Dunwoody, Iqbal Kassam e Liz Curtis?

E por quê? Qual era a ligação entre as três vítimas que significava que elas tinham que morrer?

Capítulo 31

Se Judith e suas amigas estavam com dificuldade, Tanika também estava. A triste verdade era que, com o assassinato de Liz Curtis e a subsequente exposição na imprensa internacional, ela e sua equipe ficaram sobrecarregadas. Não havia como uma policial tão inexperiente quanto Tanika liderar três investigações públicas de assassinato. Seu superintendente havia falado com o comissário regional de investigações criminais sobre trazer temporariamente um inspetor-chefe experiente para liderar os casos, mas estava demorando para acontecer.

Por enquanto, Tanika estava por conta própria.

Para piorar a situação, sua equipe percebeu o quão perdida ela estava. Não que não estivesse preparada para o trabalho, longe disso. Sua diligência e desejo de fazer tudo "conforme as regras" significavam que seu time sabia exatamente o que estava fazendo e quando deveria fazê-lo. Era mais que havia muita coisa para lidar.

Tanika percebia isso nos olhares da equipe, quando achavam que ela não estava vendo, e na maneira como as conversas às vezes paravam quando ela entrava no cômodo. Estavam perdendo a confiança nela.

— Você tem alguma pista no momento? — perguntou seu superintendente durante a reunião diária com ela em seu escritório.

— De qual caso, senhor? — perguntou Tanika.

Ele podia ver que, pela primeira vez, ela não estava com a postura ereta e com sua melhor expressão no rosto. Ela parecia exausta.

— Liz Curtis.

— Vou ser sincera, senhor, não temos quase nada.

— Nada?

— Nenhuma pista, nem testemunha, nem motivo.

— E o marido dela?

— Várias testemunhas o viram em uma estrada nos arredores de Nottingham na hora da morte dela. Também destrinchamos a vida dele e não conseguimos encontrar uma única ligação, seja e-mail, telefone, mensagem de texto, nada, entre ele e Stefan Dunwoody ou Iqbal Kassam.

— Então ele não é nosso atirador.

— Não tem como ser.

— E a arma que matou Liz Curtis?

— De acordo com a balística, foi exatamente a mesma pistola Luger que atirou em Iqbal Kassam e Stefan Dunwoody.

— Então a imprensa está certa? Temos um serial killer à solta.

— Temos.

— Em Marlow?

— Eu sei. Em Marlow.

O chefe de Tanika podia ver o quão aturdida ela estava. Ele se lembrava bem de liderar suas próprias investigações de homicídio. Como era fácil ficar sobrecarregado. No entanto, tinha um trabalho a fazer.

— Devo insistir para que intensifique seus esforços, investigadora, até que possamos alocar temporariamente um policial mais experiente para liderar pelo menos um desses casos, talvez os três — acrescentou de modo sombrio. — Faça tudo o que estiver ao seu alcance para avançar com os casos.

— Sim, senhor.

— Tudo o que estiver ao seu alcance. Você me ouviu?

Tanika assentiu. Ela entendeu.

Ela não retornou à sala de investigações imediatamente após a reunião. Em vez disso, saiu pela porta corta-fogo nos fundos do prédio para tomar um pouco de ar fresco. Não era a tarefa mais fácil, pois os fundos da delegacia ficavam ao lado de uma autoestrada.

Ao observar os carros e caminhões passando, ela se permitiu ceder às frustrações. A seu ver, seu superintendente estava armando para que ela caísse. Ou, pelo menos, garantindo que se ela errasse, ele estaria protegido.

Faça tudo o que estiver ao seu alcance para avançar com os casos, ela pensou. Ela já estava fazendo tudo ao seu alcance. O problema era dinheiro. Sua equipe não era nem de longe grande o suficiente. Nem seu orçamento. Mas anos de cortes governamentais deixaram a polícia sobrecarregada quase no limite. É por isso que não havia um inspetor-chefe no lugar de Hoskins enquanto ele estava doente. Além disso, Tanika suspeitava, era também por isso que seu superintendente ainda não tinha conseguido um substituto para ajudar. Ele estava tentando garantir que tais custos extras não saíssem do orçamento de Maidenhead.

Além de tudo isso, Shamil, o marido de Tanika, estava cada vez mais irritado por causa das ausências constantes dela em casa. Ele entendia que o trabalho de Tanika era muito importante para ela, e se esforçava para dar o apoio necessário, mas, como ele costumava dizer, também tinha seus sonhos. Ele sempre quis ser um DJ, e ser um pai do lar estava atrapalhando sua carreira, especialmente quando ele precisava ficar fora até tarde nos fins de semana. O fato de Shamil ir atrás do mesmo sonho durante os últimos vinte e poucos anos sem nunca fazer nenhum progresso significativo ou ganhar dinheiro era algo que Tanika parara de mencionar há anos.

Mas o que partia seu coração era o olhar de sua filha Shanti todas as manhãs quando ela perguntava se a mamãe estaria em casa para ler uma história de ninar. Tudo piorara na última semana, porque Shanti tinha parado de perguntar. Ela já sabia a resposta.

Fora todas as suas responsabilidades em casa, Tanika também ficava com a maior parte dos cuidados de seu pai, apesar do fato de ter dois irmãos perfeitamente capazes de ajudar, mas que não ajudavam. Eles não falavam explicitamente que era "coisa de mulher", mas também não precisavam, já que o próprio pai dizia isso. Na opinião dele, já que a mãe de Tanika havia morrido, era dever da filha assumir como sua cozinheira, motorista, secretária, faxineira e lavadeira.

Tanika cerrou os punhos, fechou os olhos e se permitiu gritar internamente. Ela queria dar o seu melhor; ser uma boa policial, uma boa esposa, uma boa mãe e filha, e queria fazer justiça às três vítimas assassinadas, mas não havia mais nada que pudesse fazer.

I*sso não era bem verdade, era?*, refletiu. Porque, por mais que soubesse que dera o seu melhor, ela não conseguia parar de pensar no comentário de Judith sobre "Fé, Esperança e Caridade" ser o lema dos maçons. E como, se ela tivesse contado a Judith sobre isso antes, ela teria sido capaz de lhe contar o significado mais cedo.

Ela abriu os olhos, assustada com a ideia que lhe ocorreu.

Não era uma ideia sensata. Nem, de forma alguma, "fazer as coisas conforme as regras", mas seu superintendente lhe dissera para fazer tudo ao seu alcance para avançar com os casos, e não havia dúvidas de que ainda tinha um recurso que ela não utilizara por completo. Um que vinha apresentando pistas sólidas desde o assassinato de Stefan Dunwoody.

Tanika pegou o celular e discou um número antes que pudesse mudar de ideia.

— Alô? — disse a voz de Judith ao atender. — Alguma novidade?

— Podemos dizer que sim — respondeu Tanika com um sorriso que transparecia na voz.

— Que emocionante! O que me conta?

Tanika respirou fundo e então disse uma frase que nunca pensou que diria.

— Judith Potts, estou te incluindo na minha equipe.

Capítulo 32

Tanika encontrou Judith, Suzie e Becks quando elas chegaram à delegacia em Maidenhead.

— Ainda não entendi — disse Becks enquanto Tanika entregava crachás para cada uma.

— Estou pedindo para vocês três se juntarem à minha equipe como conselheiras civis. Se tiverem tempo para isso.

— Ah, nós temos — disse Judith, passando o cordão pela cabeça.

— Tem dinheiro envolvido? — perguntou Suzie.

— Infelizmente, não — respondeu Tanika. — Como podem imaginar, eu não estaria pedindo a ajuda de vocês se tivéssemos um orçamento generoso. Mas uma das coisas que uma inspetora-chefe interina pode fazer é cooptar civis para sua equipe se eles tiverem uma expertise que o responsável julga útil.

— E os regulamentos realmente permitem isso? — perguntou Judith, arqueando uma sobrancelha.

— Não se preocupe — respondeu Tanika, ciente de que Judith a estava provocando. — Chequei meu exemplar do *Manual de Investigadores Sêniores do Blackstone*. É legalizado. É outra maneira de economizarmos dinheiro. Contratando especialistas civis quando necessário.

— Mas eu não tenho expertise — falou Becks.

— Eu não concordo de jeito nenhum — disse Tanika. — Vocês três são as únicas pessoas que fizeram qualquer um desses casos progredir. Eu diria que vocês têm uma expertise considerável.

— Teremos acesso aos arquivos do caso? — perguntou Judith, ansiosa.

— É claro.

— Relatórios patológicos, balísticos, depoimentos de testemunhas, tudo isso?

— Sim.

— Então vamos nessa.

— Só uma coisa — acrescentou Tanika. — Isso é uma atitude pouco ortodoxa da minha parte.

— É mesmo — concordou Suzie despreocupadamente. — Eu tenho antecedentes criminais.

Todas se viraram e olharam para ela.

— Tem? — perguntou Becks.

— Nada digno de nota. Apenas fraude.

— Você acha que fraude não é digno de nota?

— A pena foi suspensa no fim das contas. Tudo certo.

— Eu manteria isso em segredo, se fosse você — disse Tanika. — O ponto é que minha equipe não aceitará muito bem três civis se juntando ao time. Não que eles tenham escolha. Mas não se surpreendam se encontrarem um certo grau de resistência.

Quando ela conduziu Judith, Suzie e Becks pela sala de investigações principal, puderam sentir os olhares dos outros policiais as perfurando. Quem eram essas estranhas? Essas *mulheres*? Judith ergueu o queixo com orgulho, Becks olhou para os próprios pés e Suzie os encarou de volta, como se estivesse preparada para enfrentá-los em uma briga.

Tanika levou as três para uma pequena sala de conferências.

— Ok, aqui é de vocês. O que quiserem, é só solicitar, e vou pedir para alguém da equipe trazer.

— Então gostaríamos de tudo o que vocês já têm sobre os três casos — disse Judith.

— Vou pedir ao meu gerente de dados para trazer os arquivos.

— Sério? Simples assim? — perguntou Becks, espantada.

— Antes de ir — acrescentou Judith —, tenho três perguntas. Primeira: você já analisou o Rothko na casa de Stefan? Aquele sem moldura?

— Pedi a um especialista, assim como você me pediu, e ele disse que é o verdadeiro.

— Não é uma cópia?

— As pinceladas, os pigmentos e a idade dos materiais sugerem que é de Rothko mesmo.

— *Muito* interessante.

— Mas por que Elliot roubaria uma moldura sem valor de um verdadeiro Rothko que vale centenas de milhares de libras? — questionou Suzie. — É a única parte que não vale nada.

Judith ignorou a pergunta.

— E pode me dizer qual pistola antiga o assassino está usando?

Tanika sorriu, aliviada por finalmente ser franca com Judith.

— É uma pistola Luger da Segunda Guerra Mundial.

— Por que o assassino usaria uma pistola alemã? — perguntou Suzie.

— É isso que espero que vocês possam me dizer — falou Tanika.

— Então tenho uma pergunta — disse Becks. — Por favor, poderia explicar o que é todo aquele papo de medalhões sobre os quais você e Judith conversaram?

— Bem, devo dizer que o palpite de Judith estava correto. Como sempre. O assassino deixou um medalhão na cena de cada assassinato. O primeiro tinha a palavra "Fé" gravada, o segundo e o terceiro tinham "Esperança" e "Caridade".

— Mas por quê?

— Acredito que seja uma mensagem para a polícia — disse Judith a Tanika.

— Isso é o que pensei também — concordou Tanika.

— O que te faz dizer isso? — perguntou Becks.

— Só pode ser — respondeu Judith. — Quem mais veria os três corpos depois de mortos? E sabem no que mais estou pensando? Não há uma quarta palavra na frase, há? É apenas "Fé, esperança e caridade". Três palavras. Três corpos. Então o assassino está dizendo à polícia que acabou.

— É o que espero. — concordou Tanika.

— Mas o fato de ter relação com a maçonaria também deve significar algo. Você checou se Andy Bishop é maçom?

— Ainda não. Andamos meio ocupados. Vou mandar alguém dar uma olhada agora.

Tanika se virou para sair da sala, mas parou na porta quando um pensamento lhe ocorreu.

— Você disse que tinha três perguntas.

Judith sorriu.

— Encontraram um exemplar da revista *Borlasian* na casa de Iqbal?

— Era sério mesmo?

— Você poderia mandar alguém para a casa dele? Haverá um exemplar da edição mais recente, e acho que a página setenta e quatro foi arrancada.

Tanika olhou de Judith para as outras duas mulheres, mas tudo o que pôde ver foi a mesma ansiedade. Ela suspirou, cedendo à força da natureza que era Judith Potts.

— Certo então. Vou mandar um policial verificar. — E saiu, fechando a porta atrás de si.

Assim que ficaram sozinhas, Suzie olhou para as outras, espantada.

— O que *raios* estamos fazendo aqui?

— Xiu! — exclamou Becks, horrorizada. — Não pode xingar aqui, é uma delegacia.

Suzie não estava ouvindo; pegou o celular e começou a mexer nele.

— Sabe, segui seu conselho, Judith — contou ela. — Voltei a falar com a Amy, e foi a melhor coisa que já fiz. E aí, Amy — disse para a tela —, adivinha onde estou?

Suzie virou o telefone, e Becks e Judith viram que Suzie havia iniciado uma videochamada.

— Como assim, mãe? — disse uma voz vinda do alto-falante do celular.

— Estou na delegacia de Maidenhead!

— O que você fez agora?

— Nada! A polícia quer minha ajuda, dá para acreditar? E essas são minhas amigas, Judith e Becks. Vamos lá, digam olá — Suzie disse a Becks e Judith enquanto apontava a câmera para elas.

As mulheres acenaram desajeitadamente para a filha de Suzie. Nesse momento, a porta se abriu e uma policial trouxe três arquivos pardos abarrotados de folhas.

— Meu Deus, é a porcaria de um policial! — exclamou a voz da filha de Suzie.

Até Suzie teve a decência de parecer envergonhada.

— Claro que é um policial — sussurrou em voz alta para o telefone. — Eu disse, estamos na delegacia.

Com um sorriso forçado, a policial colocou os três arquivos na mesa e se retirou.

Depois que ela saiu, Suzie disse:

— Ora, ela parecia um pé no saco, né? — Ela então falou para a filha que conversariam mais tarde e desligou. — Enfim, como querem fazer isso? — perguntou, esfregando as mãos como um mecânico prestes a abrir o capô de um carro velho.

— Com menos palavrões e videochamadas, acho — disse Becks.

— Que tal se cada uma pegar o arquivo de um caso? — sugeriu Judith alegremente.

— Boa ideia — concordou Becks. — Vou pegar o de Liz Curtis, se não tiver problema. Já que eu a conhecia.

— Sendo assim, fico com o arquivo do caso de Stefan Dunwoody — disse Judith.

— Então sobrou o Iqbal, que é o arquivo que eu queria mesmo — disse Suzie.

As três se sentaram à mesa e começaram a folhear as papeladas.

— Sabem do que eu gostaria? — disse Suzie quase imediatamente. — De uma boa xícara de chá.

— Uuh, boa ideia — concordou Judith.

— Eu cuido disso — falou Becks, levantando-se e saindo da sala.

Alguns minutos depois, ela voltou com um pratinho de biscoitos e três xícaras fumegantes de chá.

— Ah, isso não é demais? — disse Judith enquanto se acomodavam com o chá e os biscoitos sobre os arquivos.

— Então, o que acha que deveríamos procurar? — perguntou Suzie.

— Em primeiro lugar, sugiro que a gente apenas se familiarize com os arquivos, os depoimentos das testemunhas, os relatórios patológicos, e assim por diante. Mas acho que o que realmente estamos procurando são ligações entre as três vítimas. Afinal, as mortes têm que estar conectadas. Foram mortas com treze dias de diferença uma da outra. Se entendermos qual é a ligação, seremos capazes de descobrir quem é o assassino.

— Por que não nos concentramos em Elliot Howard e Andy Bishop? — quis saber Suzie.

— Acho que só nos frustraríamos. Pelo menos por enquanto — acrescentou Judith.

— Por quê?

— Porque sempre que tento pensar nesses dois, acabo ficando confusa. Andy Bishop não poderia ter assassinado Stefan ou Iqbal, já que estava fora do país na época das duas mortes. Então não foi ele. Mesmo que tivesse um motivo gigantesco para querer Iqbal morto. E Elliot também não poderia ter matado Stefan, mesmo que o odiasse há anos por roubar um Rothko dele. A menos que Elliot de alguma forma tenha matado Stefan *antes* do ensaio do coral e o tiro que ouvi vindo do rio naquela noite, pouco depois das oito, foi encenação. O que não me parece muito provável, se quer saber minha opinião. E quanto ao motivo pelo qual Elliot iria querer matar Iqbal Kassam ou Liz Curtis, bem, isso é igualmente difícil de se imaginar. Isso sem falar no fato de que Elliot estava em um leilão online quando Liz foi morta, então ele não pode tê-la matado mesmo.

— Mas tem que ser um deles — disse Becks.

— Concordo com você — falou Judith. — As digitais deles estão espalhadas em todos os cantos. Metaforicamente, pelo menos.

— Talvez alguém esteja armando para eles? — sugeriu Suzie.

— Porém, isso não é verdade no caso da Liz Curtis — disse Becks para Judith, levantando sua pasta.

— Perdão? — perguntou Judith.

— Encontramos conexões entre Andy Bishop e Iqbal, e Elliot Howard e Stefan, mas ainda não temos nada que sugira qualquer tipo de ligação entre qualquer um deles e Liz Curtis. Temos?

— Esse é exatamente o meu ponto — concordou Judith. — Quando se trata de Andy Bishop e Elliot Howard, estamos apenas supondo coisas. Diferentemente de quando falamos das vítimas. *Sabemos* que foram mortos. *Sabemos* que suas mortes estão relacionadas. Então, sugiro que tentemos descobrir qual é essa ligação.

— Não há nenhuma! — exclamou Suzie. — Nada liga um negociante de arte local, um taxista e a dona de um clube de remo.

— Besteira. *Alguma coisa* os liga. Ou eles não teriam sido assassinados. Simplesmente precisamos descobrir o quê.

— Engraçado você dizer isso — comentou Becks, indicando um documento em seu arquivo. — Tenho uma lista de todos os passageiros que Iqbal levou em seu táxi aqui. E, só para vocês saberem, ele nunca levou Elliot Howard. Nem uma vez. O mesmo vale para Andy Bishop. E Stefan Dunwoody, aliás. Mas ele *levou* Liz Curtis. Duas semanas antes de ela morrer. Custou quinze libras.

— É *exatamente* isso que eu quero dizer! — entusiasmou-se Judith. — Seu marido Danny nos disse que ela usou os serviços de Iqbal, e essa é a prova, não é? Liz conheceu Iqbal duas semanas antes de morrer. E sabemos que ela era frequentadora assídua da galeria de Stefan. Essa é uma ligação clara e direta entre todos os três. Liz conhecia as outras duas vítimas.

— Embora o marido dela tenha dito que não deveria ser uma grande surpresa. — Lembrou Suzie. — Já que ela administrou o clube de remo a vida toda, ia à igreja, e assim por diante. Liz conhecia todo mundo em Marlow.

— Ainda é uma ligação — disse Judith com firmeza. — Portanto, só precisamos continuar procurando outras conexões entre as vítimas. Por exemplo, estou vendo aqui que Stefan Dunwoody frequentou a Escola Secundária Sir William Borlase.

— Assim como Iqbal — disse Suzie.

— Viram? Essa é outra ligação.

— A Liz não — falou Becks, erguendo os olhos do arquivo. — Ela estudou na Great Marlow.

— Certo. Deveríamos continuar procurando.

As mulheres botaram a mão na massa, o silêncio da sala era perturbado apenas pelo som ocasional de uma página virando, ou um breve gole de chá, ou a mastigação de um biscoito.

— Vejam só — disse Becks, erguendo os olhos do arquivo.

— O que tem aí? — perguntou Judith.

— É um relatório sobre as interações sociais de Liz Curtis. A polícia verificou suas ligações telefônicas e sua agenda, também analisou seus e-mails, histórico da web e tudo mais. É muito impressionante o que reuniram aqui, é a vida inteira dela. E não há nada suspeito.

— Deve haver alguma coisa — disse Suzie.

— Sinceramente, não tem. Liz levou uma vida totalmente inofensiva. Há inúmeros e-mails de trabalho tratando de reservas para o clube, telefonemas para a família, esse tipo de coisa. Ela quase não tinha vida social além disso. Embora sua agenda esteja em branco, há um evento.

— Prossiga — pediu Judith.

— Diz “jantar do remo”. Era para o mês passado.

Judith torceu os lábios.

— A agenda dela está completamente vazia, exceto por esse evento?

— Por meses a fio. Tudo em branco. E então “jantar do remo” no dia 5 de agosto. Eu me pergunto se alguma das outras vítimas compareceu.

— Belo raciocínio! — elogiou Suzie.

— No dia cinco de agosto? — perguntou Judith.

— Isso mesmo.

— Interessante — disse Judith, e começou a folhear o arquivo sobre o assassinato de Stefan Dunwoody. — Se não me engano, foi no mesmo dia em que Elliot Howard foi à galeria de arte de Stefan e eles discutiram.

— Ele discutiu com Elliot na Henley Regatta — disse Suzie.

— Não, isso foi algumas semanas antes. Estou falando de quando Elliot foi à galeria de arte de Stefan e discutiu com ele lá. Achei.

Judith encontrou o depoimento que a polícia havia obtido da assistente de Stefan, Antonia Webster. Ela deu uma rápida olhada nele.

— É, aqui diz que Elliot discutiu com Stefan em seu escritório na manhã de segunda-feira, cinco de agosto. O que, agora sabemos, foi no mesmo dia em que Liz compareceu a um jantar do remo à noite.

— Acha que os dois eventos estão conectados? — perguntou Becks.

— Não faço ideia, mas vejam bem — disse Judith, percebendo uma coisa. — O remo é algo que conecta Liz e Elliot.

— É?

Judith contou a elas sobre as fotos escolares que tinha visto na parede do escritório de Elliot que o mostravam em várias equipes de remo.

— Então ele costumava remar — disse Suzie. — Legal.

— E já que Liz já representou a Grã-Bretanha — começou Judith —, talvez eles se tenham conhecido através do remo?

— Não acho muito provável — discordou Becks, verificando seu arquivo. — Ela é bem mais nova que Elliot. Liz tinha cinquenta e quatro anos.

— Elliot, cinquenta e oito — disse Judith, após encontrar a informação relevante em seu arquivo. — E não existem equipes mistas, certo? Então é improvável que eles remassem juntos. Mas isso não significa que não foram ao mesmo jantar do remo naquela noite. Ainda é uma possibilidade. Um minutinho.

Judith saiu do cômodo e encontrou Tanika em reunião com outro policial.

— Investigadora Malik, você poderia descobrir o que Elliot Howard estava fazendo na noite de segunda-feira, dia cinco de agosto? Talvez pergunte sobre seus movimentos durante a semana inteira para que ele não saiba que é especificamente naquela noite que estamos interessados.

— Certo — concordou Tanika. — Com prazer. E, a propósito, você estava certa sobre Andy Bishop. Nós falamos com o mestre da Loja Maçônica de Marlow, e o sr. Bishop é maçom.

— E Elliot Howard?

— Também perguntei sobre Elliot e ele não é, nem nunca foi maçom.

— Stefan Dunwoody?

— O mesmo vale para ele e Iqbal Kassam. O único maçom nisso tudo é Andy Bishop.

— Bom saber. Vou avisar a equipe — disse Judith, e se apressou para o escritório delas.

Ao retornar, Judith encontrou Suzie e Becks conversando absortas.

— Não quero interromper — disse Judith, retomando seu lugar à mesa.

— Estou lendo o relatório da cena do crime de Iqbal — explicou Suzie para Judith. — É uma leitura sombria, garanto. Mas há uma coisa que me chama a atenção. O assassino não precisou arrombar para matá-lo.

— Você acha que Iqbal o deixou entrar? — perguntou Judith.

— Não às cinco da manhã, quando ele foi assassinado. De acordo com o relatório do patologista, Iqbal tinha uma dose generosa de remédio para dormir em seu sistema quando foi morto.

— Drogaram ele? — perguntou Becks, consternada.

— É remédio para dormir com receita médica. Ele me disse que tomava comprimidos para ajudá-lo a pegar no sono quando estava no turno da noite. Não acho que ele abriu a porta para ninguém naquela noite.

— Então o assassino tinha uma chave? — perguntou Judith. — É isso que você está dizendo?

— É a única coisa que faz sentido. Eu sei o quanto Iqbal se preocupava com segurança. Quero dizer, ele nem sequer me deu uma cópia da chave do portão lateral para que eu pudesse pegar Emma. Todo dia ele o abria para mim, ou o deixava aberto quando sabia que eu estava chegando. Até lhe perguntei sobre isso um dia. Falei que seria mais fácil se ele simplesmente me desse uma cópia, mas ele não deu. Ele respondeu que preferia me deixar entrar.

— Então, se ele não daria uma cópia para você, para quem ele daria? — questionou Judith.

— Esse é o ponto, fomos ao funeral dele, e as únicas pessoas lá além de nós três foram solicitadas a comparecer pelo imã Latif. Não há ninguém a quem ele daria uma cópia.

— Você daria uma para o seu vizinho — disse Becks, quase para si mesma.

— Como? — perguntou Judith.

— Nós não damos a chave da porta da frente da casa paroquial para ninguém. Mas entregamos uma cópia para o nosso vizinho.

— É claro! — exclamou Judith, subitamente animada. — Você dá uma para o seu vizinho, e foi exatamente o que Iqbal fez.

— Mas como isso nos ajuda?

— O vizinho de Iqbal era Ezra. E eles eram bons amigos, então tenho certeza de que o sr. Kassam confiou a ele uma cópia.

— Mas Ezra está morto — constatou Suzie. — O que está sugerindo?

— Pensem nisso. Há a chave de Iqbal na casa de Ezra. Em um armário. Ou uma gaveta. Ezra morre, e quem herda todo o seu patrimônio, incluindo o conteúdo da casa? Andy Bishop. Tudo o que Andy precisa fazer é vasculhar a casa de Ezra, como tenho certeza de que ele fez depois que o velho morreu, e ele encontra a chave reserva da residência de Iqbal Kassam.

— Espera aí, não entendi — falou Becks. — Você está dizendo que Andy Bishop matou Iqbal, no fim das contas?

— Só sei que Andy tinha um motivo para matá-lo, e agora sabemos que ele pode ter tido a oportunidade também. Na realidade, ele é possivelmente a única pessoa que teria conseguido entrar na casa de Iqbal sem precisar arrombá-la.

— Ele estava em Malta na época — lembrou Suzie.

— E se eles estiverem trabalhando um para o outro? — disse Becks.

As mulheres se entreolharam.

— Prossiga — pediu Suzie.

— Bem, Andy Bishop mata Stefan Dunwoody para Elliot Howard. E então Elliot Howard mata Iqbal Kassam para Andy Bishop.

— Sim, também pensei nisso — disse Judith. — Mas lamento informar que a conta não bate. Por exemplo, no primeiro assassinato, o de Stefan Dunwoody; Elliot estava no ensaio do coral, então não pode ter sido o assassino; e Andy estava em Malta, logo ele também não pode ter sido. Não, há algo que estamos deixando passar batido aqui. Estou sentindo. Algo óbvio, algo "escondido debaixo do nosso nariz". Se ao menos pudéssemos descobrir o quê!

A porta se abriu e Tanika entrou, segurando algumas impressões. Antes que a investigadora pudesse falar, Suzie se virou para ela.

— Quais ligações vocês encontraram entre Andy Bishop e Elliot Howard? — perguntou.

— Nenhuma — respondeu Tanika com um suspiro. — Nós batemos os registros telefônicos, e-mails e agendas do sr. Bishop e do sr. Howard, e eles nunca entraram em contato um com o outro, até onde sabemos. Todas as investigações sugerem que eles são completos desconhecidos um para o outro.

— Bem, isso destrói essa teoria — disse Suzie.

— Mas vejam — falou Tanika, virando-se para Judith. — Uma oficial vasculhou a casa de Iqbal. Ela encontrou um exemplar da edição mais recente da *Borlasian* em uma estante. E a página setenta e quatro está faltando. Arrancada. Exatamente como você disse que estaria. Não sei como você faz isso. De verdade, não sei.

— Talvez nesse caso específico seja melhor você nunca perguntar — disse Judith.

— Certo, não perguntarei. Mas fui na internet e achei a revista no site da escola, e é como você disse. A página setenta e quatro tem uma lista dos últimos mortos na comunidade da Borlase, e dois dos nomes listados são as testemunhas do testamento de Ezra Harrington, Spencer Chapman e Faye Kerr.

— Embora estivessem mortos na época.

— O que significa que poderemos apresentar acusações formais contra Andy Bishop por falsificar o testamento de Ezra. Ótimo trabalho, isso é um resultado fantástico. Mais do que isso, a revista na casa de Iqbal sugere que ele também sabia sobre a falsificação, e se ele ia contar tudo, esse é um motivo claro para Andy querer Iqbal morto. Mas me digam, como Andy matou Iqbal, se estava em Malta na época?

— Ainda estamos trabalhando nisso — disse Judith.

— Então deixe-me contar sobre meu telefonema com Elliot Howard há pouco.

— Você falou com ele? — perguntou Becks.

— Claro — disse Tanika, entregando as impressões que segurava para Judith. — Pedi a ele que enviasse cópias de sua agenda semanal desde sua discussão com o sr. Dunwoody na Henley.

— O que será que ele estava fazendo na segunda-feira, cinco de agosto? — questionou Judith ansiosamente, folheando as páginas. — E como ele estava quando vocês conversaram?

— Farto — respondeu Tanika. — Como se eu fosse uma idiota no caminho dele.

— Bem, você não é idiota, mas definitivamente está no caminho dele — disse Judith com um sorriso. — Ah, achei, segunda-feira, dia 5.

— Ele estava no jantar do remo? — perguntou Becks.

— Hum — disse Judith, sem responder imediatamente.

— E então?

— Infelizmente não. De acordo com isto, ele foi nadar naquela noite — informou Judith, e então folheou as páginas para ter uma ideia melhor das outras anotações da agenda. — E ele registra tudo. Drinques com os amigos, jantares, ensaios do coral nas quintas-feiras, partidas de futebol, badminton aos sábados. Ele e a esposa têm uma vida agitada.

— Por que estão tão interessadas naquela segunda-feira à noite? — perguntou Tanika.

— É a única noite com algum evento na agenda de Liz Curtis. Era um "jantar do remo". E como sabemos que Elliot Howard costumava remar, estávamos nos perguntando se havia uma conexão entre os dois. Mas, de acordo com a agenda dele, toda segunda-feira à noite, das oito às nove, Elliot vai nadar no Centro de Lazer Court Garden.

— *Toda* segunda-feira à noite? — perguntou Suzie com ceticismo.

— Toda segunda-feira à noite. É o que diz aqui.

— Então é muito improvável que ele tenha comparecido ao jantar de Liz.

Judith não estava feliz com isso.

— Alguém mais tem a impressão de que sempre que investigamos a vida de Elliot, ele já conseguiu um álibi? Ele está nadando, ou está no ensaio do coral, ou está em uma live fazendo um leilão.

— Muitas vezes, trabalhar na polícia pode dar essa sensação — disse Tanika. — Você continua dando de cara na parede. Mas vocês precisam confiar no processo. Confiar em vocês mesmas. E, sabendo o que as três já descobriram, mesmo antes de terem acesso aos arquivos do caso, sei que vocês farão um grande avanço. Simplesmente sei disso.

Infelizmente, a confiança de Tanika estava equivocada. Porque, embora as três amigas tenham se debruçado sobre os relatórios de balística, do legista e outros documentos forenses; embora tenham lido todas as declarações das testemunhas e vasculhado as informações financeiras e demais antecedentes, elas não foram capazes de encontrar nada que movesse significativamente o caso adiante. Era tão frustrante. O assassino estava em algum lugar lá fora, se elas ao menos conseguissem descobrir quem era.

E o tempo todo Judith continuou dizendo que havia algo importante — óbvio, até — que estavam deixando passar. Ela sentia isso. Mas o que era?

Capítulo 33

As mulheres não conseguiram grandes avanços no primeiro dia. Nem no segundo. Parecia que elas só andavam em círculos, reanalisando as mesmas pistas e provas, e, acima de tudo, os mesmos álibis incontestáveis de Elliot Howard e Andy Bishop.

O ânimo das amigas começou a enfraquecer. Elas notavam os olhares maliciosos que recebiam sempre que entravam ou saíam da delegacia, ou tinham a ousadia de solicitar informações específicas, e cada vez mais se sentiam como se decepcionassem Tanika. Afinal, ela tinha se arriscado para envolvê-las e elas não estavam fazendo nada para retribuir sua fé.

Na quarta-feira, nem Becks nem Suzie tinham mais tempo para gastar trabalhando no caso. Suzie precisava passear com os cachorros, e Becks tinha uma casa que ela acreditava ter caído em completa desordem nos dois dias anteriores. Então Judith passou o dia sozinha na delegacia. Mas não foi a mesma coisa sem as amigas.

Ela se sentiu um pouco tola. Como a velha boba e enxerida que sabia que os colegas de Tanika achavam que ela era.

Quando finalmente chegou em casa após um dia inteiro enfurnada na delegacia, ela decidiu que precisava, mais do que nunca, nadar para clarear a mente. Depois de semanas de sol, a noite trouxe nuvens escuras, e o ar estava opressivamente quente. Uma tempestade se aproximava, Judith percebeu enquanto nadava rio acima.

Para tentar aliviar a frustração, Judith fez o que sempre fazia: pensou em como era abençoada. Era muito. Ela estava em forma, não lhe faltava nada e até tinha feito novas amigas. Mas, apesar de seus esforços para permanecer positiva, ela não conseguia impedir que os pensamentos voltassem ao trabalho que vinha fazendo na delegacia, que levavam a lugar nenhum, até onde pôde perceber.

Em particular, ela não parava de pensar na pistola antiga que o assassino usara e nos medalhões que ele deixara na cena de cada crime. O fato de cada vítima ter sido morta a tiros com uma Luger da Segunda Guerra gritava que Elliot Howard tinha de ser o assassino, mas o fato de medalhões maçônicos terem sido colocados nos corpos berravam que só podia ser Andy Bishop.

Judith teve um pressentimento terrível de que o assassino estava brincando com ela, brincando com a polícia. Afinal, por que deixar qualquer tipo de pista, como os medalhões de bronze, na cena? Um criminoso que se preze se concentraria em entrar no local, cometer o assassinato e sair sem deixar nenhuma pista, não? Os medalhões não faziam sentido.

Enquanto o nado a levava até a propriedade de Stefan, ela parou por um minuto, olhando para a margem de juncos, sua mente voltando à noite do assassinato. Ter estado tão perto do assassino no momento em que ele atirou e matou Stefan Dunwoody! Era incrível pensar nisso.

Um arrepio percorreu o corpo de Judith e ela decidiu interromper o nado e permitir que o rio a levasse de volta para seu casarão. Flutuando, ela se viu maravilhada com a forma como o rio conectava tantas pessoas em Marlow. Ela vivia nele, assim como Stefan, e se continuasse seguindo a corrente, passaria por Marlow e sairia do outro lado, rumo ao clube de remo.

Judith se pegou refletindo sobre o fato de Liz Curtis ser uma ex-remadora em nível internacional, assim como Elliot Howard na juventude. E quanto a Stefan Dunwoody? Ele já havia remado alguma vez na vida? Afinal, ele tinha estado na Henley Royal Regatta, não tinha? Judith percebeu que falhara em fazer tal conexão antes. Stefan estava em uma regata de remo quando discutiu com Elliot pela primeira vez!

Ela sentiu um arrepio de empolgação. Era uma sensação que ela associava a resolver palavras cruzadas. Uma percepção de que, embora ainda não soubesse a resposta, estava no caminho correto. E quanto mais pensava em Stefan e Elliot se encontrando em Henley, mais certa ficava de que seus instintos tinham razão.

Assim que voltou para casa, vestiu-se e se serviu de um gole generoso do que ela gostava de chamar de "uísque para pensar". Então foi até sua mesa de carteado e ligou o tablet. Pegando algumas folhas A4, apontou um de seus lápis HB já afiados e pôs a mão na massa.

Digitou "Elliot Howard" e "remo" na barra de pesquisa. Não houve resultados. Deixa para lá. Ela tentou novamente, dessa vez usando "remo" e "Stefan Dunwoody", e se surpreendeu ao obter um resultado. Era uma matéria no *Marlow Free Press* e Judith clicou no link.

A página que ela acessou estava na seção de design do jornal e falava do "proprietário da galeria de arte local Stefan Dunwoody" exibindo sua casa para os leitores. Havia muitas fotos de Stefan em sua propriedade, mas Judith leu avidamente o texto tentando descobrir o que ele havia dito sobre "remo". Logo encontrou o parágrafo em questão.

O sr. Dunwoody ri quando pergunto por que ele comprou uma casa no rio Tâmisa. "Eu não sei nadar e sempre detestei remar, então seria de se estranhar eu comprar um antigo moinho. Mas eu amo a vida selvagem que podemos ver no rio. Contanto que você nunca me faça entrar em um barco, estarei feliz".

O entusiasmo de Judith evaporou. Isso meio que respondia à pergunta, não? Se Stefan tivesse uma ligação com alguém no caso, não seria por causa do remo.

Mas Judith sabia que, da mesma forma que você não pode desistir de uma pista de palavras cruzadas até ter passado por todas as permutações — tentado cada letra do alfabeto —, ela deveria continuar procurando quais ligações relacionadas ao remo poderia encontrar entre as testemunhas e vítimas. Então ela digitou "Iqbal Kassam" e "remo" na barra de pesquisa.

Não obteve resultados.

Em seguida, digitou "Liz Curtis" e "Danny Curtis" com "remo", mas obteve centenas de resultados, principalmente de sites e blogs de viagens e turismo.

Judith franziu o cenho. Como seria possível descobrir sobre a carreira de Liz no remo em vez dc seu clube? Ela tentou clicar nos links e refazer a pesquisa usando palavras diferentes, mas não chegou a lugar nenhum. Havia vários artigos online elogiando o clube de remo como um ótimo passeio para as crianças, ou lamentando seu fechamento durante as enchentes mais recentes, mas nada que ligasse especificamente Liz ou seu marido Danny ao remo competitivo.

À meia-noite, a mente de Judith estava embaralhada. O "uísque para pensar" tinha se transformado em "uísque para não pensar" por volta das dez, e ela não tinha certeza do que havia conseguido desde então. Tentou pesquisar em todos os sites de jornais locais e também nos de clubes de remo próximos, além das escolas William Borlase e Great Marlow até o centro de remo da cidade de Marlow e o clube Leander em Henley. Mas não importava o quanto ela procurasse, não conseguia encontrar uma conexão.

Sua noite inteira fora um fracasso.

E, ainda assim, Judith tinha o forte pressentimento de que estava no caminho correto. Ainda mais enraizado nela estava o conhecimento de que o jornal local e os sites sobre remo só remontavam até certo ponto. Todo o conteúdo dos últimos dez anos ou mais estava atualizado digitalmente, mas em relação aos dez anos anteriores, o registro dos sites era irregular, com informações digitalizadas ou arquivos incompletos copiados e digitados. Quanto às décadas anteriores, entre 1990 e 1980, nenhum dos jornais tinha um banco de dados que se pudesse pesquisar, e o mesmo acontecia com os clubes de remo. Tanto a carreira de Elliot como remador na época da escola quanto a de Liz na seleção da Grã-Bretanha precediam, por um bocado, à internet.

Judith ficou de pé. Era hora de dormir. Mas antes que se orientasse o bastante para mirar o pé da escada, sentiu sua mão indo até a chave em seu pescoço e seu olhar enevoado parando na porta de carvalho ao lado do aparador. Ela estava ligeiramente ciente de que, embora definitivamente não fosse o momento, talvez não conseguisse adiar por mais tempo.

No caminho para a cama, disse a si mesma que uma boa noite de sono provavelmente lhe daria uma solução.

O impressionante é que ela tinha razão.

Capítulo 34

No dia seguinte, Elliot Howard estava com fome. Ele chegou ao trabalho às dez em ponto, como sempre, e sua manhã não foi mais cansativa do que qualquer outra, mas ele se sentia inquieto, nervoso. Ele queria dar uma volta. Então, apesar de ainda não serem onze horas, decidiu sair do escritório. O complexo comercial ficava a uma curta caminhada de distância, e lá um trailer de lanches lhe venderia um bom sanduíche de bacon, o qual poderia ser acompanhado por um copo de chá em embalagem de isopor. Informando a todos que sairia por meia hora, deixou o prédio.

Ao se afastar, apressado, Elliot não percebeu a mulher mais velha sentada em um banco perto de um arbusto grande de hortênsia, embora ela estivesse usando uma capa cinza-escura.

Judith observou Elliot e uma onda de adrenalina percorreu seu corpo. A barra estava limpa! A questão era: por quanto tempo? Ela se levantou do banco, pegou a sacola ao seu lado e correu até a casa de leilões.

Entrando a passos largos, ela viu Daisy, esposa de Elliot, sentada à sua mesa.

— Bom dia — anunciou Judith, sabendo que precisaria de todas as suas cartas na manga para conseguir o que precisava.

Daisy pareceu surpresa ao ver Judith.

— O que está fazendo aqui?

— Você não vai se lembrar de mim, mas falei com seu marido há algumas semanas.

— Ah, eu me lembro muito bem. Ele me contou tudo. Você inventou uma história para enganá-lo. Algo sobre um vestido e uma taça de vinho.

Judith ficou surpresa. Essa era uma Daisy muito diferente daquela da última vez que se falaram. O que raios havia mudado?

— Perdão?

— Ele disse que você veio para espioná-lo.

— Isso não é verdade. Eu apenas pedi para ele pagar por um vestido que ele arruinara.

— Mentira.

— Como?

— É mentira. Eu sei. Você está mentindo.

— Não estou — vociferou Judith. — Agora, se não se importa, preciso deixar o vestido danificado no escritório do seu marido.

— Você não pode entrar aí! — gritou Daisy, mas era tarde demais, pois Judith já entrara no escritório de Elliot e tentava olhar para todas as fotos de sua época de remador emolduradas nas paredes.

Essa tinha sido a ideia com que acordara naquela manhã. Afinal, se ela estava procurando um registro do passado de Elliot no remo, que lugar melhor para começar do que nas paredes de seu escritório? Ali estavam todas as equipes triunfantes das quais ele já participou, e até havia uma com os nomes das pessoas nas fotos escritas nas molduras. Seria perfeito para descobrir se ele já tinha remado com alguma das testemunhas ou vítimas dos assassinatos.

Mas antes que Judith pudesse dar uma boa olhada, Daisy irrompeu atrás dela.

— Falei que você não pode entrar aqui. Este é o escritório do meu marido, seu escritório particular!

Havia uma ferocidade em Daisy que Judith achou assustadora. Ela parecia uma loba defendendo seus filhotes do perigo.

— A gente se esforçou tanto para sermos felizes — sibilou Daisy. — Juntos. Elliot e eu. Não vou deixar nada ficar no nosso caminho. Nem ninguém. Agora saia daqui. Saia!

Judith percebeu que era melhor fazer o que lhe foi mandado ou ela corria o risco de ser agredida fisicamente.

Ao sair da casa de leilões, Judith tentou processar o que tinha acontecido. Por que Daisy exagerara daquele jeito? Ela estava apenas protegendo o marido? Ou havia mais por trás?

Era uma pergunta interessante, mas Judith não conseguia dar a ela toda a sua atenção. Isso porque, enquanto esteve no escritório de Elliot, ela fez o que sabia ser uma grande descoberta. Na fileira de fotos na parede, havia uma lacuna que não estava lá antes.

Desde a sua última visita, Elliot retirou uma das fotos de remo dali.

Judith estava convencida: o remo era o elo que elas estiveram procurando esse tempo todo. Tinha de ser. E se esse fosse o caso, então ela sabia que não tinha escolha. Ela levou a mão até a chave na corrente em volta do pescoço.

Estava na hora.

— Você queria nos ver? — perguntou Becks.

Judith deixou ela e Suzie entrarem em seu casarão e explicou sobre sua ida ao escritório de Elliot Howard e seu encontro com sua esposa, Daisy.

— Ela foi para cima de você? — quis saber Suzie.

— Não entendi nada. Ela foi tão agradável na primeira vez que nos encontramos. Mas agora ela parecia um animal ferido.

— Eu me pergunto o que mudou — disse Becks.

— Ela descobriu que o marido é um assassino — falou Suzie simplesmente. — Foi isso que mudou.

— Sim, pode muito bem ser isso — concordou Judith.

— Então por que você acha que Elliot tirou uma das fotos de remo da parede? — perguntou Becks.

— Bem, posso garantir que pesquisei tudo relacionado a remo na internet — disse Judith. — E não encontrei nada.

— Então *não* tem ligação? — perguntou Becks, confusa.

— Não, ainda acho que tem ligação. Mas Elliot era remador na época da escola, lá na década de 1980, muito antes de termos internet. Então sugiro que vejamos se conseguimos descobrir por conta própria essa ligação.

Enquanto falava, Judith tirou a corrente do pescoço e levantou a chave em sua ponta.

Os olhos de Suzie se arregalaram; Becks, no entanto, ainda não tinha entendido o significado do que estava prestes a acontecer.

Judith sorriu para Suzie ao se dirigir para a porta ao lado do aparador de bebidas.

— Não crie muitas esperanças — disse Judith, inserindo a chave na fechadura. — Não é tão interessante quanto você deve imaginar.

Por um lado, Judith tinha razão, e por outro, ela estava muito, muito enganada.

Capítulo 35

Depois que Judith abriu a porta, suas amigas não falaram nada por alguns bons segundos.

— Caramba! — Suzie por fim conseguiu dizer, resumindo os sentimentos dela e de Becks.

O cômodo que Judith havia aberto estava cheio de poeira e abarrotado, do chão ao teto, com pilhas e pilhas de jornais, revistas, brochuras e folhetos, todos empilhados em torres de até três metros de altura, encostados uns nos outros, ou amontoados em grandes morros de papel onde uma torre havia desabado, e o conjunto todo parecia ser unido por grossas teias de aranha que iam dos arranha-céus de papel até o teto e as paredes.

Becks abriu a boca em horror quando percebeu que olhava para seu próprio décimo círculo do inferno. E então ela espirrou. E espirrou novamente. Pescou um lenço da manga e o segurou sobre o nariz.

— Por que… — Becks começou a perguntar, mas abandonou a esperança de terminar a frase.

— Não gosto de descartar os jornais.

— Não brinca — disse Suzie. — Mas não são só jornais.

— Há jornais locais também. E revistas. Periódicos precisam ser salvos. E boletins paroquiais. Brochuras do que está por vir do conselho.

— Desde quando…? — quis saber Becks, maravilhada.

— 1970.

— Foi quando sua tia-avó morreu? — perguntou Suzie.

— Não. Ela faleceu alguns anos depois.

Os olhos de Suzie se estreitaram.

— Quando ela morreu?

— Um pouco depois.

— Em que ano?

— 1976.

— Então você já estava acumulando papéis há seis anos?

— Bom — falou Judith, irritada —, precisamos ir para o outro cômodo.

Becks ficou consternada.

— Tem *outro* cômodo?

— Tem outros dois. Vamos.

Judith abriu caminho entre as torres de papéis, seguida por suas duas amigas.

No cômodo ao lado, cada uma das quatro paredes estava coberta do chão ao teto por estantes de metal, e cada centímetro das prateleiras estavam abarrotadas de pilhas infinitas de jornais amarelados com bordas quebradiças.

— Foi aqui que tudo começou — contou Judith simplesmente.

— Em 1970 — disse Suzie.

Judith podia ver que os instintos de Suzie estavam lhe dizendo que o ano de 1970 era importante.

— Então, o que exatamente estamos procurando? — perguntou Becks.

— Bem, se Elliot removeu uma foto de quando remava da parede, deve ser porque é incriminatória. Então sugiro que descubramos com quem Elliot Howard remou quando era mais jovem.

— Você acha que a resposta estará aqui? — questionou Becks, sentindo-se sobrecarregada só de pensar.

— Não se preocupe, não é tão ruim quanto parece. Elliot tem cinquenta e oito anos, o que significa que teria ingressado na Escola Secundária Sir

William Borlase em 1973, e teria saído, aos dezoito anos, em 1980. E os alunos da Borlase sempre remam na Marlow Town Regatta, assim como na Henley. Essas regatas acontecem em junho e julho. Então nosso interesse é checar os jornais locais dos meses de junho e julho durante os sete anos entre 1973 e 1980. Não deve demorar muito.

— Você está dizendo que o assassinato de Stefan não teve nada a ver com o Rothko em sua parede? — perguntou Becks. — Ele foi morto por causa do remo?

— Na verdade, acho que descobri como o Rothko se encaixa nessa história, já que a pintura na parede de Stefan é verdadeira.

— Você descobriu por que Elliot roubou a moldura da pintura real?

— Acho que sim. Mas isso é secundário no momento. Estou convencida de que se pudermos descobrir com quem Elliot remava, finalmente descobriremos por que Stefan, Iqbal e Liz tiveram que morrer.

Judith tinha dito que a tarefa não demoraria muito, mas ela estava enganada. Acontece que ela não conseguia se lembrar de qual sistema havia usado para armazenar jornais locais na década de 1970, embora ela se esforçasse para argumentar que houvera um tipo de sistema no passado, diferentemente das décadas mais recentes. Parecia que cada publicação tinha sua própria pilha, com os jornais mais antigos bem embaixo, mas o sistema não era de jeito nenhum meticuloso. Só era possível presumir que haveria uma edição de um jornal local durante alguns meses, ou até mesmo um ano se tivessem sorte, e então a pilha mudaria, sabe-se lá por qual motivo, para outro jornal local, ou de repente pularia para um ano diferente. Só o que parecia ser um fato era que os mais abaixo nas pilhas tendiam a ser mais antigos do que os no topo. Mas havia centenas de pilhas distintas, todas amontoadas nas estantes.

Becks, por sua vez, lutava para conter o pânico enquanto a poeira rodopiava e se acomodava em seu cabelo, em suas roupas e em sua pele. Ela se obrigou a continuar, e foi Becks quem criou o melhor sistema para lidar com os jornais. Ela folheava as bordas secas de uma pilha, tentando encontrar as datas nos cantos de cada página. Se fossem anteriores a junho, ela ia para cima a partir daquele ponto, mas descia se a data fosse posterior a julho. E assim que encontrasse quaisquer edições de junho ou julho, ela os retiraria com muito cuidado da pilha para que pudessem ser analisados com mais atenção.

A boa notícia era que Judith estava certa quando previu que todos os jornais locais cobririam detalhadamente as regatas de Henley e Marlow. Havia páginas inteiras de fotos e reportagens e, melhor ainda, o *Henley Advertiser* listava os resultados de cada corrida. No entanto, o jornal publicou apenas os nomes dos barcos, em vez dos remadores. Então, a equipe "Oito de Borlase" competiria contra a "Oito de Abingdon", e embora constasse que Borlase venceu a regata e Abingdon foi para a repescagem, não listaram os nomes dos participantes.

Após duas horas de busca, Judith ergueu as mãos em desespero.

— Por favor, não jogue mais poeira no ar — implorou uma Becks poeirenta.

— É inútil! Nunca encontraremos o que estamos procurando.

— Se estiver aqui, acharemos — disse Becks.

— Mas não está aqui, está?

— Só precisamos continuar procurando.

Judith sabia que Becks tinha razão. Ainda havia uma chance de encontrarem o rosto sorridente de Elliot em algum lugar, e com ele, os nomes das outras pessoas na foto, mas parecia uma possibilidade muito remota.

— E você poderia tentar ajudar de verdade, Suzie — falou Judith, descontando sua frustração na amiga.

— O que foi? — perguntou Suzie, erguendo os olhos do jornal em suas mãos.

— É só que não pude deixar de notar que você não encontrou um único artigo esse tempo todo.

Suzie parecia não ter certeza de como responder, mas então brandiu o jornal que estava segurando.

— Eu não diria que não encontrei nada.

Ela estava segurando uma cópia muito antiga do *Bucks Free Press* aberta em uma das páginas internas com uma manchete que gritava "TRAGÉDIA GREGA DE UMA MULHER DE MARLOW".

Abaixo da manchete havia uma grande foto a preto e branco de uma Judith Potts bem mais jovem.

Capítulo 36

Onde você encontrou isso? — perguntou Judith, imóvel.

— Sua aliança de casamento — disse Suzie.

— O que tem?

— Você contou que seu marido era ruim; que ele era violento. Mas, mesmo após todos esses anos, você ainda usa sua aliança de casamento.

— Isso realmente não é da sua conta.

— Eu sei como é ter um marido que te decepciona, e posso te garantir, eu mal podia esperar para me livrar das minhas alianças. Vendi todas, gastei o dinheiro em presentes de Natal extras para as meninas. Mas você ainda está usando a sua.

— Eu te disse: é para me lembrar dos erros.

— Eu sei. Foi o que me disse, mas é estranho. E toda vez que o assunto do seu marido surge, você sempre parece culpada. Então quando revelou que mantém todos os jornais do mundo desde 1970, bem, eu juntei dois mais dois. Ele morreu em 1970, não foi?

— O nome dele era Philippos.

— E, por algum motivo, você não consegue superar. É por isso que você ainda usa seu anel, e por isso tem essa caverna de Ali Babá com todos os jornais que foram publicados desde então. Só consigo pensar que tudo isso é porque você fez algo errado quando ele morreu. Então comecei a procurar. Calculei que precisava olhar bem embaixo nas pilhas e encontraria o jornal que deu início a tudo isso. Vasculhei todos os jornais de 1970 que consegui encontrar. The *Maidenhead Ad-*

vertiser, *Henley Advertiser*, *Windsor Echo*, *Marlow Free Press*, *Reading Evening Post*. E então encontrei.

Suzie entregou o artigo antigo a Becks, que começou a lê-lo com avidez.

Judith ainda estava presa ao chão, mas podia sentir a raiva borbulhando dentro dela. Era por isso que ela não deixava as pessoas entrarem em sua casa. Era por isso que mantinha esses cômodos trancados a sete chaves. Se as pessoas não soubessem nada sobre você, elas não poderiam te trair, não é? Além disso, Judith sabia que ninguém entenderia que sua necessidade de guardar os jornais não era baseada em nenhum tipo de fraqueza dela, era simplesmente um hábito que havia adquirido. Só isso.

No início, quando regressou da Grécia após o funeral de Philippos, ela os guardou porque precisava saber que os jornais não publicariam mais mentiras sobre ela. E uma vez que o hábito entrou na rotina, ora, era difícil saber quando parar. Depois de algumas semanas? Meses? Na opinião de Judith, era totalmente natural que colecionar jornais e outros materiais impressos tivesse evoluído para algo à parte. Ela achava reconfortante. Como a sensação de segurança que você teria antigamente por possuir uma coleção completa da *Encyclopaedia Britannica*. Ela tinha todo o conhecimento local aqui nestes três cômodos.

E foi útil, não? Afinal, quem saberia, lá em 1970, quando ela começou, que, muitas décadas depois, estaria usando seu arquivo pessoal para identificar um assassino em potencial?

— O artigo diz que outra pessoa estava no barco durante o ocorrido — disse Becks, interrompendo o devaneio de Judith.

— Também percebi isso — disse Suzie.

— Eles estavam enganados — disse Judith, querendo dar sua réplica primeiro.

— Mas devo dizer — continuou Becks —, isso parece terrível. Eu não tinha ideia de que você foi interrogada pela polícia. Que foi considerado uma morte suspeita. Deve ter sido horrível.

— Ah, foi mesmo, isso eu posso te garantir. Mas fui eu quem insistiu para que a polícia começasse a investigar. Philippos era um bom marinheiro, sabe. Mas nunca encontraram nada suspeito. No fim das contas, eles decidiram que foi um trágico acidente.

— No entanto, a Suzie está certa. Aqui diz que uma testemunha na praia viu Philippos no barco com outra pessoa.

— Diz que uma testemunha *acha* que viu outra pessoa no barco — disse Judith irritada. — Foi uma pista possível durante um tempo. Mas o homem na praia era velho, e ele nunca conseguiu identificar quem era essa segunda pessoa, nem mesmo se era realmente o barco de Philippos. Nada disso foi para a frente, infelizmente.

— Você acha que seu marido estava com alguém? — perguntou Becks, e o tom de sua voz deixou sua implicação clara.

— Quer dizer se ele estava com a amante? Não sei. Eu sei que ele tinha uma naquela época. Sempre tinha uma. Mas duvido. Apenas o corpo de Philippos foi encontrado. Se ele estivesse com alguém, o corpo dela também teria sido encontrado. Ou dado como desaparecido. Enfim, acho que terminamos por aqui, não acham? Não gosto de entrar aqui de jeito nenhum, e está claro que não vamos achar o que viemos procurar.

— Ainda não terminamos — disse Becks.

— Acho que está na hora de vocês duas irem embora.

Parecia que Becks tinha levado um tapa na cara.

— Qual é, Judith — disse Suzie. — Não precisa ficar…

— Não, não — interrompeu Judith —, não tem nada a ver com vocês, Suzie, eu só não gosto de entrar aqui. São muitas memórias. Muita história.

— Sim, é claro — falou Becks, deixando a matéria do jornal de lado.

— Então, se puderem sair…

Suzie e Becks ficaram em silêncio por um momento, mas Becks se recompôs primeiro.

— Vamos, Suzie, nós deveríamos ir embora — disse, e começou a conduzir a outra mulher para fora. — Mas Judith, se precisar de alguma coisa… Alguém para conversar, ou para voltar ao caso, ligue pra gente — acrescentou, parando à porta.

Becks deu uma olhada na calamidade daquela bagunça, e na mulher que estava sozinha no meio dela. Judith já havia pegado a velha matéria do jornal e estava absorta nele.

Becks e Suzie saíram.

Capítulo 37

Judith não conseguia desviar os olhos da reportagem e da foto dela mesma que a encarava lá de 1970. Ela tinha vinte e sete anos e se lembrava daquele dia como se fosse ontem. Fora tirada na praia de Paleokastritsa, depois que ela e Philippos almoçaram. Apesar do horror que era sua vida na época, Judith estava inexplicavelmente feliz naquela ocasião. Estava muito ensolarado, a vista era tão linda, e ela se lembrava da brisa do início da tarde na praia, que trazia os aromas amadeirados de churrasco vindos do restaurante misturados com o doce perfume dos arbustos de alecrim que cresciam ao redor da baía.

Ela acreditava que, embora fosse uma senhorinha aposentada, ainda tinha beleza. Mas agora, em vez de qualquer tipo de aparência externa, era um sentimento que carregava dentro de si. Conforme foi envelhecendo, sua beleza havia recuado da pele e se tornado parte do que ela considerava sua alma. Mas Judith não conseguia deixar de olhar para a mulher na foto e notar o quão brilhante seu cabelo era. Como sua pele parecia reluzir com a luz, mesmo na foto a preto-e-branco, e o quão magricela era.

E foi ao se lembrar de sua aparência aos vinte e poucos anos que Judith descobriu a resposta.

A ideia surgiu em sua cabeça de forma totalmente espontânea. Sem ser desejada. Em um momento a resposta para o quebra-cabeça não existia, e, no instante seguinte, lá estava.

Judith se sentiu atordoada. Era tão simples assim?

E então ela sentiu uma descarga súbita de adrenalina ao perceber o significado de um comentário que Andy Bishop fizera a Becks no final da caminhada dos dois.

Judith deixou o jornal em suas mãos cair no chão, saiu do quarto e trancou a porta atrás de si. Afinal, sua descoberta era apenas uma peça do quebra-cabeça, não era? Ainda faltava uma. Dessa vez, contudo, ela se sentia confiante de que a encontraria. Já sabia o formato da peça que estava procurando, mesmo que ainda não soubesse qual era.

Em sua mente, Judith começou a repassar todas as informações que obteve na delegacia: o sonho de Iqbal de comprar um barco; o relato de Fred, o carteiro, sobre Stefan ser um pilantra; o fato de que Liz havia contratado um veterinário desonesto para matar seu cachorro saudável. Mas não importava o quanto tentasse, a resposta que ela estava buscando não lhe saltava aos olhos. Ela sabia que saberia quando a visse, só precisava continuar.

Então, onde mais ela poderia procurar?

Judith pegou seu tablet e começou a checar o histórico em seu navegador, mas isso também não trouxe nenhuma resposta. Ela sabia que precisava ser metódica, então voltou para a primeira pesquisa feita depois que Stefan morreu. Era a notícia sobre a discussão de Stefan com Elliot Howard em Henley. Ela clicou no link e leu cuidadosamente a notícia outra vez, mas a resposta para a pergunta que ela estava fazendo não se encontrava ali. Então ela fechou aquela página e reabriu a próxima em seu histórico.

Conforme Judith avançava no tempo em seu histórico, uma calma recaiu sobre ela, a mesma calma que sentia quando estava compilando palavras cruzadas. Ela abria uma página, lia-a com atenção, em seguida, fechava-a e abria outra.

Foi preciso muita força de vontade para manter o foco, mas ela continuou se esforçando, sabendo que chegaria lá se fosse paciente.

E então encontrou.

Por escolha do destino, era a página mais recente que ela havia acessado e, portanto, a última que checaria.

Era a matéria no *Marlow Free Press* sobre a propriedade à beira do rio de Stefan Dunwoody. Judith não conseguia acreditar que lera a reportagem há tão pouco tempo e que o fato importante não foi compreendido na época. Mas após ver a velha fotografia dela mesma, e se lembrar do comentário de Becks, ela agora lia novamente com uma nova compreensão.

O sr. Dunwoody ri quando pergunto por que ele comprou uma casa no rio Tâmisa. "Eu não sei nadar e sempre detestei remar, então seria de se estranhar eu comprar um antigo moinho. Mas eu amo a vida selvagem que podemos ver no rio. Contanto que você nunca me faça entrar em um barco, estarei feliz".

Era tão óbvio! Essas poucas frases revelavam quem tinha matado Stefan Dunwoody.

E finalmente *tudo* fez sentido para Judith. Por que alguém iria querer matar Stefan Dunwoody, Iqbal Kassam e Liz Curtis. Por que usaria uma Luger da Segunda Guerra Mundial para fazê-lo. E por que o assassino deixou um medalhão maçônico na cena de cada assassinato.

Judith estava tão absorta em pensamentos que demorou um pouco para perceber que seu celular estava tocando.

Sua mente finalmente registrou o som e ela atendeu a ligação.

— Alô? — disse ao telefone.

— O que você estava fazendo no meu escritório hoje?

O sangue de Judith gelou. Era Elliot Howard.

— Como é?

— Minha esposa me disse que você foi ao meu escritório quando eu não estava lá. O que estava fazendo?

— Onde conseguiu meu número? — perguntou Judith, tentando ganhar um tempo.

— Eu sei muito sobre você, Judith Potts.

— Você não pode me ligar neste número.

— E você não pode entrar no meu escritório quando eu não estiver presente.

A mente de Judith estava agitada, ela não sabia como responder, então atacou.

— Acho que você vai descobrir que eu posso fazer o que quiser, enquanto você se recusar a pagar para limpar meu vestido.

— Você não continua fingindo que derramei vinho em você, continua?

Judith sabia que sua única opção seria dobrar a aposta.

— Você sabe que derramou, e eu tenho o vestido para provar.

— Patético.

— Vou te mostrar, e então você vai pagar por ele.

— Ah, eu não acho que nos veremos de novo.

Elliot foi tão casual na maneira como disse isso que Judith ficou instantaneamente alarmada.

— Você não tem como saber disso.

— Acho que tenho.

— Bem, hoje é quinta-feira, não é? Então você estará na igreja às sete para o ensaio do coral. Vou levar o vestido para você, então. Eu gostaria de vê-lo se recusar a pagar pela lavagem a seco na frente de todos os seus amigos.

— Infelizmente, não estarei no ensaio do coral hoje à noite. Vou para uma partida de futebol em Highbury com alguns velhos amigos. Adeus, sra. Potts.

A linha ficou muda, e Judith estremeceu como se alguém tivesse caminhado sobre seu túmulo, o que, em muitos aspectos, era exatamente o que ela suspeitava que tinha acabado de acontecer.

As pernas de Judith cederam e ela se sentou no sofá.

Sua mente congelou. Ela era incapaz de processar qualquer coisa.

Vagamente, porém, percebeu que havia algo que precisava fazer.

Pegou o celular outra vez, procurou o número do escritório de Andy Bishop e discou.

Quando a recepcionista atendeu, Judith explicou quem era e pediu para falar com o sr. Bishop.

— Infelizmente — começou a voz do outro lado da linha —, o sr. Bishop está viajando a negócios no momento.

— Está? — Judith conseguiu responder. — Quando ele vai voltar?

— Se não me engano, ele informou que viajaria para Plymouth à tarde e passaria a noite. Mas sei que ele estará de volta ao escritório na segunda-feira de manhã. Gostaria de marcar uma reunião para essa data?

— Não — disse Judith num sussurro, e desligou.

Ao fazer isso, um medo muito forte explodiu dentro dela.

Porque agora sabia a verdade. Não haveria apenas três assassinatos em Marlow, não é? Haveria um quarto. E seria o dela.

Capítulo 38

No comecinho da noite, caiu uma tempestade. Nuvens espessas vindas do oeste se aproximaram durante toda a tarde, então, na hora do chá, os céus se abriram, a chuva caiu com força e o céu se fragmentou em relâmpagos aterrorizantes.

Judith não sabia o que fazer. Ela tinha certeza de que finalmente descobrira quem havia cometido os assassinatos, mas a questão era como provar. Ela se sentiu tão frustrada — enganada, até —, e não era um sentimento que gostava. Nem um pouco.

No entanto, ela contava com uma vantagem. Ela sabia o que estava para acontecer: haveria um atentado contra sua vida aquela noite. Certamente existia uma maneira de usar esse conhecimento a seu favor.

Só havia um jeito. Era perigoso. Era imprudente, e tinha tudo para terminar com ela deitada em uma poça de sangue com uma bala no meio da testa.

Ela poderia se usar como isca.

Afinal, se o assassino fosse pego tentando matar Judith com a mesma pistola alemã antiga usada nos outros assassinatos, isso seria o suficiente para conseguir uma condenação, não seria? Nesse caso, tudo o que Judith precisava fazer era encher silenciosamente sua casa com policiais, e no momento em que o assassino entrasse com a pistola, eles poderiam entrar em cena e prendê-lo.

Porém, refletiu, e se o assassino visse a polícia chegar? Na verdade, quanto mais Judith pensava sobre isso, mais ela concluía que o assassino provavelmente já estava lá fora na tempestade, espiando sua casa.

No momento em que notasse qualquer tipo de presença policial, o assassino escaparia e esperaria outro dia para ceifar a vida de Judith. Um dia em que ela não tivesse proteção policial.

Não, Judith percebeu, ela não podia arriscar envolver a polícia. Ainda não. Ela precisava fazer isso sozinha. E somente depois que o assassino estivesse dentro de sua casa com uma Luger antiga em mãos é que a polícia poderia chegar. Mas como conseguiria isso?

Judith estava nervosa demais para comer, mas se serviu de um pequeno copo de uísque, foi até sua mesa de carteado, apontou um lápis e começou a escrever seus pensamentos: o que ela sabia, o que suspeitava e o que acreditava que estava prestes a acontecer.

Ao terminar o uísque, sua mão pegou a garrafa para mais um copo, mas ela hesitou. Uma dose era o suficiente, principalmente esta noite. Mas Judith ainda tinha um desejo que precisava satisfazer de alguma forma, então ela pegou sua bolsa e tirou suas balas duras. Colocou a lata na mesa, levantou a tampa e viu que o conteúdo agora era principalmente açúcar de confeiteiro. Mas ainda havia algumas balinhas sobrando, então colocou uma na boca e continuou com seu trabalho.

Às oito, a tempestade havia se intensificado, o vento agora açoitava violentamente as árvores e Judith tinha finalizado o plano.

Chegou à conclusão de que, embora não pudesse ter viaturas chegando em sua casa, ela ainda precisava de algum sistema de alerta antecipado. Afinal, quando o assassino chegasse, ela poderia não ter a chance de ligar para a polícia. Ou e se o assassino pedisse para ver seu telefone e visse que ela tinha acabado de ligar para a polícia?

Então Judith ligou para Suzie e Becks e pediu que seguissem instruções específicas. Ela não lhes contou sobre nenhuma de suas teorias, nem sobre o telefonema com Elliot e com a secretária de Andy no início da tarde. Em parte, porque ela queria ter certeza de que suas vidas não seriam colocadas em risco. E também porque Judith ainda sofria com o que ela julgou ser uma traição da parte delas quando a confrontaram por causa da notícia relatando a morte de Philippos. Então ela lhes disse o mínimo, de modo que ainda permitiria que fizessem o que ela precisava.

E mantê-las afastadas também satisfazia uma parte atávica de Judith. Se ela aprendeu uma lição na vida, era que nunca se deve deixar as pessoas chegarem perto demais. As coisas sempre funcionam melhor se você fizer tudo por conta própria.

Enquanto estava sentada em sua mesa de carteado, Judith ergueu os olhos das anotações para a chuva torrencial lá fora. Um raio cortou o céu com um trovão assustador, e Judith pulou. *Por que agora?*, pensou. E depois de tantas semanas de sol!

Ela precisava encontrar algo para fazer para acalmar os nervos enquanto aguardava. Começar palavras cruzadas ou quebra-cabeças estava fora de cogitação, então pegou um baralho de cartas antigo, embaralhou-as e começou a jogar paciência. Não era uma versão muito boa, mas era a que sua tia-avó Betty havia lhe ensinado, então era o que jogaria.

Enquanto aguardava.

Judith sentou-se de costas para o cômodo, o que ela sabia ser corajoso, para dizer o mínimo, mas permitia que continuasse olhando pela janela para a tempestade furiosa. Lá dentro, o único som era o constante *flap, flap, flap* das cartas na mesa, enquanto Judith continuava aguardando. E aguardando.

Era pouco antes das nove quando Judith viu um clarão de uma lanterna do outro lado do rio.

E então mais um clarão.

Medo apertou seu coração.

Dois clarões, uma breve pausa, seguidos por mais dois clarões. Ela levantou os braços acima da cabeça como se estivesse bocejando e a luz piscante parou.

Era isso. Estava realmente acontecendo.

Judith olhou para as cartas na mesa e percebeu que não conseguia se concentrar direito, os números e os naipes dançando diante de seus olhos. Sabia que estava perdendo o controle, seus membros parecendo cada vez mais pesados, a ponto de ela temer não conseguir se mover.

Tanika vai chegar, ela disse a si mesma. *Dez minutos e tudo isso vai terminar de vez. Tanika vai chegar*.

Ouviu-se o barulho de vidro quebrando em algum lugar da casa.

O medo de Judith se intensificou.

Seu assassino estava lá dentro.

— Por que você não me contou antes? — gritou Tanika para Becks, sentada no banco do passageiro da viatura enquanto seguiam pela A404 em direção a Marlow a toda velocidade, as sirenes uivando e as luzes azuis piscando.

— Judith falou que eu não podia! — contou Becks. — Ela me disse que eu precisava esperar na delegacia, garantir que você não fosse embora, e então, quando Suzie me ligasse, eu tinha que te dizer que o assassino chegara na casa dela e estava prestes a atirar nela.

— Mas eu deveria estar lá para interceptá-lo!

— Ela falou que não podia arriscar que você assustasse o assassino. Que tinha de fazer isso sozinha.

— Ela não é capaz de lidar com um serial killer sozinha! — exclamou Tanika, girando o volante, uma parede de água espirrando da estrada enquanto pegava a rotatória para Marlow em alta velocidade. Becks segurou a alça de segurança, apavorada, mas pela primeira vez desejando que o veículo em que estava pudesse ir mais rápido. Ainda estavam a alguns minutos da casa de Judith.

Quanto a Judith, parecia que o tempo tinha parado para ela enquanto permanecia sentada em sua cadeira, esperando. Durante segundos? Minutos? Ela não sabia dizer.

E então ela sentiu uma presença entrando no cômodo atrás dela.

O pinga, pinga, pinga de água caindo no piso de parquet.

Era isso.

Hora de fazer sua jogada.

— Olá, Danny — cumprimentou ela.

Judith se virou em sua cadeira e viu Danny Curtis parado do outro lado da sala, encharcado da cabeça aos pés e vestindo um poncho de chuva cinza. Ele puxou o capuz para trás e encarava Judith, seus olhos tão selvagens quanto seu cabelo.

— Eu disse olá, Danny — repetiu Judith, tentando se conectar com o homem. Mas Danny Curtis não estava ouvindo. Ele respirava muito pesadamente, olhava para Judith com bastante atenção.

Em sua mão, uma pistola Luger.

A apenas noventa metros de distância, na margem oposta do Tâmisa, Suzie estava parada em meio ao pânico e à indecisão entre as folhas gotejantes de um salgueiro-chorão, pulando de um pé para o outro a fim de se manter aquecida enquanto tentava enxergar a casa de Judith através da chuva torrencial.

Mais cedo, Judith havia telefonado para ela e dito que um homem invadiria sua casa aquela noite. Além disso, acreditava que o sujeito muito provavelmente se aproximaria em uma canoa pelo Tâmisa. Era seu modus operandi, falara Judith, e era por isso que queria Suzie escondida na outra margem, um pouco rio abaixo, para que ela pudesse localizá-lo o mais rápido possível. Assim como queria Becks do lado de fora da delegacia de Maidenhead, pronta para correr e trazer Tanika ou algum outro policial no momento em que Suzie ligasse e informasse que o homem tinha aparecido.

Quando Suzie pediu mais detalhes, ou a identidade do homem que chegaria na canoa, Judith se recusou terminantemente a dizer mais alguma coisa. Tudo o que falou foi que Suzie e Becks deveriam fazer o que lhes foi pedido ou ela seguiria com o plano sem as duas. Insistência nenhuma poderia fazer Judith mudar de ideia.

Foi assim que Suzie acabou vestindo seu casaco oleado e levando sua dobermann Emma para uma caminhada no lado de Marlow do Tâmisa em meio a uma tempestade, e então se escondendo sob um salgueiro-chorão com vista para o lado de Judith do rio.

A coisa toda parecia muito arriscada para Suzie, mas Judith explicou que o canoísta levaria um tempo para manobrar até a margem, sair do barco, prendê-lo e depois seguir até a casa dela. E uma vez lá, também levaria tempo para descobrir a melhor forma de invadir.

Mas Judith estava enganada.

A silhueta indistinta de um homem de fato apareceu no rio em meio a chuva, mas ele avançou em sua canoa a uma velocidade incrível, seu remo como um moinho de vento enquanto agitava a água.

Assim que ele passou pelo esconderijo de Suzie, ela saiu dele e piscou sua lanterna duas vezes para alertar Judith. Ela então viu a amiga em sua sala de estar no térreo se espreguiçar e bocejar, que era sua maneira de avisar que recebera o aviso, e então Suzie voltou à segurança do salgueiro-chorão para ligar para Becks.

Mas enquanto esperava a ligação ser completada, Suzie viu o canoísta remar até a margem do rio que se conectava ao jardim de Judith e pular do barco, puxando-o em um movimento ágil em seguida. Então, quase sem perder o ritmo, ele correu para a casa dela.

Judith previu que o homem levaria pelo menos dez minutos nesse processo todo.

Ele levou menos de dois.

Dentro da casa, Danny deu um passo na direção de Judith e ergueu a Luger.

— Você queria que Liz morresse há muito tempo — disse Judith, tentando criar uma conexão com o homem à sua frente. — Não é?

Com a outra mão, Danny limpou o excesso de água dos olhos e do rosto. Ele parecia completamente perturbado.

— Eu me pergunto quando o ressentimento começou? — prosseguiu Judith. *Continue falando*, disse a si mesma. *Continue falando, ganhe tempo*. — Imagino que quase de imediato. Desde os dias em que você era um remador promissor e saía com outra remadora promissora, a Liz. Mas ela não era apenas promissora, era? Ela era boa pra valer. E foi representar a Grã-Bretanha nas Olimpíadas. Onde ganhou uma medalha de prata. Ao contrário de você. Sua carreira no remo nunca deslanchou.

O maxilar de Danny se tensionou.

— E você não podia suportar ser casado com uma mulher mais bem-sucedida do que você. Você se sentiu diminuído. Um fracasso. Mas então Liz fez algo que você não poderia perdoar. No auge do seu sucesso, com mais duas ou três Olimpíadas pela frente, ela desistiu de tudo. Com vinte e poucos anos.

Judith viu Danny franzir a testa com a lembrança. *Sim*, ela pensou, *é isso, mantenha-o envolvido na narrativa.*

— E não vamos esquecer que você pode ganhar muito dinheiro sendo um remador de sucesso. Embora fosse difícil para você engolir ser o consorte de sua esposa, pelo menos ela seria famosa. Mas Liz não era como você. Ela nunca foi movida pela fama. Ou pelo dinheiro. Ela apenas queria ser a melhor remadora possível e, depois de conseguir isso e receber a medalha, deu-se por satisfeita. Acho que isso te feriu profundamente. Porque lá estava você, tão graciosamente preparado para ficar em segundo plano para sua esposa mais talentosa, e ela se afastou dos próprios dons. Em vez disso, Liz decidiu que queria entrar no negócio da família. O Clube de Remo de Marlow.

Onde estava Tanika? Onde estava Becks?

— Mas o clube de remo não foi uma boa ideia — continuou Judith, tentando manter a voz calma. — Quero dizer, podia até fazer sentido financeiro quando o pai de Liz o fundou. Mas o clima mudou desde então, não é? O clube inundava sem parar. Todo inverno, ou foi essa a sua impressão. E agora Liz comete seu próximo erro, na sua opinião. Ela não vai embora. Mesmo que o negócio esteja falindo. Mesmo que tenha torrado as economias de vocês.

"A cada passo, acho que você sentiu que a vida o havia decepcionado. Primeiro, falhou em triunfar como remador. Depois, não lhe foi permitido fazê-lo como cônjuge de uma profissional. E agora você nem sequer conseguiu como o proprietário bem-sucedido de um negócio local. O negócio *não* deu certo."

Conforme Judith falava, não tirou os olhos de Danny, mas com a visão periférica ela viu a mão que segurava a arma começar a vacilar e abaixar.

Judith ousou sentir os primeiros lampejos de esperança. Será que o plano dela funcionaria? Conseguiria manter Danny conversando até Becks e a polícia chegarem?

— Falta um minuto! — exclamou Becks para Tanika, segurando a alça de segurança com toda a força e verificando o aplicativo de mapas do celular. — Vamos conseguir!

— Segure-se — avisou Tanika enquanto acelerava a viatura pela vila de Bisham, passando por entre os carros estacionados em ambos os lados da estrada estreita, e então saindo de Bisham e se aproximando da ponte Marlow a uma velocidade assustadora.

No último momento, ela girou o volante, o carro guinchou na alameda Ferry, e Becks gritou ao ver um enorme carvalho caído do outro lado da estrada. Tanika pisou no freio e o carro aquaplanou, a traseira começou a ir para o lado antes que tudo parasse bruscamente, a roda traseira do lado do passageiro agora pendurada sobre o Tâmisa de correnteza agitada, logo abaixo.

As monções ou um raio devem ter derrubado a árvore, e apenas o reflexo rápido de Tanika salvou suas vidas.

Dentro do carro, nem Becks nem Tanika disseram nada, cercadas apenas pelo barulho dos limpadores de para-brisa e pelo tamborilar da chuva na carroceria.

— Você está bem? — perguntou Tanika por fim.

— Acho que sim — respondeu Becks, olhando pela janela do passageiro sem ousar mover o peso do corpo. O Tâmisa estava furioso a apenas alguns metros de distância.

— Ok, vamos fazer o seguinte — começou Tanika. — É a roda traseira do seu lado que está pendendo sobre o rio, então eu sou seu lastro, o que significa que você precisa sair do carro primeiro. Quando estiver em segurança, eu saio. Mas só depois disso.

Becks olhou pelo retrovisor lateral e viu a roda traseira girando suavemente no ar.

— Não pense muito, apenas faça — disse Tanika. — Agora saia do carro com calma e delicadeza e vá para a frente. Faça o que estou dizendo. Vai ficar tudo bem.

Becks abriu a porta, o vento e a chuva quase a escancarando, e saiu para os centímetros de margem encharcada, tudo que havia entre ela e o rio furioso. Ela então se ajoelhou e deslizou por baixo da porta do passageiro até voltar para o asfalto. No momento em que estava segura, Tanika escorregou para fora do carro e ele foi trinta centímetros para trás, ficando sobre o próprio eixo enquanto a roda traseira do motorista se juntava à outra, girando livremente no ar.

Tanika e Becks se entreolharam e sabiam que estavam pensando a mesma coisa. Não seriam capazes de colocar a viatura de volta na estrada. Não que isso importasse. O carvalho antigo estava bloqueando a estrada completamente.

Não havia como chegar à casa de Judith.

Judith se esforçava para conter o pânico. *Onde estava a polícia?*

— Quanto ao motivo pelo qual você fez isso — disse ela, tentando continuar com a falação —, minha amiga Suzie o apontou na primeira vez que visitou esta casa e constatou o quão valiosa ela deve ser. Mas minha propriedade para o rio não é nada comparada ao que você tem no clube de remo. O terreno em que ele foi construída vale milhões. Possivelmente dezenas de milhões. Então por que você deveria economizar e trabalhar tanto para impedir que tudo fosse por água abaixo, quando poderia simplesmente vendê-lo para uma empreiteira e se aposentar com o pagamento?

"Na verdade, não consigo deixar de me perguntar se você não se casou com Liz com o plano de esperar até que o pai dela morresse para que pudesse convencê-la a vender a terra. Mas quando ela a herdou, você descobriu que Liz nunca a venderia. Nem mesmo enquanto você economizava cada centavo para sobreviver. Você estava preso. Mas havia uma solução, não é? Se sua esposa morresse, você herdaria a terra dela, e então finalmente estaria livre para vender pelo maior lance e ganhar os milhões de libras que você achava que merecia. Mas como matar sua esposa? Eis a questão."

Judith viu acontecer.

Danny pareceu sair de seu devaneio e olhou para ela como se fosse a primeira vez.

— Cala a boca, vadia — disse ele.

Então levantou a Luger, apontou-a para a cabeça de Judith do outro lado da sala e puxou o gatilho.

Do outro lado do rio, Suzie ouviu o tiro e viu a janela da sala de estar de Judith no térreo se estilhaçar, vidro voando por toda parte.

— Ai, Jesus! — exclamou antes de olhar para Emma. — Vá e salve a Judith. Você tem de salvá-la!

Mas Emma não se mexeu, ela estava toda molhada, com frio e infeliz, e Suzie sabia que não havia como comunicar a uma cadela que sua amiga Judith, do outro lado do rio, precisava ser salva.

O que ela poderia fazer?

O celular de Suzie começou a tocar. Ela o agarrou, viu quem era e atendeu.

— Sou eu — disse Becks do outro lado da linha.

— Onde raios você está? — perguntou Suzie. — Deveria estar aqui há um tempão! Você está mesmo com Tanika?

— Estamos juntas, mas a alameda Ferry está bloqueada — respondeu Becks. — Uma árvore caiu na estrada. E o carro de Tanika está pendurado sobre o rio.

— Acho que ele atirou na Judith! — interrompeu Suzie.

— O quê?

— Acho que a Judith levou um tiro! — gritou Suzie em meio ao estrondo de um trovão que atravessou o céu.

— Meu Deus, então você precisa chegar até ela. Nós não conseguimos.

— Estou do lado errado do rio.

— Atravesse!

— Não posso.

— Você tem que fazer isso.

— Não posso.

— Você precisa.

— Eu não sei nadar.

Houve uma brevíssima pausa do outro lado da linha.

— O que quer dizer com não sabe nadar? Todo mundo sabe nadar.

— Eu nunca tive aulas.

— Só pode ser brincadeira! Olha, então fique onde está. Nós vamos passar por esse carvalho de algum jeito. Não sei como, mas vamos conseguir.

Becks encerrou a chamada e foi até Tanika, que também estava no meio de uma ligação.

— Suzie acha que Judith levou um tiro — Becks interrompeu Tanika. — Você precisa chamar alguém para a casa dela imediatamente.

— Pedi reforços — disse Tanika. — Mas todo mundo já foi escalado graças a esse clima. Vai levar um tempo.

— Não temos tempo! E o helicóptero da polícia?

— Não consegue decolar durante uma tempestade.

— Mas Judith está sozinha!

— Existe outro caminho para a casa dela além desta estrada?

— Não — respondeu Becks e olhou desesperadamente ao redor em busca de alternativas.

Não havia nada.

Ela estava parada em uma estrada bloqueada, ao lado de uma viatura meio pendurada sobre o rio Tâmisa. A algumas dezenas de metros de distância, na estrada principal, a ponte suspensa para Marlow permanecia parada debaixo da chuva como se a vida de Judith não estivesse em jogo. E além da ponte, havia uma presença ainda mais elegante contra o céu agitado: a igreja.

Sua igreja.

Era uma quinta-feira e tinha acabado de passar das nove!

— Espere aqui — pediu Becks, dirigindo-se para a ponte. — Volto em dois minutos!

Tanika ficou perplexa quando Becks começou a atravessar correndo a ponte suspensa.

Para onde ela estava indo?

Judith teve sorte.

Embora ela tenha sentido a bala de Danny assobiar perto de sua cabeça e explodir pela janela atrás dela, o projétil errou sua cabeça por centímetros.

Danny ficou igualmente surpreso por ter errado, e Judith percebeu que ele puxaria o gatilho outra vez nos próximos segundos.

Ela precisava mantê-lo distraído. Era sua única esperança.

— Foi você quem matou o cachorro, não foi? — soltou ela.

Danny piscou.

— O quê? — perguntou ele.

Ótimo, Judith pensou. Finalmente, ela conseguiu fazê-lo falar.

— Minha amiga Suzie disse que Liz chamou um veterinário para matar o próprio cachorro, mas ela estava apenas meio certa, não é? Não foi Liz quem sacrificou o cachorro. Foi você.

— E daí? — cuspiu para Judith. — Você não tem provas, e um cachorro é um cachorro. Eu não matei a Liz, quando vai entender isso?

— Na verdade, concordo com você — falou Judith, mas Danny não estava ouvindo.

— Porque eu estava em Nottingham na época, não estava?

— Eu sei, e foi muito inteligente. Quando Liz foi vista viva pela última vez às nove horas, você estava a cento e sessenta quilômetros de distância. E você continuava a cento e sessenta quilômetros quando o corpo dela foi encontrado uma hora depois.

— Então como você acha que fiz isso?

— Eu já disse. Não foi você.

— O quê?

— Você não matou sua esposa. Você matou Stefan Dunwoody.

— *O quê?*

— É isso mesmo. Foi você quem matou Stefan. E quem amarrou o medalhão de bronze com a palavra "Fé" na casa do botão de sua jaqueta. Eu deveria ter imaginado que um remador matou Stefan. Afinal, só um remador prenderia um medalhão desses em alguém, como você faz com seus passes para entrar nas diferentes áreas durante as regatas.

— Isso é loucura.

— Ah, não, isso é o oposto de loucura. É bem racional, na verdade. Surpreendentemente.

— Você acha que eu matei aquele tal de Stefan? Eu nem o conhecia. Só Liz o conhecia.

— O que torna seu crime ainda pior. Você o matou a sangue frio. Na época até me perguntei por que Stefan foi baleado nos fundos de seu jardim. Eu não conseguia entender como ele tinha ido parar lá. Veja bem, Elliot Howard era meu suspeito número um. Stefan não gostava nem um pouco dele. Na verdade, ele suspeitava que Elliot tivesse invadido sua casa. Então, se Elliot foi até a propriedade dele, como eles acabaram nos fundos do jardim? Como será que foi aquela conversa? "Olá, Stefan", Elliot teria dito. "Eu sei que você me odeia, mas podemos dar uma volta no seu jardim?" Não fazia sentido.

"Mas e se o assassino viesse do rio? Bem, aí a coisa mudava de figura. Porque você tem razão. Stefan não fazia ideia de quem você era. Então, quando você apareceu nos fundos do jardim, ele deve ter ficado surpreso, mas não com medo."

— O que quer dizer com quando apareci nos fundos do jardim dele?

— Vou ser sincera, estou decepcionada por ter demorado tanto para ligar os pontos. Mas na noite em que Stefan foi morto, quando eu estava nadando no rio, vi uma canoa azul nos juncos na margem do jardim dele. Na época, presumi que a canoa pertencia a ele e até tentei usá-la para me ajudar a sair da água. Mas não era dele, porque, como descobri esta tarde, Stefan odiava remar e tudo relacionado ao assunto. Então ele dificilmente seria o dono de uma canoa, não é? Mais do que isso, eu deveria ter percebido que não pertencia a ele mesmo porque todas as vezes que nadei até a casa de Stefan desde que seu assassinato, e até quando averiguei o jardim antes de encontrar seu corpo, a canoa azul não estava mais lá. E se não estava lá, quem a removeu, se não o assassino?

Judith percebeu que Danny estava atento a cada palavra dela.

— Consigo imaginar o pânico que você deve ter sentido depois de atirar em Stefan e ouvir uma mulher gritar lá do rio. Quando o seu plano sempre foi chegar discretamente, matar Stefan discretamente e então sair tão discretamente quanto, usando a corrente do Tâmisa para retornar até o clube de remo. Quem imaginaria que você era o assassino? Como você mesmo disse, nunca conheceu Stefan. E quem mataria alguém que nunca conheceu?

"O que me leva à sua pobre esposa. Afinal, agora que sabemos que foi você quem matou Stefan, as ações dela finalmente fazem sentido. Acho que havia algo em você na noite do assassinato que a fez temer seu envolvimento. Estava em pânico quando voltou? Ou ela te viu sair da canoa com a Luger?"

Ao dizer isso, Judith indicou a arma na mão de Danny.

— Mas ela começou a suspeitar de você. Lembre-se, como você disse a Suzie e a mim, Liz conversava com Stefan. A morte dele a teria chocado. Logo, qualquer que tenha sido a história que você contou a Liz naquela noite não foi o suficiente para acalmar as suspeitas do seu envolvimento. Então ela foi verificar a propriedade de Stefan no dia seguinte. Foi quando a vi e a chamei do outro lado do rio. E agora entendo por que Liz fugiu. Ela não estava agindo de forma suspeita por causa do que ela tinha feito, como pensei na época. Ela estava agindo de forma suspeita por causa do que suspeitava que *você* tinha feito. Foi por isso que ela fugiu de novo quando a encontrei no campo, no dia seguinte. E também explica por que agiu de forma tão culpada quando conversamos com ela. Negando coisas que eram verdade, se enrolando toda. Sinto muito por ela, não consigo nem imaginar o tormento que deve ter passado. Suspeitando que o próprio marido estava envolvido em um assassinato! Ela estava desmoronando. Ao contrário de você, devo dizer. Você estava tranquilo e relaxado quando falou comigo e com a Suzie. Não estava?

"Mais do que isso, você já tinha se preparado para fazer sua esposa parecer suspeita. Então nos contou que ela era amiga do Stefan. O que, pelo menos, era verdade. Mas foi muito esperto ao convencer Liz a pegar um táxi com Iqbal algumas semanas antes, e como foi inteligente fingir para nós que havíamos arrancado essa informação de você durante nossa conversa. Você fez isso de maneira esplêndida, devo admitir, porque naquela conversa conseguiu fazer parecer que Liz estava ligada tanto a Stefan quanto a Iqbal. Se ela morresse, como você sabia que aconteceria, seríamos levadas a tirar conclusões completamente errôneas."

— Isso tudo é mentira — falou Danny.

— Você sabe que isso não é verdade — disse Judith. — Sua presença aqui prova tudo, não acha?

Judith sustentou o olhar de Danny, e ela estava se esforçando para permanecer firme, mas o que ele não sabia era que Judith não tinha a mínima ideia do que mais poderia dizer para mantê-lo entretido.

Estava completamente sem ideias, sua mente um vazio aterrorizante.

Tudo em que ela conseguia pensar era em como Danny ainda estava apontando a Luger para ela. Ainda apontando e ainda parecendo prestes a puxar o gatilho.

Onde raios estavam Becks e a polícia?

Becks irrompeu pelas portas duplas da igreja All Saints e se apressou pelo corredor, descabelada, com o vestido sujo de lama e encharcada graças à chuva da cabeça aos pés.

O coral estava se despedindo após o ensaio, e todos olharam em choque para a aparência desgrenhada e de olhos arregalados da esposa do vigário.

— Querida? — chamou Colin, completamente envergonhado.

— Preciso da sua ajuda! — disse Becks. — O assassino está prestes a atacar novamente. E há uma árvore que precisamos tirar do caminho.

— O assassino? — perguntou Colin enquanto ia acalmar a esposa. — Do que você está falando?

Becks examinou o coral e ficou aliviada ao ver que Elliot Howard não estava presente. Mas Judith tinha mesmo lhe dito que ele iria a uma partida de futebol em Londres naquela noite.

— O assassino está na casa de Judith Potts!

— Você sabe quem é o assassino? — disse o maestro Lewis, emergindo da fileira de tenores, a autoproclamada voz da sanidade ao se aproximar, apoiando-se pesadamente em sua bengala com empunhadura de latão.

A última vez que Becks viu o maestro Lewis, ela cozinhou uma barriga de porco esfregada com funcho para ele e para a esposa.

— Temos que salvar Judith! — disse Becks, olhando do maestro Lewis para o marido e depois para o resto do coral. Todos pareciam muito desconfortáveis.

— Isso não é assunto da polícia? — perguntou o maestro Lewis.

— Eles estão perto do carvalho agora. Está bloqueando a alameda Ferry. Precisamos ajudá-los a movê-lo.

— Ora, acho que eles sabem o que estão fazendo, devemos deixá-los continuar o trabalho.

— É isso que estou dizendo, não há nada como trabalharem, há uma maldita e gigante árvore no caminho!

Ao falar isso, Becks pegou a bengala do maestro e correu para uma das exibições na parede da igreja que homenageavam os caídos do regimento local. Antes que alguém pudesse impedi-la, ela balançou a bengala pesada bem alto e a bateu na caixa de vidro, espalhando vidro por todo o lugar.

— Becks! — gritou seu marido.

— Não fique aí parado! — pediu Becks enquanto alcançava e pegava uma espada que havia sido usada por um subalterno durante a Carga da Brigada Ligeira

— Ela ficou completamente louca — gritou o maestro. — Alguém chame a polícia!

— Quando vão entender? Estou com a polícia! — berrou Becks de volta, correndo para a torre do sino e começando a subir a escada frágil o mais rápido possível. Enquanto suas pernas trabalhavam, e apesar da seriedade da situação, ela brevemente se parabenizou pelo próprio condicionamento físico, a força de seu core vinda de um programa semanal punitivo de aulas de spinning, *boxercise* e ioga.

O coral, liderado pelo maestro Lewis e seu marido, foram até o corredor, suas cabeças erguidas ao observar a esposa do vigário subindo as escadas da torre balançando uma espada acima da cabeça.

Na metade do caminho, Becks parou no mezanino onde os responsáveis por tocar os sinos ficavam e badalavam os oito sinos da igreja. Ela agarrou uma corda do maior e começou a puxá-la com força, o sino ressoando sobre a cidade. Ela esperava que o povo de Marlow percebesse que ele só estaria badalando no meio de uma tempestade porque havia uma emergência e iria para a igreja.

Após tocá-lo várias vezes, ela agarrou a única corda que descia até o chão lá embaixo. Era o único sino que podia ser tocado por alguém no térreo. Becks pegou a corda com a mão esquerda e começou a cortá-la com a espada na outra mão.

Depois de puxar e empurrar a espada algumas vezes, ela conseguiu, a corda foi cortada!

— Cuidado com a cabeça — gritou Becks e deixou os quinze metros de corda agora cortada despencarem como uma cobra no chão.

— Alguém pega essa corda — pediu, começando a descer as escadas correndo. — Vamos, peguem a maldita corda!

Quando ela voltou ao térreo, percebeu que os cerca de vinte membros do coral a olhavam como se ela tivesse perdido a cabeça, incluindo seu marido.

— Você está dizendo que a vida de uma mulher está em perigo? — perguntou ele.

— A Judith Potts. O assassino está na casa dela.

— E como essa corda vai ajudar?

— Só vamos levá-la pela ponte. Tem uma policial do outro lado, a investigadora Tanika Malik. Ela vai te dizer o que fazer com a corda. Colin, preciso da sua ajuda imediatamente!

Havia algo na voz de Becks que finalmente atingiu seu marido.

— É claro, querida — concordou, concentrando-se. — Vamos lá, pessoal — falou ao coral enquanto se abaixava e começava a pegar punhados de corda. — Vamos levar essa corda para a investigadora.

Quando Becks se juntou a eles, ela ousou ter esperança. Com tantas pessoas, e com a corda, certamente seriam capazes de mover o carvalho. E com ele fora do caminho, então quem sabe ainda não havia tempo para salvar Judith?

Já Judith estava sentada em um silêncio apavorado, sua mente girando, ainda incapaz de pensar no que dizer a seguir.

Felizmente para ela, foi Danny quem quebrou o silêncio.

— Você disse que eu não matei a Liz. — Era uma afirmação.

— Sim. Falei mesmo.

— E não tem como você provar que matei Stefan. Alguém que nunca conheci. Alguém que eu não tinha motivo para assassinar.

— De fato — concordou Judith, grata que Danny havia iniciado um novo tópico. — É um quebra-cabeça e tanto, não é? Mas como muitos outros, a solução é simples, quando sabemos como olhar para ela. É como "Duas garotas, uma em cada joelho".

— Como?

— Deixa pra lá. Mas eu concordo. Você não tinha motivos para matar Stefan. Mas Elliot Howard tinha. Então, visto que você é a pessoa que matou Stefan, é lógico presumir que tenha feito isso para ele.

— Isso é só delírio.

— Ah, não, é bem real. Você matou Stefan para Elliot.

— Por que eu faria isso?

— Você quem me diz.

Danny franziu a testa, tentando se orientar na lógica de Judith.

— Tudo o que consigo pensar é que você vai dizer que matei Stefan para Elliot, assim ele poderia matar a Liz por mim. Mas isso é loucura. Ele estava em uma live fazendo um leilão quando ela foi assassinada.

— E como você sabe disso? — perguntou Judith, encurralando-o.

— Sei lá — falou Danny para ganhar tempo. — A polícia me contou.

— Babaquice! Mas tem razão. Enquanto você matou Stefan para Elliot, ele não matou Liz para você. Ele assassinou Iqbal.

— O quê?

— Ele assassinou Iqbal.

— Mas como isso me ajudou?

— Não ajudou. Ajudou Andy Bishop. Porque foi assim que o plano se desenrolou, né? Você matou Stefan Dunwoody para Elliot Howard. Elliot então matou Iqbal Kassam para Andy Bishop. E, por fim, Andy matou a Liz para você. Para fechar o círculo. É de uma simplicidade matemática bastante inteligente quando paramos para pensar. Quero dizer, se você tivesse matado Stefan e Elliot tivesse assassinado Liz, acho que a polícia não levaria mais de dois minutos para descobrir que trocaram os assassinatos. Mas adicionar uma terceira pessoa? De repente não é tão óbvio. Você mata Stefan, um homem que é um completo estranho para você. E Elliot, a pessoa que o queria morto, garante que ele esteja em um ensaio do coral na hora do acontecimento. Mesmo que não tenha conseguido evitar olhar presunçosamente para a câmera de segurança ao sair de lá. Ele estava tão orgulhoso de como estava sendo inteligente. Elliot era inocente, tinha de ser. Ele estava em outro lugar na hora.

"E isso lhe dá espaço para sair da cama às cinco horas da manhã de um sábado e assassinar Iqbal. Novamente, um homem que ele não conheceu. Então como poderia ser o assassino? Por qual motivo? Já Andy Bishop, o homem que realmente queria Iqbal morto, e que deu a chave que Elliot precisaria para entrar na casa de Iqbal, se certificou de estar em Malta na hora, assim como quando você assassinou Stefan, então ele teria um álibi duplo, só para garantir. Mas não teve escolha a não ser voltar para o Reino Unido quando matou Liz para você. O que ele fez, embora também não a conhecesse.

"E por mais inteligente que fosse o plano, os golpes de mestre foram a Luger e os medalhões com 'Fé', 'Esperança' e 'Caridade' que cada um de vocês deixou nas cenas. Havia apenas uma fraqueza no plano. Usar a mesma Luger antiga ajudou a esconder essa fraqueza da polícia. Afinal, se foi a mesma arma que atirou nas três pessoas, certamente devem ter sido mortas pela mesma pessoa. Quem já ouviu falar de três assassinos diferentes compartilhando a mesma arma?

"Mas os medalhões foram ainda mais engenhosos. Afinal, todos sabem que a frase 'fé, esperança e caridade' tem apenas três elementos. Ao deixar um medalhão em cada corpo, mandavam uma mensagem à polícia de que as vítimas estavam todas conectadas e que era o mesmo atirador solitário cometendo esses assassinatos. Também estavam dizendo claramente que haveria apenas três mortes. Assim que o corpo de Liz fosse encontrado com o medalhão de 'caridade' em volta do pescoço, a polícia saberia que os assassinatos tinham acabado. Não haveria outros. Então, com o passar do tempo e sem conseguir descobrir qual era a ligação entre as vítimas, a polícia logo se distrairia com outros casos mais urgentes. Esses assassinatos ficariam em segundo plano, e você escaparia impune. Apesar de terem se esforçado, agora sei que não foi uma pessoa cometendo esses três assassinatos. Eram três homens *fingindo* ser um."

— Que fraqueza? — questionou Danny, dando mais um passo em direção a Judith.

— Ah sim, eu estava pensando se você retomaria isso — falou Judith com calma, embora seu interior gritasse "*Onde raios está a polícia?*" repetidamente. — Como plano, tinha um calcanhar de Aquiles. Isso se a polícia percebesse que não havia de fato nenhuma ligação significativa entre as três vítimas. Apesar da mesma arma ter sido usada. E do seu estratagema de "fé, esperança e caridade". E em vez disso, focassem os três homens que mais obviamente se beneficiaram das mortes, afinal vocês três têm uma ligação, não é? Uma bem forte.

— Não existe ligação entre mim e essas outras duas pessoas! — gritou Danny.

— Ah, existe, sim. E você sabe disso.

— Tudo bem então, qual é?

Na alameda Ferry, Tanika estava debaixo da chuva torrencial observando Colin Starling e vários coristas carregarem um pedaço de corda de sino cortada através da ponte Marlow.

Quando chegaram até ela, Tanika percebeu o que Becks esperava que ela fizesse.

— Enrolem ao redor do tronco! — gritou ela. — Vamos, precisamos mover essa árvore!

Conforme tentavam amarrar a corda no tronco, o clarão dos faróis de um SUV branco cortavam a escuridão à medida que Becks acelerava seu 4x4 pela ponte Marlow, virava na alameda Ferry e então freava bruscamente. Apesar da estrada estreita, ela confiantemente fez um retorno de três pontos, suas mãos na posição correta durante toda a manobra, e no final, sua porta traseira estava apontando para o carvalho.

— Tem um engate para reboque aí atrás — gritou, saindo do carro.

Tanika foi rápida em entender o recado e logo organizou a outra ponta da corda para ser amarrada na traseira do 4x4 de Becks.

E, felizmente, à distância, por fim ouviram as sirenes das viaturas policiais se aproximando.

Assim que a corda foi amarrada com firmeza, Tanika gritou para Becks, acima do vento uivante:

— Certo, tudo pronto!

Becks voltou para o veículo e bateu à porta, mas Colin agarrou seu braço pela janela aberta.

— Becks? — chamou, mas não sabia o que dizer em seguida.

Enquanto Becks olhava para o marido, viu um brilho animado em seus olhos.

— Não sei o que está acontecendo — começou —, mas se eu não te disse recentemente, acho você incrível. *Sempre* achei você incrível.

O coração de Becks deu um pulo. Este era o Colin de quem se lembrava. Cheio de vida e sinceridade, e capaz de se concentrar inteiramente nela.

— Te amo — disse ela com uma piscadinha.

— Também te amo — respondeu ele.

— Agora, se não se importa, preciso pisar fundo — falou Becks, e voltou sua atenção para a cabine.

Quando Colin deu um passo para trás, Becks ativou a tração nas quatro rodas, engatou a primeira e acelerou.

As rodas traseiras patinaram na estrada molhada, o escapamento soltou fumaça, o cheiro de borracha queimada preencheu o ar, mas o carvalho não se mexeu.

Becks tirou o pé do acelerador para repensar o plano quando duas viaturas entraram na alameda Ferry, freando para não baterem no SUV de Becks.

Os policiais saíram dos veículos e Becks voltou a acelerar, a corda do sino estalando forte; dessa vez ela pisou fundo, a traseira do carro balançando para a esquerda e para a direita, o motor rugindo acima do som da chuva torrencial, mas ainda assim o carvalho não se movia. Era muito grande. Enorme.

Dentro do carro, Becks tirou o pé do acelerador e bateu as mãos no volante, frustrada.

Nada seria capaz de mover aquela árvore.

Judith estava por conta própria.

Judith tinha chegado à mesma conclusão nos minutos anteriores. Ela estava por conta própria, e a compreensão chocante atravessara seu corpo como água gelada. Afinal, se Becks tivesse conseguido falar com Tanika, elas teriam chegado há muito tempo. Algo deve ter dado muito errado.

— Vá em frente — pediu Danny, e o foco de Judith voltou de súbito para a sala. — Conte-me sobre essa tal ligação que tenho com esses dois outros homens.

— Isso é bem fácil — respondeu Judith, embora se sentisse completamente entorpecida. — Vocês três estudaram na mesma escola secundária. A Sir William Borlase.

— E daí? Isso é tudo que você tem? Há apenas duas escolas secundárias na cidade. Muitas pessoas foram para a mesma instituição. E aposto que nem tenho a mesma idade dessas outras duas pessoas.

— Ah, isso é verdade. Elliot é um ano mais velho, e Andy, quatro anos mais novo.

— Então, como eu poderia ter conexões com esse tal de Andy? Eu nem me lembro dele.

— Ah, lembra, sim. Ele era um atleta de ponta na época. Não que seja possível saber disso olhando para ele hoje em dia. Mas até aí, como uma fotografia bem me lembrou, éramos todos muito mais magros quando mais jovens. Porém, deveríamos realmente prestar atenção é na altura de Andy. Porque não existe remador baixinho, existe?

— Não, não existe.

— Entretanto, existe se ele for o timoneiro. Na verdade, o timoneiro *precisa* ser o mais baixo possível. E magro. E era assim que Andy costumava ser, não era? Um palito de gente. Como ele se gabou para minha velha amiga Becks Starling, ele tinha sido um grande atleta durante a juventude. Nós descartamos o comentário na época, mas era verdade. Ele, você e Elliot formavam uma equipe de remo bem-sucedida na escola. Não é mesmo?

Pela primeira vez, Judith pensou ter visto pânico surgir nos olhos de Danny.

— É isso aí. Os três podem ter se distanciado com o passar dos anos, mas durante a adolescência, eram uma das melhores equipes de remo que a escola de vocês já formou. Agora sei que como parte de um time dois com timoneiro. E quem era o timoneiro? Andy. O jovem com astúcia e destreza para cuidar da rota. E dois rapazes muito mais velhos, altos e fortes, você e Elliot, para remar. Imagino que tenham levado todas as regatas.

— Isso tudo é só palpite.

— De jeito nenhum. Fui ao escritório de Elliot assim que descobri que o remo era a ligação. E adivinha? Ele tinha removido uma foto da equipe de remo da parede, que estava pendurada da última vez em que apareci por lá. Ele tem o hábito de remover imagens emolduradas das paredes, parando para pensar. Mas foi a confirmação necessária para saber que eu estava no caminho certo. Além do fato da esposa dele estar tão brava comigo. Acho que, assim como Liz, Daisy já suspeitava de Elliot há algum tempo, e isso também a está enlouquecendo.

"Enfim, a foto desaparecida me provou que havia algo incriminador em relação a uma equipe de remo do passado de Elliot. Então, quem mais estava naquela fotografia? Infelizmente, os registros da época não chegaram aos dias de hoje. Mas você sabe como solucionar um pedaço de uma pista de palavras cruzadas? As outras partes muitas vezes se encaixam. Tentei pensar com quem mais Elliot poderia ter remado. Inicialmente, me perguntei se seria Stefan, mas como eu já disse, ele falou publicamente sobre odiar remar. E foi quando me lembrei de Becks me contando que você e Liz se conheceram como jovens remadores. Você era a terceira pessoa do barco de Elliot que eu estava procurando."

Judith podia ver que Danny tensionava e relaxava a mandíbula.

— Não? Não vai dizer nada? Presumo que não. A partir disso pude começar a entender as mortes. Afinal, como me disse, você, Elliot e

Andy não têm muito em comum um com o outro. Mas remaram juntos pela última vez antes de Elliot se formar, em 1980. Exatamente quarenta anos atrás, o que dava uma desculpa perfeita para uma reunião da escola. É por isso que Liz tinha um evento em sua agenda chamado “jantar do remo” para segunda-feira, 5 de agosto. Mas não era para um jantar do remo que *ela* marcou. Ela apenas o anotou na agenda porque, como uma boa esposa, estava deixando um lembrete de quando você iria ao seu jantar importante, assim ela não marcaria mais nada para aquela noite.

“E tenho certeza de que você, Elliot e Andy tiveram uma ótima noite juntos. Na sala de jantar privada que alugaram. De traje de gala, sem dúvidas. Sim, posso muito bem imaginar vocês três em algum pub chique perto daqui, em uma sala privada com painéis de carvalho. Arrumadinhos, concordando com a vergonha que era não poder fumar charutos dentro dos estabelecimentos hoje em dia. Mas eis o problema: segunda-feira, dia 5, foi o mesmo dia em que Elliot viu Stefan na galeria. Aposto que Elliot estava furioso quando o encontraram. Na verdade, isso é certo, visto os acontecimentos futuros.

“Veja bem, acho que ele comentou com você. Como Stefan era um pilantra, e lamento admitir que agora sei que era verdade. Porque ele roubou um Rothko valioso de Elliot décadas atrás. E Elliot te contou tudo sobre isso. Como ele discutiu com Stefan em Henley algumas semanas antes. Mas também deve ter te contado o que fez desde então. Elliot ficou tão indignado com a discussão que decidiu se vingar.

“Ele queria seu Rothko de volta. Entretanto, como conseguir isso? Bem, já que Elliot sempre foi muito desesperado para provar seu talento, ele decidiu que pintaria uma falsificação. Mas, repito, como poderia fazer isso? Ele não via aquela tela há décadas. E precisaria, de alguma forma, colocar a moldura real do Rothko verdadeiro em sua falsificação para que Stefan não notasse a diferença. Então Elliot invadiu a casa de Stefan. Só para tirar fotos do Rothko, suponho. E para medir a moldura, analisar como a arte estava presa e assim por diante. Mas após fazer isso, ele foi embora. Foi o motivo pelo qual, quando Stefan chegou e chamou a polícia por causa da invasão, ele não conseguiu provar que algo havia sido roubado. Nada foi levado. Tinha sido simplesmente uma missão de averiguação para Elliot.

"Em seguida, Elliot começou a redescobrir sua habilidade de pintar Rothkos. Lembrando-se da técnica e da paleta de cores necessárias. O que explica todas as pinturas no estilo Rothko que o vimos queimando em seu jardim tempos depois. Ele estava se livrando das telas que usou para praticar.

"Mas Stefan descobriu que Elliot estava por trás da invasão. Talvez ele tenha percebido que seu Rothko não estava pendurado tão reto quanto antes. Ou quem sabe Elliot encontrou Stefan por aí e o provocou de alguma forma. Nunca saberemos, mas o que quer que tenha alertado Stefan, foi o suficiente para fazê-lo querer convidar Elliot até seu escritório e acusá-lo da invasão. E também ameaçá-lo de que tinha o suficiente para ir à polícia.

"Então, sim, meu palpite é que Elliot estava de mau humor quando vocês se encontraram para jantar naquela noite. E tenho certeza de que ele comentou que, para ele, Stefan merecia morrer. Então o que aconteceu depois?

"Bom, imagino que a próxima contribuição foi a de Andy. Porque ele tinha seus próprios problemas. Mas aposto que ele os disfarçou para parecer menos criminosos do que eram. Tenho certeza de que ele contou a vocês uma história sobre como cuidou de seu cliente Ezra enquanto ele morria lentamente de câncer. E como, pouco antes de sua morte, Ezra deixou sua propriedade para seu advogado de confiança. Tudo mentira, é claro, já que Ezra deixou tudo para seu vizinho maravilhoso, Iqbal. Mas aposto que Andy falou que, como Ezra estava à beira da morte, não foi capaz de assinar seu novo testamento, então Andy não teve escolha a não ser falsificar as assinaturas das testemunhas.

"E tenho certeza de que Andy foi cruel com Iqbal, o vizinho intrometido. Já que Iqbal descobriu que os nomes das testemunhas eram antigos alunos da Escola Secundária Borlase que morreram antes do testamento ter sido assinado. E já que Iqbal teve a coragem de lhe enviar a prova, uma página com obituários que ele havia arrancado da revista *Borlasian*.

"Na verdade, Andy estava em uma situação muito mais complicada do que Elliot. Ele havia cometido uma fraude grave. Seria preso se não conseguisse silenciar Iqbal. E se Elliot não foi a primeira pessoa a dizer que Stefan merecia morrer, tenho certeza de que foi isso que Andy comentou sobre Iqbal. Alguém deveria matar Iqbal.

"Mas como se comete assassinato? Bem, se você é dono de uma casa de leilões, não acho que seja muito difícil colocar as mãos em uma arma antiga como uma Luger da Segunda Guerra Mundial. Não se você conhece alguns negociantes duvidosos, como tenho certeza de que Elliot deve ter conhecido. Ainda assim, como fazer isso e se safar? Eu me pergunto se foi quando você confessou que também desejava a morte da sua esposa. Afinal, às vezes é mais fácil falar a verdade para um mero conhecido do que para alguém com quem se tem intimidade, não é? Porque, se Liz morresse, você herdaria o terreno onde o clube de remo foi construído. Você poderia vendê-lo e se tornar um multimilionário.

"E depois que vocês confessaram seus segredos mais obscuros uns aos outros, ocorreu aos três que cada um poderia cometer assassinato pela pessoa ao lado, por assim dizer. Usando a mesma arma, para parecer apenas um sujeito. E com um rastro falso de medalhões maçônicos antigos, sem dúvida fornecidos por Andy Bishop, para dar a impressão de que a mesma pessoa estava causando cada morte."

Danny levantou sua arma novamente e apontou para a cabeça de Judith.

— Você vai calar a boca agora mesmo.

— Não quer outra morte em suas mãos.

— É aí que você se engana. É *exatamente* isso que quero.

Vendo a loucura nos olhos de Danny, Judith percebeu que ele não se importava mais com as consequências de suas ações. Ela não seria capaz de acalmá-lo. Nem de apelar para seu lado racional. Ele só queria que ela morresse. A qualquer custo.

E, por fim, Judith soube a verdade: seu plano tinha falhado.

Ela estava por conta própria contra Danny Curtis, e não havia nada que pudesse fazer para impedi-lo de matá-la.

Suzie, por outro lado, continuava apavorada sob o salgueiro-chorão, sentindo-se cada vez mais infeliz e ficando cada vez mais molhada. O que estava acontecendo dentro da casa de Judith? Devia haver algo que ela pudesse fazer para ajudar, mas o quê? Estava do lado errado do rio e não tinha como atravessá-lo.

Suzie se afastou do salgueiro-chorão e foi até o Tâmisa. Olhou para o corpo de água correndo. Nem com muita sorte havia como atravessar o rio. Ela não sabia nadar. Muito menos passar por ele com a correnteza tão violenta, ainda mais à noite, no meio de uma tempestade.

Além disso, Emma era inútil, tremendo ao lado de Suzie. Porém, a mulher tinha percebido outra coisa enquanto estava debaixo da chuva torrencial. Becks e a polícia simplesmente não viriam. E isso significava que ela era a última e única esperança de Judith. Isso ajudou a tomar a decisão por ela. Talvez, lá no fundo, Suzie soubesse o tempo todo o que faria em seguida.

— Vamos salvar Judith — gritou para Emma por cima do vento uivante. — Vamos salvar Judith, eu e você, juntas.

Suzie agachou, desamarrou os cadarços das botas e as tirou. Em seguida, removeu o chapéu de aba larga e a capa de chuva e os jogou no chão.

Então entrou no rio, Emma animada ao seu lado, querendo se juntar ao que quer que Suzie estivesse fazendo.

Suzie foi quase imediatamente derrubada, mesmo enquanto batia os braços e as pernas sem parar.

Ela chapinhou, tentando atravessar o rio, mas a correnteza era forte demais. Em pânico e engolindo água, tentou avançar, mas estava sendo carregada muito rápido para longe da casa de Judith rio abaixo, e não havia como voltar, mesmo que conseguisse sair da água. O que, com uma percepção repentina, Suzie percebeu que nunca aconteceria.

Estava um breu, a chuva martelava a água ao redor, a ondulação do rio a levantando, girando-a e então a sugando para baixo, de novo e mais uma vez, e cada afundada parecia durar mais tempo.

Estava muito frio. Muito, muito frio. E ela se sentia tão cansada. Tão pesada e cansada. Ela não conseguia continuar lutando, o rio era muito mais forte do que ela.

Então Suzie foi puxada para baixo pela correnteza, e dessa vez, ela soube que seria a última, ela não voltaria à superfície para buscar ar.

Eram apenas Judith e Danny.

E de alguma forma, agora que Judith tinha aceitado que estava por conta própria, ela começou a sentir uma calma. Danny ia atirar nela e matá-la. Não havia nada que ela pudesse fazer sobre isso.

Danny deu outro passo à frente.

Levantou a pistola.

Ele estava perto, mas ainda fora de alcance. Judith sabia que não havia como atacá-lo antes que ele pudesse puxar o gatilho.

Não havia nada que ela pudesse fazer. Já era.

Ela tocou o feltro verde da mesa, apenas para sentir algo reconfortante em seus últimos momentos de vida.

— Você se acha tão inteligente — disse Danny. — Mas ainda vai acabar com uma bala atravessando seu cérebro.

Judith viu a mão dele se apertar ao redor do gatilho, e foi quando ela percebeu que não havia mais balas duras na latinha. Estava completamente vazia. Esse seria realmente seu último pensamento?

Embora não estivesse completamente vazia, não é?

Judith pegou a lata e a jogou no rosto de Danny, o açúcar de confeiteiro explodiu em uma nuvem branca ao redor de sua cabeça, o que deu a ela a fração de segundo de que precisava para agarrar um dos lápis apontados da mesa, diminuir a distância entre eles e cravar o lápis com tudo no bíceps direito de Danny, derrubando a arma ao cair de joelhos gritando de dor, sua mão esquerda agarrando o lápis enquanto ele tentava estancar o fluxo de sangue do braço.

Judith agarrou a pistola e deu um passo para trás, certificando-se de que ela continuasse apontada para Danny.

— Nem *pense* em se mover! — berrou ela.

Mas Danny não parecia mais ser Danny, ele havia se tornado uma criatura toda rosnados, e se levantou, puxando o lápis do braço em um jorro de sangue que mal notou.

— Não se mova! — gritou Judith novamente.

Antes que Judith tivesse tempo de reagir, Danny pegou a mesa de carteado e a jogou nela. Ela levantou os braços para se defender, mas a mesa a derrubou no chão, a arma voando de sua mão.

Judith estava deitada no carpete, sem fôlego, a dor subindo pelos braços onde os usara para amparar a queda, mas ela sabia que precisava se levantar, ela tinha que pegar a arma antes de Danny.

Com dificuldade, apoiou-se em cima de um joelho e procurou pela arma, mas ela tinha sumido. Onde estava?

Danny a segurava, apontando-a diretamente para o rosto de Judith.

Ela sabia que não tinha mais o que fazer no fim das contas. Mas não daria a Danny a satisfação de ver seu medo, olharia seu assassino nos olhos.

Foi porque seus olhos estavam abertos que ela foi capaz de ver o rugido de dentes e garras quando uma fera selvagem voou pela janela quebrada antes de aterrissar e então saltar e derrubar Danny.

Judith percebeu que a fera era Emma, e ela estava prendendo Danny contra o chão!

— Socorro! — gritou Danny, a arma deslizando pelo parquet quando os dentes de Emma agarraram seu pulso e o sacudiram, tentando quebrar seu braço.

Momentos depois, a porta se abriu com um estrondo e uma Becks exausta entrou. Observando a cena, com Emma rosnando na cara de Danny, Judith em um canto, Becks viu que uma pistola Luger estava bem perto dos seus pés, então a pegou.

Três policiais encharcados entraram logo atrás, viram Danny no chão e se viraram para Judith.

— Esse cachorro é seu?

— Não, não mesmo — retumbou uma voz da janela.

Todos se viraram e viram Suzie parada do lado de fora na chuva, com lentilha-d'água no cabelo.

— Essa é a cadela de Iqbal — disse.

Ao som da voz de Suzie, Emma soltou Danny, mas continuou rosnando para ele enquanto os policiais o colocavam de pé e o algemavam sem muito cuidado.

Judith de repente se sentiu tonta e se encostou em uma poltrona.

— Tudo bem?— perguntou Becks, indo até Judith.

— Só preciso de um minuto.

Becks olhou para os três policiais marchando com Danny sala afora.

— Danny Curtis era o assassino? — espantou-se Becks.

— Um dos três — disse Judith.

Tanika entrou na sala, ofegante.

— Tá, foi um caminho muito longo para se correr — comentou.

— Vocês correram até aqui? — perguntou Judith.

— É uma longa história — disse Becks —, mas foi necessário. Levamos uma eternidade para mover uma árvore que estava bloqueando a estrada.

— E só conseguimos graças ao raciocínio rápido de Becks — acrescentou Tanika. — Ela pegou uma corda e seu carro para movê-la, mas a árvore não se movia. Estávamos sem saída. E então a coisa mais incrível aconteceu. As pessoas começaram a chegar, vindas das próprias casas, correndo pela ponte.

— Foi? — perguntou Judith. — Por quê?

— Becks tocou o sino da igreja. E a cidade inteira saiu debaixo de chuva para ver se podiam ajudar. Devíamos estar em uns duzentos no final, e com as pessoas de Marlow e o carro, finalmente conseguimos mover a árvore o suficiente para nos esgueirarmos por ela.

— Que incrível — disse Judith. — E eu deveria te contar: você tem de prender Elliot Howard e Andy Bishop por assassinato também.

Judith explicou rapidamente a Tanika e a Becks como os três homens tinham cometido assassinatos um para o outro.

— Foi assim que eu soube que Danny tentaria me matar esta noite — falou ela, concluindo sua história. — É como eles sempre faziam. Para cada assassinato, a pessoa menos provável o cometeria, enquanto os outros dois se certificariam de ter álibis inquebráveis. Então eu soube que minha vida estava em perigo no momento em que Elliot me contou que não estaria em Marlow hoje, embora fosse dia de ensaio do coral. E a secretária de Andy confirmou que ele também não estaria aqui.

— Vou garantir que sejam presos hoje à noite — disse Tanika.

— Elliot está em uma partida de futebol em algum lugar de Londres, e Andy, em Plymouth.

— Não se preocupe, vamos achá-los.

Judith e Tanika se entreolharam por um instante. Judith notou que a investigadora estava prestes a repreendê-la por tentar lidar com Danny sozinha, mas Tanika também percebeu que, pela primeira vez, Judith não estava procurando briga. Na verdade, a mulher mais velha parecia apenas cansada e arrependida, e de repente as duas perceberam que não tinham realmente nada que precisassem dizer uma à outra, no fim das contas.

Tanika sorriu.

— Você vai ficar bem?

Judith sorriu.

— Sim — disse ela, simplesmente. — Obrigada pela preocupação.

Suzie entrou ruidosamente na sala. Becks e Judith comemoraram, aproximando-se para lhe desejar as boas-vindas com entusiasmo.

A investigadora olhou para as três mulheres e não conseguiu evitar um sorriso, especialmente quando viu Becks tirar lentilha-d'água do cabelo de Suzie.

Tanika suspirou satisfeita. Acabou, finalmente acabou. Amanhã à noite poderia ler uma história de ninar para sua filha. Mas isso era amanhã. Hoje à noite, ela tinha três homens para acusar de assassinato.

As amigas estavam ocupadas demais cuidando de Suzie para perceber que Tanika tinha ido embora.

— Como raios você atravessou o rio? — Judith quis saber.

— Eu nadei — respondeu Suzie.

— Mas você não sabe nadar — disse Becks.

— Me esforcei para tentar, mas concordo com você. Não sei nadar. Então, num minuto eu estava na superfície, no outro, afundando; então senti essas mandíbulas mordendo a gola do meu casaco. Emma me salvou — acrescentou Suzie, olhando com admiração para a cadela. — Depois que ela me levou até a margem do rio, eu a enviei para salvar você, Judith.

Becks e Judith estavam atordoadas. Suzie tentou atravessar um rio sem saber nadar?

— E você realmente tocou o sino da igreja? — Judith perguntou a Becks.

Becks corou.

— E cortei uma das cordas do sino, agora que você comentou.

— Como? — quis saber Suzie.

— Com uma espada.

— Que espada?

— Querem saber? — falou Judith, interrompendo as amigas. — Devo desculpas a vocês duas. Errei ao tentar lidar com Danny sozinha. Ainda mais quando tenho amigas tão engenhosas e corajosas quanto vocês. Não cometerei esse erro novamente. Prometo.

— Obrigada — agradeceu Becks, profundamente comovida.

— Perdão — pediu Suzie —, mas acho que estamos esquecendo do ponto principal. Que espada?

— Querem saber, senhoras? — falou Judith, aproximando-se da mesinha de bebidas e servindo três generosas doses de uísque em copos de vidro lapidado. — Antes de prosseguirmos, sugiro que tomemos um copinho de uísque escocês. Ou dois. Por razões puramente medicinais, é claro. — Voltou com as bebidas e as entregou às amigas.

Becks levantou o copo.

— Nesse caso, acho que isso exige um brinde — disse ela.

— Bobajada — falou Suzie e bebeu sua bebida de uma vez só.

— Ela tem um ponto — disse Judith, e também virou seu uísque.

Becks sorriu, estranhamente feliz por ser provocada pelas amigas, mas ela ainda parou um segundo para olhar ao redor da sala, notando a mesa de carteado de cabeça para baixo e o vidro quebrado da janela, e o que parecia a improvável explosão de açúcar de confeiteiro que ela conseguia ver no meio do piso de parquet. Alguém precisaria passar um aspirador de pó naquilo, ela pensou. Mas tudo isso poderia esperar para mais tarde.

Ela se virou para as amigas com um sorriso.

— Acho que concordo com vocês — disse, e virou sua bebida de uma vez.

Capítulo 39

Alguns dias depois, o país estava novamente banhado pelo sol, e Marlow ainda se alvoroçava com a notícia de que Andy Bishop, Elliot Howard e Danny Curtis haviam sido presos e acusados de assassinato, e que Judith Potts, uma cuidadora de cães chamada Suzie, e a esposa do vigário, de alguma forma tinham participado dessa captura.

Judith não fazia ideia de que a cidade estava falando sobre ela, pois passou o dia após seu encontro com Danny na cama, comendo torradas e mais torradas com mel, e olhando pelas janelas enquanto pipas vermelhas voavam altas no céu veranil. Seus sentimentos de choque e medo logo foram substituídos por um orgulho profundo pelo que ela e as amigas conseguiram, mas ela gostava muito de sua cama para se levantar, então continuou cochilando e pensando no que tinha acontecido pelo resto do dia. E no próximo também, para ser sincera.

No terceiro dia, ela se levantou da cama e seus primeiros pensamentos se voltaram para as amigas.

— Precisamos comemorar — disse a Suzie em um telefonema.

— Estou sempre pronta para uma comemoração — falou Suzie.

— Então, que tal agora? Você está livre?

Era domingo de manhã, e Suzie cuidaria de dois labradores pretos naquela noite, mas estaria livre até o horário.

— Posso levar Emma? — acrescentou ela.

— Claro. Ela merece comemorar tanto quanto nós. Que tal vir à minha casa às onze e meia?

— Estarei aí. O que você está planejando?

— Basta estar aqui às onze e meia — disse Judith com um sorriso, e desligou.

Em seguida, ela ligou para Becks.

— Alô? — Uma Becks sem fôlego atendeu.

Judith explicou que tinha uma surpresa e gostaria que Becks fosse à casa dela às onze e meia.

— Estarei aí — respondeu Becks. — Logo depois da igreja.

— Foi por isso que sugeri que nos encontrássemos às onze e meia.

— Porém, agora me lembrei, Colin e eu deveríamos dar um cafezinho logo depois da igreja, lá na casa paroquial.

— Com biscoitos caseiros todos dispostos em bandejas, imagino.

— Você me conhece bem demais — disse Becks; ela riu, mas também sabia que Judith estava subestimando enormemente o trabalho necessário para um cafezinho casual.

— Na verdade, aposto que já está tudo pronto.

Becks tinha atendido a ligação em sua cozinha e olhou para as travessas de porcelana com sanduíches, blinis de salmão defumado, ovos de codorna recém-descascados e mini éclairs de massa choux caseiros, cada prato envolto em camadas de filme plástico.

— Talvez eu tenha preparado uma ou outra coisa — admitiu Becks.

— Então que tal você dar uma escapadinha para variar?

Houve uma pausa do outro lado da linha.

— Quer saber? — disse Becks. — Acho que vou fazer isso mesmo. Tenho certeza de que Colin ficará bem sem mim. Ele pode pedir ajuda às crianças.

Às onze e meia, a van de Suzie parou na casa de Judith e ela e Emma desembarcaram. Becks já havia chegado e estava saindo do seu 4x4 enlameado. Suzie podia ver que o engate para reboque na parte de trás ainda estava torto.

— Estou aqui embaixo! — gritou Judith da casa de barcos, e Becks, Suzie e Emma caminharam até lá para se juntar à amiga.

Ao entrarem, viram que Judith tinha colocado almofadas em seu barco, e havia uma cesta de piquenique de vime na parte de trás.

— Não vou voltar para o rio, vou? — perguntou Suzie, horrorizada.

— Não se preocupe, sou uma marinheira experiente. Você estará segura comigo. Suba a bordo.

Judith mencionou o nome de um pub decadente à beira do rio a cerca de oitocentos metros de distância, e como planejava levá-las lá para um almoço antecipado.

— Mas durante o percurso — começou Judith, indicando a cesta de vime —, sugiro que comamos algumas guloseimas. Vamos?

Enquanto Suzie e Becks se acomodavam no barco com Emma sentada à frente — sua língua rosa para fora, ofegante de alegria —, Judith tirou um champanhe do cesto, pegou uma corda fina que estava presa à lateral do barco e habilmente deu um nó simples em volta do pescoço da garrafa.

— O que você está fazendo? — quis saber Suzie.

— Não queremos que o champanhe esquente, queremos?

Com um puxão rápido na corda para verificar se estava bem presa, Judith jogou a garrafa no rio para que ela fosse arrastada atrás delas pela água fria, pegou a vara do barquinho, curvou-se e as empurrou, a frente da embarcação passando pelas portas da casa de barcos, as três mulheres emergindo no sol da manhã.

— *Isso* que é vida! — disse Suzie, conforme Judith mantinha o barco na parte rasa do seu lado do rio.

— Quer uma mãozinha aí? — ofereceu Becks.

— Não se preocupe comigo. Sou mais forte do que pareço.

Becks olhou para a mulher parada orgulhosamente na proa do barco, a capa jogada para trás de um dos ombros para que pudesse manusear melhor a vara. Isso a fazia parecer uma mosqueteira malandra, Becks pensou com um sorriso.

— Concordo plenamente — disse Suzie. — Não consigo imaginar muitas aposentadas que desarmariam um assassino com uma lata de balinhas e um lápis.

— Eu apenas o distraí por tempo suficiente para Emma atacar. E ela só fez isso porque você arriscou sua vida cruzando o rio.

— Bobagem — falou Suzie. — Qualquer um teria feito o mesmo.

— Não acho que isso seja verdade — discordou Becks.

— E quanto a você, Becks — começou Judith —, eu daria tudo para ver as imagens das câmeras de segurança da igreja de você destruindo a exibição do regimento e correndo por aí com uma espada.

— Todos me olharam como se eu estivesse louca — admitiu Becks. — Mas tudo em que consegui pensar foi que precisávamos chegar até você. Porém, uma coisa ainda me intriga. Não entendo por que a moldura foi roubada da pintura de Stefan.

— Ah, sim — disse Judith com um sorriso. — Era Elliot, como presumimos na época. E ele não pretendia roubar a moldura, nem queria, para falar a verdade.

— Então por que ele fez isso?

— Bem, após invadir pela primeira vez para medir e fotografar a arte original, Elliot pintou uma cópia, e na noite em que o interrompi na casa de Stefan, ele estava tentando trocá-las. É claro. Mas o fato de termos encontrado lascas de madeira na mesa perto do cinzel e do martelo deveria ter nos ajudado a perceber que ele já havia conseguido tirar a moldura do verdadeiro Rothko quando cheguei. Então, lá estava ele com um Rothko original, uma moldura original e uma pintura forjada quando o interrompi e ele jogou sua lanterna em mim. Ele tinha uma escolha a fazer. Colocar a falsificação sem moldura na parede e fugir com o verdadeiro Rothko, ou colocar o original de volta na parede, mesmo que não tivesse mais a moldura.

— Eu teria deixado a falsificação e roubado a coisa real — falou Suzie. — Já que foi para isso que invadi.

— Será mesmo? Elliot tinha sido pego no meio de um arrombamento, ele sabia que a polícia chegaria em breve. E independentemente da pintura que colocasse na parede, ele precisava considerar que poderíamos descobrir que era aquela pintura em particular que ele estava adulterando.

— Que foi exatamente o que aconteceu — disse Becks.

— Pois é. Então, se ele tivesse colocado sua falsificação na parede, ela estaria coberta com suas impressões digitais e DNA, ou teria alguns fios de sua gloriosa cabeleira na pintura por engano.

— Ah, entendi — falou Suzie, finalmente compreendendo. — A falsificação teria levado a polícia até Elliot.

— Então ele precisou colocar a verdadeira de volta. E é por isso que teve de fazer aquela fogueira. Foi obrigado a destruir sua pintura falsa, a moldura original e todas as outras telas usadas para praticar. Mas isso também explica por que ele estava tão deprimido quando Tanika falou com ele sobre o fogo. Ele já sabia que tinha matado um completo desconhecido apenas para poder colocar as mãos outra vez na pintura de Rothko de seu pai, e ele tinha estragado tudo. Ele cometera o assassinato, mas não tinha a pintura.

— E foi você quem o impediu! — exclamou Suzie, encantada.

— Não mesmo. Fizemos tudo juntas. Estamos chegando a uma curva no rio, então, se eu acertar a direção, devemos conseguir deixar a corrente nos levar.

Enquanto Judith dizia isso, ela mudou a direção do barco para que ele seguisse a noventa graus da margem. Mas quando o barco impulsionado para a frente encontrou a corrente mais forte em direção ao centro do rio, sua proa começou a girar, e Suzie e Becks perceberam que Judith havia colocado o barco em um curso que permitiria que ele virasse acompanhando a próxima curva do rio.

— Você sabe mesmo o que está fazendo — comentou Becks.

— Ah, eu não diria isso — respondeu Judith, prendendo a vara dentro do barco e pegando três taças de cristal de sua cesta e um pacote fechado de morangos do supermercado.

— Desculpe, eu pretendia deixar os morangos prontos.

— Não se preocupe — disse Becks. — Eu faço.

— Deixe-me lhe dar uma faca e um prato.

Judith desprendeu um prato e uma faca das tiras de couro que estavam dentro do cesto e os entregou. Então, pescou a garrafa de champanhe da água gelada do rio e, com um movimento de pulso habilidoso, desamarrou a corda com uma mão.

— Não, assim não vai funcionar — disse Suzie, acabando com o clima.

As outras duas mulheres olharam para ela.

— Sinto muito — falou, olhando diretamente para Judith. — Mas você me disse que não sabia nada sobre barcos.

— Perdão? — perguntou Judith, sem entender direito.

— Quando te conheci, você disse que não sabia nada sobre barcos. Mas antes de eu embarcar esta manhã você falou que eu não deveria me preocupar porque você era um marinheira experiente. Essas foram suas palavras exatas.

— O quê? — perguntou Becks.

— Você tem um barco, pelo amor de Deus. E sabe como usar a corrente para contornar uma curva no rio. E não posso evitar notar que você simplesmente desatou aquele nó com uma mão só.

— O que quer dizer? — quis saber Judith de maneira razoável, mas seu sorriso havia diminuído.

— Aquela notícia de jornal que lemos informava que uma testemunha viu duas pessoas no barco do seu marido. Era você, não era? Olha, somos todas amigas, e Deus sabe que passamos por muita coisa para eu saber que posso confiar a vocês duas a minha vida. Mas me tira essa dúvida. Duas pessoas saíram na tempestade naquele dia, mas apenas uma de vocês voltou. Estou certa, não estou?

Judith não disse nada, e seu semblante também não mudou nem um milímetro. Seu comportamento era um perfeito exemplo de decoro de classe média.

— Esse é o verdadeiro motivo pelo qual você começou a colecionar todos os jornais antigos — continuou Suzie. — Você precisava ter certeza de que ninguém contaria a verdade sobre os acontecimentos daquele dia, porque você estava no barco. Talvez durante a tempestade seu marido caiu no mar e você não o ajudou a voltar. Ou, quem sabe, você o empurrou, e é nisso que aposto, conhecendo você. E digo isso como um elogio. Você tinha um marido abusivo e adúltero, então o matou. Uma vez que ele estava na água, você navegou de volta para a costa, chegou à terra firme e soltou o barco dele para ser levado de volta ao mar.

— É verdade?— perguntou Becks, tão horrorizada com o que ouvia que não percebeu um morango caindo de seu prato.

Judith não respondeu imediatamente.

Ela olhou ao redor. Para a luz do sol brilhando na superfície da água, para as vacas pastando a grama no campo, e uma sensação de contentamento quase assustadora tomou conta dela. Suzie estava certa quando disse que podia confiar sua vida às suas duas amigas.

Ela se inclinou para a frente com um sorrisinho.

— Não sou capaz de comentar sobre isso — disse, mas havia um brilho em seus olhos que deixava claro que ela estava, de fato, comentando. — Agora, quem gostaria de uma taça de champanhe?

Agradecimentos

Agradeço ao meu editor Finn Cotton, cujo entusiasmo, compreensão da história e olhos de águia para os detalhes tornaram este livro muito melhor do que seria sem ele. Agradeço também a Dominic Wakeford, com quem compartilhei esta história pela primeira vez, e a Anne O'Brien por sua diligência durante o processo de edição do texto. Quando lhe enviei o manuscrito por e-mail, estava convencido de que não havia problemas com a linha do tempo. Eu estava errado. Muito, muito errado. Ela consertou o que era consertável; todos os outros erros são meus.

Agradeço também ao meu agente literário, Ed Wilson, e a toda a equipe da Johnson & Alcock. Ed foi a primeira pessoa para quem apresentei a ideia desta obra, durante um almoço muito agradável em Marlow, e seu entusiasmo imediato foi algo a que me agarrei durante os longos meses de escrita. Gostaria também de agradecer à minha agente artística, Charlotte Knight, e a toda a sua equipe na Knight Hall Agency. Os instintos de Charlotte sobre o que faz uma história boa são inigualáveis, e seus sábios conselhos e amizade ao longo dos anos me mantiveram no caminho certo — pelo menos quando não há coquetéis envolvidos.

Também devo agradecer à policial aposentada Rebecca Bradley. Ela me explicou como uma investigadora poderia acabar liderando um caso de assassinato e, portanto, me deu as justificativas de que eu precisava para manter Tanika no centro das atenções. Devo acrescentar que todas as outras imprecisões processuais da polícia neste romance são, em grande parte, minhas. Da mesma forma, tenho uma dívida de gratidão com Aaron Neil, que brilhantemente e devagar o suficiente para que eu pudesse fazer anotações, descreveu as complexidades de um funeral muçulmano para mim.

Em muitos aspectos, o livro em geral — e a personagem Judith Potts em particular — é uma carta de amor para minhas tias-avós Jean e Jess, vovó Betty e, claro, minha mãe, Penny. Foi minha mãe quem me ensinou a fazer palavras cruzadas enigmáticas, e minhas memórias de infância são preenchidas pelo som de risadas enquanto ela e suas amigas ferozmente inteligentes tinham ótimas conversas regadas por taças de Cointreau ou cigarro. (Minha mãe vai querer que eu diga que ela não bebe mais Cointreau e nem fuma.)

Por fim, gostaria de agradecer à minha maravilhosa esposa, Katie Breathwick, e aos nossos filhos, Charlie e James. Eu não conseguiria passar pelo processo de escrita sem eles. Katie lê vários rascunhos, sugere melhorias e cortes — na realidade, meu momento favorito no romance foi ideia dela —, mas toda a família tem me apoiado nesta trajetória. Só posso me desculpar com eles porque, nos últimos dois anos, praticamente todos os passeios com os cachorros, refeições em família ou viagens de carro foram manchados por mim, seja por estar distraído, distante ou, pior ainda, por tentar obter a ajuda deles, a qual sempre deram de bom grado. Eu realmente não conseguiria fazer isso sem vocês três. Obrigado.

Robert Thorogood Robert Thorogood é o criador da aclamada série de TV Death in Paradise, da BBC One, e escreveu uma série de romances spin-off protagonizados pelo detetive Richard Poole.

Ele nasceu em Colchester, Essex. Quando tinha dez anos, leu seu primeiro romance de verdade — A Casa do Penhasco, de Agatha Christie —, e, desde então, é apaixonado pelo gênero.

Atualmente, mora em Marlow, Buckinghamshire, com a esposa, os filhos e dois whippets chamados Wally e Evie.

Siga-o no X: @robthor

Outras obras de

ROBERT THOROGOOD

Série Clube de Assassinatos de Marlow

Clube de Assassinatos de Marlow
A morte chega a Marlow
A rainha dos venenos

ROTAPLAN
GRÁFICA E EDITORA LTDA
Rua Álvaro Seixas, 165
Engenho Novo - Rio de Janeiro
Tels.: (21) 2201-2089 / 8898
E-mail: rotaplanrio@gmail.com